KB023050

초콜릿
우체국

초콜릿 우체국

펴낸날 | 2016년 2월 1일 초판 1쇄
       2016년 3월 10일 초판 2쇄

지은이 황경신
디자인 niceage
펴낸이 이태권
펴낸곳 (주)태일소담
        서울특별시 성북구 성북로8길 29 (우)02834
        전화 745-8566~7 **팩스** 747-3238
        e-mail sodam@dreamsodam.co.kr
        등록번호 제2-42호(1979년 11월 14일)
        홈페이지 www.dreamsodam.co.kr

ISBN 978-89-7381-550-0 03810

이 도서의 국립중앙도서관 출판시도서목록(CIP)은 서지정보유통지원시스템 홈페이지
(http://seoji.nl.go.kr)와 국가자료공동목록시스템(http://www.nl.go.kr/kolisnet)에서
이용하실 수 있습니다.(CIP제어번호: CIP2016000787)

· 책값은 뒤표지에 있습니다.
· 잘못된 책은 구입하신 곳에서 교환해드립니다.

초콜릿
우체국

38 True Stories
& Innocent Lies

———— **new edition** ————

황경신 지음

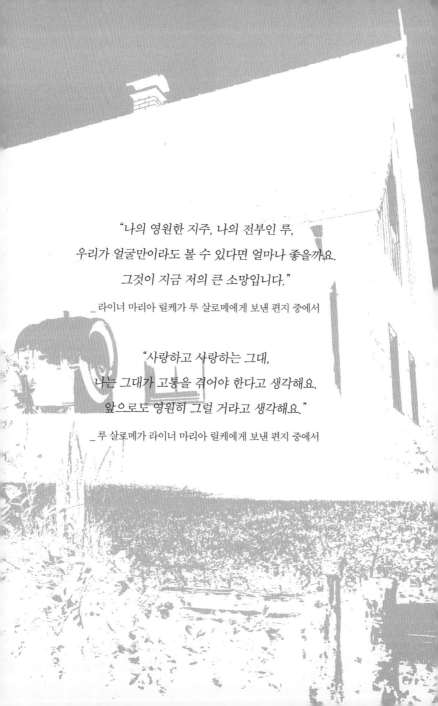

"나의 영원한 지주, 나의 전부인 루,

우리가 얼굴만이라도 볼 수 있다면 얼마나 좋을까요.

그것이 지금 저의 큰 소망입니다."

_라이너 마리아 릴케가 루 살로메에게 보낸 편지 중에서

"사랑하고 사랑하는 그대,

나는 그대가 고통을 겪어야 한다고 생각해요.

앞으로도 영원히 그럴 거라고 생각해요."

_루 살로메가 라이너 마리아 릴케에게 보낸 편지 중에서

차례

스케이트를
타고 싶은
코끼리

아무도 흙투성이라는 이유 때문에
너를 싫어하진 않아

햇살이 따사로운 봄날이었다. 나는 봄볕이 아른아른 비치는 강가를 걷고 있었다. 투명한 강물 아래로 헤엄을 치고 있는 조그마한 물고기들이 보였다. 걸음을 옮길수록 강은 점점 좁아졌고, 주위는 온갖 소리들로 가득 찼다. 새소리와 풀벌레소리, 가지를 옮겨 다니는 바람소리, 행복한 꽃들의 웃음소리도 들렸다. 마침내 강이 시작하는 곳에 이르자, 부드러운 잔디가 펼쳐진 작은 광장이 나타났다.

그곳에 동물들이 동그랗게 둘러앉아 있었다. 당신은 믿지 않겠지만, 실제로 그랬다. 사자와 여우, 염소와 사슴, 토끼와 개구리, 원숭이와 종달새, 그리고 코끼리가 있었다. 나는 발소리를 죽이고 살금살금 그들에게로 다가갔다. 그들이 무슨 이야기를 하고 있는지 궁금했기 때문이다. 하지만 몇 걸음 가지 못하고 들켜버렸다. 나를 처음 발견한 것은 종달새였다.

"앗, 사람이다!"

종달새는 그렇게 소리쳤다. 그 때문에 그 자리에 모여 있던 모든 동물들이 나를 쳐다보았다. 나는 당황했고, 무슨 말을 해야 할지 몰랐다. 동물들과 이야기를 해본 경험이 없었기 때문이다. 그러나 그들은 나만큼 놀라거나 당황하지 않았다. 적어도 벌떡 일어나 도망을 간다거나, 발톱을 세워 나를 공격하진 않았다. 마음을 추스르고 심호흡을 한 번 한 다음, 나는 조심스럽게 입을 열었다.

"저기, 미안해. 방해하려는 생각은 아니었어. 그냥 궁금해서…"

사슴이 고개를 끄덕이더니 자신의 옆자리를 가리키며 말했다.

"이리 와서 앉아. 코끼리를 위해 모임을 갖고 있는 중이야."

"하지만 이건 티파티가 아니야."

내가 막 사슴 쪽으로 다가가려 했을 때, 원숭이가 항의했다.

"그리고 사람이 코끼리를 도와줄 수 있다는 이야기는 들어본 적이 없어."

나는 다시 당황했고, 무슨 말로 원숭이의 마음을 누그러뜨려야 할지 알 수가 없었다. 사람이 코끼리를 도와준 이야기를 떠올려보았지만, 나도 그런 이야기는 들어본 적이 없었다. 하지만 이런 경우, 내가 나서서 스스로를 변호하면 오히려 역효과가 난다는 것쯤은 알고 있었다. 그래서 어떻게 해야 할지 모르겠다는 태도를 숨기지 않고 열심히 머뭇거렸다. 그러자 염소가 말했다.

"도와줄 수는 없지만 생각을 말할 수는 있을 거야. 우리는 좀 더 많은 생각을 모아야 해. 그러니까 사슴 옆에 자리를 마련해줘."

원숭이는 어쩔 수 없다는 듯 어깨를 으쓱했고, 다른 동물들은 '어서 그렇게 해' 하고 말하는 것처럼 보였다.

"어서 그렇게 해."

사자가 말했고, 나는 사슴의 옆자리에 앉았다.

"방해가 되어서 죄송해요. 하지만 되도록 얌전히 있을 테니, 모임을 계속하세요."

모임은 계속되었다.

"좋아. 그럼 이제 코끼리의 이야기를 정리해보자. 그러니까 코끼리도 우리처럼 스케이트를 타고 싶다는 거지."

토끼가 말했다.

"하지만 지금은 봄이야. 얼음은 다 녹았어."

여우가 말했다.

"게다가 아무리 얼음이 꽁꽁 얼었다 해도 코끼리는 스케이트를 타지 못해. 그는 너무 무거워."

염소가 말했다.

"얼음은 분명히 깨질 테고 그러면 더 이상 아무도 스케이트를 탈 수 없을 거야."

원숭이가 말했다. 그의 말이 끝나자 다들 입을 다물었다. 나는 이야기의 주인공인 코끼리를 바라보았다. 그러나 그는 고개를 푹 숙이고 있어서, 표정을 살필 수가 없었다. 침묵을 깬 건 사슴이었다.

"하지만 분명히 방법이 있을 거야. 그리고 우리가 그 방법을 찾는 거야. 코끼리야, 너무 실망하지 마. 같이 생각해보자."

그제야 코끼리가 고개를 들고 천천히 말했다.

"방법은 없어. 나도 알아. 난 덩치가 너무 커. 그래서 자주 씻을 수도 없어. 내가 한번 목욕을 하면 종달새가 일 년 동안 마실 물이 더러워져. 그래서 언제나 흙투성이인 채로 살아야 해. 다들 흙투성이인 내가 싫을 거야. 그러니까 나를 위해 방법을 찾아줄 수도 없을 거야. 그만둬. 난 집으로 돌아가겠어."

여우가 재빨리 나섰다.

"이렇게 하자. 이제부터 부정적인 이야기는 하지 말기로 해. 안 된다, 할 수 없다, 이런 이야기는 해봤자 소용이 없어. 무엇이든 좋으니까 방법을 이야기해. 그리고 그게 아무리 바보 같은 이야기라도 절대 비웃으면 안 돼. 그렇게 하면 뭔가 해결책이 나올 거야. 그리고 코끼리야, 아무도 흙투성이라는 이유 때문에 너를 싫어하진 않아. 너는 그 길고 멋진 코로 높은 나무 위에 달린 작은 잎들을 따다가 토끼들에게 나눠준 적도 있잖아."

"그래! 우리 모두 처음 맛보는 잎이었어. 너무나 달콤하고 맛있었어. 코끼리가 아니었으면 절대 맛볼 수 없었을 거야."

토끼가 외쳤다.

"좋아. 그럼 내가 먼저 이야기할게. 코끼리가 스케이트를 타기 위해 제일 먼저 필요한 건 뭐지?"

여우가 말했다.

"스케이트가 필요해."

종달새가 말했다.

"그건 내가 도와줄 수 있어. 「사자 스케이트 전문점」에다 특별히 부탁하면 아마 가능할 거야. 우리가 신는 스케이트보다 다섯 배 정도 큰 사이즈면 되지 않겠어?"

사자가 말했다.

"하지만 도대체 어디서 탈 수 있다는 거야?"

원숭이가 말했다.

"부정적인 말은 하지 말자고 그랬지."

여우가 경고했다.

"좋아, 그럼 이제 코끼리가 스케이트를 탈 수 있는 거대한 얼음판만 있으면 되는 거지."

원숭이가 고쳐 말했다.

"아주 잘했어."

여우가 말했다.

"저기… 그런 얼음판을 우리가 찾아내면 되는 거라고 생각해."

개구리가 자신 없는 목소리로 끼어들었다.

"바로 그거야! 그런 얼음판이 어디에 있을까?"

여우가 기뻐하며 소리쳤다. 그러자 모두들 다시 입을 다물었다. 나는 조심스럽게 말을 꺼냈다.

"그거라면 내가 알 것 같아. 북극곰들이 살고 있는 거대한 얼음 대륙이 지구 어딘가에 있다고 들었어. 사람들은 그걸 북극이라고 부르지만…"

"멋져! 그곳이 어디지?"

토끼가 말했다.

"아마, 여기서 곧장 북쪽으로 계속 가면…"

내가 말했다.

"하지만 걸어가면 시간이 너무 많이 걸릴 거야. 지구는 아주 크니까."

사자가 말했다.

"그럼 빨리 갈 수 있는 방법을 찾아보자."

염소가 말했다.

"하지만 정말 그곳에 코끼리의 무게를 견딜 만한 얼음판이 있는 거야? 그리고 지금은 봄이잖아."

종달새가 내게 물었다.

"그건 확실해. 적어도 북극곰 때문에 얼음이 깨졌다는 이야기는 듣지 못했어. 그리고 그런 북극곰들이 한곳에서 많이 살고 있으니까, 코끼리도 무사할 거야. 게다가 그곳은 일 년 내내 겨울이라고 들었어."

내가 말했다.

"좋아, 그럼 빨리 갈 수 있는 방법을 찾아보자."

여우가 주의를 환기시켰다.

"들어봐. 내게 좋은 방법이 있어."

염소가 말했다.

"다 같이 배를 만들자. 거기에 코끼리를 실어서 북쪽으로 보내는 거야. 그럼 코끼리는 발이 아프도록 걷지 않아도 되잖아. 게다가 바다로 가면 육지로 가는 것보다 훨씬 빠를 거야."

"와!"

모든 동물들이 환호성을 질렀다. 나 역시.

우리는 다 같이 배를 만들기 시작했다. 거대한 나무들을 쓰러뜨리는 일은 코끼리가 맡았고, 사자와 여우는 나무를 적당한 크기로 잘랐고, 염소와 사슴은 그걸로 배의 형태를 잡았다. 종달새와 토끼와 개구리는 폭신한 나뭇잎을 구해 와서 코끼리가 편안하게 앉을 수 있는 자리를 만들었고, 손재주가 뛰어난 원숭이가 돛대를 달았다. 그동안 나는 북극으로 가는 지도를 열심히 그렸다. 길을 가르쳐주는 별자리의 지도도 그렸다. 마침내 배가 완성된 날,「사자 스케이트 전문점」에서도 코끼리를 위한 대형 스케이트를 보내왔다.

따뜻한 봄날 저녁, 우리는 잔디밭에 둘러앉아 작은 파티를 열었다. 모두의 마음은 따뜻하고 사랑스러운 자부심으로 가득 차 있었고, 서로에 대한 믿음으로 충만해 있었다.

"자, 드디어 내일이면 코끼리가 스케이트를 타기 위해 북극으로 떠나는 날이야. 우리 함께 코끼리를 축복해주자."

여우가 말했다.

"거긴 아마 추울 거야. 그래서 우리가 겨울에 사용하던 폭신한 담요를 모아서 너의 담요를 만들었어."

사슴이 코끼리에게 커다란 담요를 내밀었다.

"종달새와 내가 갈 수 있는 데까지 배웅을 할 거야. 너무 춥지 않은 곳까지 갔다가 돌아올게."

토끼가 말했다.

"자, 이제 너도 뭔가 이야기를 해봐."

원숭이가 말했다. 코끼리는 긴 코를 휘휘 저으며 하늘을 바라보았다. 그의 커다란 눈 속에 가만히 눈물이 고였다.

"모두들 정말 고마워. 나 혼자 간직하던 꿈이 우리 모두의 꿈이 된다는 건 정말 멋진 일이야."

신이 난 우리는 한참 동안 노래를 부르고 춤을 추었다. 밤이 깊어졌고, 어디선가 잠의 요정들이 몰려들었다. 나는 부드러운 잔디밭에 누워 스르르 잠 속으로 빨려 들어갔다. 또 다른 꿈의 세계로 흘러 들어가려는 순간, 내 귀에 사슴의 다정한 목소리가 들려왔다.

"코끼리야, 기억해. 이 세상에는 우리 모두가 힘을 합하면 이룰 수 있는 일들이 너무나 많아. 우린 지금 막 그중 한 가지를 해낸 거야."

"무엇을 위해 살아야 하는가가 중요한 게 아니야.
살아서 무엇을 볼 수 있느냐,
그곳에 있을 수 있느냐가 문제인 거지.
그게 정말로 슬픈 거라고."

_ 필립 K. 딕, 「시간 여행자를 위한 작은 배려」 중에서

오렌지
빛깔의 꽃

그런 일을 겪는 건 나 하나로 족해

차가운 물을 한 통 살까, 하고 집을 나선다. 계단을 내려가자 갈림길이 나타난다. 나는 아무 생각 없이 왼쪽으로 방향을 튼다. 몸을 돌리기 직전에, 내 눈은 앞에 있는 담을 보고, 담을 타고 올라온 나무의 가지를 보고, 가지에 매달린 오렌지 빛깔의 꽃을 본다. 아무 생각 없이 걸어가던 나의 뇌가 반응한다. 음, 오렌지 빛깔의 꽃이군.

오렌지 빛깔?

나는 걸음을 멈추고 뒤를 돌아본다. 분명히 오렌지 빛깔이다. 도대체 무슨 꽃일까. 태어나서 한 번도 본 적이 없는 꽃이다. 그런데 집에서 손을 뻗으면 닿을 듯한 곳에 보란 듯이 피어 있다. 한두 송이도 아니고, 족히 서른 송이는 넘어 보인다. 갓 봉오리를 맺기 시작한 것도 아니고, 벌써 흐드러져 있다. 그런데 나는 지금까지 그 꽃을 본 적이 없다.

어째서?

며칠 후, 나는 대학로를 걷고 있다. 약속시간보다 조금 빨리 도착한 바람에, 시간을 때우려고 발길 닿는 대로 골목을 기웃거린다. 어쩐지 제법 눈에 익은 풍경이다 싶어 기억을 더듬는다. 잡지사 기자로 사회에 첫발을 들여놓았을 무렵, 유치원을 취재하라는 지시를 받고 물어물어 찾아온 곳이 이 근처였다.

유치원이 있는 곳은 방송통신대학 뒤편이었다. 떠들썩한 사람들과 요란한 카페들을 지나쳐 언덕길을 한참 올라가자, 오래된 흑백사진 속에서 본 듯한 동네가 모습을 드러냈다. 가파르고 좁은 길, 어디선가 풍겨 나오는 된장찌개 냄새, 낮은 어깨를 나란히 하고 서 있는 소박한 집들, 어딘지 어색해 보이는 낡은 아파트, 그리고 낯선 골목길에서 흘러나오는 피아노 소리… 누군가 바이엘을 치고 있었다. 같은 부분을 자꾸만 틀리며, 반복해서.

낡은 아파트 한 귀퉁이에 쓰러질 듯 위태롭게 자리를 잡고 있는 유치원을 발견했을 때, 나는 이미 지쳐 있었다. 아기자기하고 알록달록한 공간을 상상하고 있던 내가 당황한 마음을 애써 억누르는 동안, 아이들은 호기심 어린 눈동자로 낯선 방문객을 마음껏 관찰했다. 취재수첩을 펼쳐 몇 가지 질문을 원장선생님께 던지고, 그의 대답을 습관적으로 받아 적으면서도, 나는 유치원이라 불리는, 좁고 어지러운 방의 구석구석을 흘낏거렸다. 칸막이 안에 놓인 두 대의 낡은 피아노에서 불협화음이 울렸고, 창가의 팬지꽃들은 햇살 속에서 꼬박꼬박 졸고 있었다.

"내 이름은 지훈이에요. 김지훈."

올망졸망하니 서서 원장선생님과 나를 지켜보던 열 명 남짓한 아이들 중에서 남자아이 하나가 톡 튀어나오더니 느닷없이 자기소개를 한 건 그때였다. 얼떨결에 나도 내 이름을 말해주었더니 이번에는 작은 손을 내밀어 악수를 청했다. 유치원을 빠져나올 때까지 그 아이는 내내 내 곁에 붙어 있었다. 굳이 문밖까지 배웅 나온 아이들과 '빠이빠이'를 하고 나서도 지훈이는 뭔가 할 말이 있는 것처럼 서성거렸다.

"누나, 나랑 친구 해요. 수첩, 잠깐 줘봐요."

내가 얼떨결에 수첩을 내밀자, 지훈이는 삐뚤삐뚤한 글씨로 자신의 이름과 전화번호를 적어 넣은 다음, 내 명함을 달라고 했다.

"우리 집에 전화할 때는요, 저녁 일곱 시 이후에 해야 돼요. 그 전에는 아무도 없어요. 엄마도 아빠도 모두 일하러 가고, 나는 유치원에 있거든요. 누나도 없고 형도 없고 동생도 없어요."

지훈이는 기어이 내 새끼손가락을 제 새끼손가락에 걸고 '전화할게'라는 약속을 받아냈다. 그게 벌써 칠, 팔 년 전의 일이었다.

기억에서 빠져나와 얼핏 정신을 차리고 보니 낯선 골목이다. 어디로 가야 하나 싶어 두리번거리는데 내 눈 속으로 오렌지 빛깔의 꽃들이 가득 들어온다. 우리 집 앞 골목에 피어 있던 바로 그 꽃. 똑같은 빛깔과 모양을 한 꽃이 대학로 뒷길의, 꼬불꼬불한 골목 귀퉁이에 피어 있다. 이름도 알 수 없는 저 오렌지 빛깔의 꽃들은, 바로 얼마 전까지만 해도 이 세상에 없었다가, 어느 날 갑자기, 좋아, 이곳에서 한번 살아보자, 하고 결심이라도 한 것처럼 여기저기 피어나 있다. 내가 그들의 존재를 알아차리기 훨씬 전부터, 모든 시간과 모든 장소에서 살아온 것처럼, 태연하게 피어나 있다.

마치 사랑이 시작될 때처럼.

유치원을 다녀오고 나서 며칠이 지난 후, 잠깐 사무실을 비운 사이, 그 아이가 전화를 했다. '김지훈, 전화 바람'이라는 메모를 보고 나는 잠시 멍해졌다. 누구지? 한참을 생각하다가 겨우 그 아이를 떠올렸다. 일곱 살짜리 나의 남자친구. 수첩을 펴고 이름을 찾았지만, 전화번호를 한참 바라만 보다가 다시 수첩을 덮어버렸다.

지훈아, 기다리지 마. 언젠가는 이런 것들이 상처가 될 거야.

그러나 나는 알고 있었다. 그 아이는 기다리고 또 기다릴 것이다. 자신이 기다리는 것이 끝내 오지 않는다는 걸 알게 된 후에도, 기다릴 것이다. 언젠가 내가 그랬던 것처럼.

대학로에서 오렌지 빛깔의 꽃을 보고 나서 일주일 후, 나는 초등학교 친구와 여행을 떠난다. 우리는 논산과 부여와 대천 해수욕장을 들러 무창포라는 이름의 바닷가에서 고기잡이배들을 구경한다. 살아 있는 새우들을 질릴 때까지 보고 돌아서 나오려는데, 무엇인가가 내 눈 속으로 아프게 파고 들어온다. 오렌지 빛깔의 꽃이다.

어째서 이런 곳에까지, 저렇게 아무렇지도 않게 오렌지 빛깔의 꽃들이 피어 있는지, 나는 정말 이해할 수가 없다. 첫 번째와 두 번째의 오렌지 꽃을 발견했을 때와는 달리, 물어볼 수 있는 친구가 내 옆에 있다는 게 조금 위안이 된다.

"저 꽃 본 적 있어?"

친구는 내 손가락이 향하고 있는 오렌지 빛깔의 꽃들을 잠시 바라보더니 아무렇지도 않게 말한다.

"아니. 본 적 없는데."

친구의 대답이 묘하게 기쁘기도 하고 난감하기도 하다. 이번에는 근처에서 어슬렁거리고 있는 동네 꼬마에게 물어본다.

"저기, 저 꽃의 이름이 뭔지 혹시 아니?"

꼬마는 동글동글한 눈동자를 빛내며 말해준다.

"몰라요."

나는 그쯤에서 포기하고 석양이 내려앉기 시작한 무창포를 떠난다. 친구와 함께 국도를 달려, 서울로 가는 기차를 타기 위해 논산으로 간다. 차창 밖을 무심히 보고 있는데 오렌지 빛깔의 꽃들이 국도를 따라 가득히 피어 있다. 이걸 어떡하나⋯ 친구에게 얘기를 할까, 하다가 말아버린다.

지훈이는 메모를 남겨놓은 지 한 달 후에 내게 편지를 보냈다. 편지라기보다 초대장이었다. 유치원에서 그림 전시회를 하는데, 방송통신대학 앞길에다 작품을 걸어놓을 거란다. '꼭 오세요'라고 그 아이는 썼다.

나는 연인으로부터 헤어지자는 편지를 받은 사람처럼 멍하니 초대장을 바라보았다. 이유 없는 슬픔이, 서해 바다의 밀물처럼, 천천히 밀려왔다.

그 아이를 만나러 가고 싶었다. 그 아이와 함께 그 아이의 그림을 보고, 자그마한 분식집에 마주 앉아 그 아이가 좋아하는 음식을 먹고, 장난감 가게에 가서 로봇도 사주고 싶었다. 언니도 없고 오빠도 없고 동생도 없는 어린 나를 가끔 귀여워해주던 어른들이 내게도 있었다. 그들은 언제나 다음에 또, 다음에 또, 하고 약속했다. 나는 그 '다음'을 손꼽아 기다렸지만, 그들의 '다음'은 절대로 오지 않았다.

그런 일을 겪는 건 나 하나로 족해, 지훈아.

나는 그 아이의 편지를 수첩 속에 끼워두었고, 그대로 방치했다. 그 사이에 전시회는 끝이 났다. 하지만 나는 왜 망설였을까. 무엇이 두려웠을까. 그 아이는 한없이 순수한 마음으로 나를 기다렸다. 문제는… 그래, 상처를 입는 건 그 아이가 아니라 나일지도 모른다는 생각을, 내가 하고 있었다는 것이다.

오렌지 빛깔의 꽃들은 그 이후에도, 때와 장소를 가리지 않고 불쑥불쑥 나타났다. 만나는 사람마다 붙들고 물어보았지만, 그 꽃에 대해 알고 있는 사람이 아무도 없었다. 무창포에서 찍은 사진을 보여주어도 '글쎄, 이런 꽃이 있었던가…'라고 할 뿐이었다. 아무도 모르지만 세상 어디에나 널려 있는, 조금만 주의하여 살펴보면 어디서나 볼 수 있는, 난데없이 나타난 꽃.

　마치 사랑이 시작될 때처럼. 그리고 너, 마치 오렌지 빛깔의 꽃처럼. 이제껏 너 없이도 잘 살아온 나의 세계에 나 몰래 들어와 씨를 뿌리고 싹을 틔우고 깊은 땅으로부터 물을 끌어 올려 줄기를 살찌우고 봉오리를 맺고 어느새 흐드러진 꽃을 피우는, 그러면서도 태연한 얼굴로 '이곳이 원래 내가 있어야 할 곳이야' 하고 이야기하는, 하지만 이름도 알지 못하는 오렌지 빛깔의 꽃과 같은 수많은 당신들.

　그리고 이것은 가장 나쁜 형태의 사랑이다. 나는 본능적으로 그것을 알아차린다. 식물의 모양을 한 사랑이 가장 나쁜 것이다. 무한한 인내를 요구하는 그 사랑을 돌보는 동안, 내 손은 부르트고 거칠어질 것이다. 상처는 덧없고 열매는 맺히지 않을 것이다. 그 사랑이 갈망하는 촉촉한 비와 따스한 햇살은 내 권한 밖에 있다. 세상의 자비가 없으면, 미래도 없다. 달콤한 봉오리는 다만 한순간, 다시 한 번 봉오리를 보려면 길고 먼 겨울을 홀로 버텨야 한다. 세월은 그렇게 흐를 것이고 나는 나이를 먹을 것이다. 그리고 튼튼하게 자란 꽃나무는 온전히 세상의 소유가 될 것이다. 나는 아무것도 소유할 수 없다. 알고 있다. 그럼에도 불구하고 돌봐주어야만 하는 것. 내가 지금껏 외면하고 있었던 것. 보고도 못 본 척하고 지나친 것.

　그러나 어쩐 일인가. 눈을 감고 보지 않으려 해도, 세상의 모든 빛속에 오렌지 빛깔이 반짝인다. 닫힌 내 눈 속으로 아프게 비집고 들어온다. 이제 와서야.

곰스크로 가는
기차

그 남자, 불행했을까?

"아주 오래전이지만, 「곰스크로 가는 기차」라는 단편소설을 읽은 적이 있어. 독일 작가가 쓴 거였는데, 그 나라 말을 배우는 사람이 공부 삼아 번역한 거였어. 무슨 동인지 같은 데 실렸거든."

그가 나를 빤히 바라보았다. 우린 무척 오랜만에 만났다. 하지만 별로 오랜만이라는 생각은 들지 않았다. 인연을 맺은 지 십여 년 정도가 지나면, 얼마나 자주 만나는가, 같은 건 아무래도 상관없어지는 법이다. 그러나 그는 조금 변했다. 어쨌거나 지금은 두 아이의 아버지니까.

"…그런데?"

나는 갑자기 그 이야기를 시작했다. 지금껏 흘러오던 대화의 맥을 뚝, 끊어버리고 전혀 다른 화제를 꺼내놓은 것이다. 그가 의아해하는 것은 당연하다. 그러나 내게는 어떤 작정이 있었다. 그건 대학 시절을 같이 보내고, 졸업을 하고, 결혼을 하고, 아버지가 된 남자들에게 들려주고 싶은 이야기였다. 그 수많은 남자들 중에서 하필이면 '그'가 그 자리에 있었고, 나는 이야기를 시작해버린 것이다.

"한 남자와 한 여자가 기차를 타고 있어. 곰스크로 가는 기차야. 두 사람은 이제 막 결혼을 했고, 지금까지 살던 곳을 떠나 새로운 곳으로 가서 새로운 생활을 시작하려고 해. 남자는 어릴 때부터 곰스크를 동경해왔어. 아버지한테서 곰스크에 대한 이야기를 늘 들었거든. 하지만 곰스크는 멀고, 기차표도 비싸. 남자는 재산을 몽땅 처분해서 곰스크로 가는 표 두 장을 사버렸어. 두 사람은 가방 하나만 들고 기차에 올라탔지. 곰스크로 가려면 며칠 동안 기차를 타야 했거든."

"그래서?"

왜 그 이야기를 하는 거지? 그의 눈이 묻고 있었다. 하지만 나는 무시하고 이야기를 계속했다.

"남자는 기대에 부풀어 있었지만 여자는 불안했어. 곰스크에는 아는 사람이 하나도 없고, 두 사람은 가진 게 아무것도 없었으니까. 여자는 밥도 제대로 먹지 못했고 잠도 못 잤어. 남자는 걱정이 되긴 했지만 곰스크에 도착하면 모든 게 잘 풀릴 거라 생각했지. 이틀쯤 지나서, 어느 작은 역에 기차가 섰어. 두 시간 정도 거기서 휴식을 취하고 다시 출발한다는 거야. 두 사람은 기차에서 내려 작은 식당에 들어가

식사를 했어. 오랜만에 땅을 밟고 맑은 공기를 마시니까 기분이 좋아졌지. 게다가 그 마을은 무척 아늑했어. 여자는 그릇을 깨끗이 비우고 마을 뒷동산으로 산책을 하러 가자고 했지. 남자는 기차가 혹시 떠나버리면 어쩌나, 싶긴 했지만 모처럼 활기를 되찾은 여자의 부탁을 거절할 수가 없었어. 두 사람은 작은 언덕에 올라 시원한 바람을 맞았고 여자는 잠이 들어버렸어."

"기차는?"

그는 내 이야기에 흥미를 느끼기 시작한 것 같았다.

"그들이 있는 언덕에서 기차가 서 있는 작은 역이 보였지. 남자는 너무나 곤하게 자는 여자를 깨울 수가 없어서 초조해하며 지켜보고 있었어. 마침내 기차가 기적소리를 울리며 떠날 준비를 했지. 남자는 어쩔 수 없이 여자를 깨웠어. 그들은 가방을 들고 뛰어갔지만 역에 도착했을 때 기차는 막 떠나버린 거야. 남자는 여자를 원망했지만 여자는 대수롭지 않게 다음 기차를 타면 되지 않느냐고 해. 그 작은 역에는 역무원이 한 사람밖에 없었어. 그 사람이 말하길, 그날은 더 이상 기차가 없다는 거야."

"그래서?"

카페의 푹신한 의자에 기대어 앉아 있던 그가 몸을 일으켜 내게로 가까이 다가왔다.

"할 수 없이 그들은 하룻밤 묵을 수 있는 곳을 찾기로 했어. 그 마을은 너무 작아서 호텔도 없었거든. 그들은 식사를 했던 식당으로 가서 하룻밤 잘 수 있냐고 물었어. 식당의 여주인은 이 층에 방이 하나 있다고 말했어. 하지만 두 사람은 숙박비를 지불할 수가 없었지. 기차 표를 사는 바람에 빈털터리가 됐으니까. 주인은 식당의 낡은 테이블과 의자를 손봐줄 사람이 마침 필요했다고 하면서, 그 일을 해주면 잠을 재워주겠다고 했지. 남자는 일을 했고, 두 사람은 저녁을 얻어먹은 후 잠을 잤어. 다음 날, 남자는 자꾸만 미적거리는 여자를 데리고 다시 역 으로 갔어. 하지만 기차는 서지 않고 그냥 지나가버렸어. 역무원은 그 역에서 그 기차가 항상 서는 건 아니라고 말해주었지."

"그럼 그들은 다시 식당으로 돌아갔어?"

"응. 두 사람은 또 일을 거들어주고 밥을 먹고 잠을 잤어. 그리고 다음 날 또 기차를 타러 갔어. 그날은 기차가 그 역에 섰고, 사람들이 우르르 쏟아져 내렸지. 그 작은 식당에서 식사를 하려고. 하지만 그건 곰스크로 가는 기차가 아니라 거기서 오는 기차였어. 식당은 손님들 로 가득 찼고, 남자는 또 일을 했어. 그날 저녁에 드디어 곰스크로 가 는 기차가 도착했고, 그 역에 정차했지."

"그럼 탈 수 있었겠네?"

"아니. 그들이 갖고 있는 표는 이틀 전 거잖아. 그 표는 이미 유 효하지 않으니까 새로 표를 끊으라고 승무원이 말했어. 하지만 그들 은 돈이 없었지."

"저런…"

"할 수 없이 두 사람은 다시 돌아왔어. 식당은 기차에서 내린, 곰스크로 가는 사람들로 북적거렸지. 남자는 식당 주인에게 제안을 했어. 그곳에서 계속 일을 하게 해달라고. 그리고 그 대가로 먹고 자게 해달라고. 손님들에게 받은 팁을 모아 표를 사려고 했던 거야. 물론 기차표를 사려면 꽤 많은 돈을 모아야 하니까 그들은 꽤 오래 머물러야 했지."

"그래서?"

"두 사람은 거기서 일을 했고 남자는 조금씩 돈을 모았지. 기차가 그 마을에 서면 손님들이 와서 식사를 하고 팁을 주지만, 기차가 서지 않는 날은 돈을 모을 수가 없었어. 남자는 초조했지만 여자는 만족했어. 그녀는 그 작은 마을이 무척 마음에 들었지. 하루는 가방에 있는 옷들을 꺼내어 작은 옷장에 집어넣었어. 남자는 언제라도 떠날 수 있도록 가방을 싸두고 싶었지만 여자가 고집을 부렸지. 또 다른 날에 여자는 못 쓰게 된 소파를 가져와서 새 천을 입혀 방 안에 놓아두었지. 마을 사람들에게 의자와 테이블도 얻어 왔어. 그렇게 하나둘씩 살림살이가 늘어났지. 여자와 싸우기도 지겨워진 남자는 묵묵히 일을 하면서 작은 병에다 손님들이 준 팁을 모았어. 꽤 오랜 시간이 지난 후에야, 두 장의 기차표를 살 수 있는 돈이 모아졌지. 남자는 곰스크로 가는 기차표 두 장을 샀고, 기차도 왔지. 여자는 마지못해 남자의 손에 이끌려 역으로 갔지만, 기차를 타지 않으려고 했어. 달래고 화를 내도 소용이 없었어. 여자는 그렇게 가고 싶다면 혼자 가라고 소리쳤어. 남자도 화가 나서 막 떠나려는 기차에 혼자 올라탔지. 그때 여자가 외쳤어. 아이를 가졌다고."

"……"

그가 앞에 놓인 잔을 들었다. 우리는 가볍게 건배를 하고 맥주
를 마셨다.

"남자는 기차에서 내렸겠지?"

"응. 남자 쪽에서 본다면, 상황은 더욱 나빠졌지. 그동안 애써 모
은 돈은 기차표를 사는 데 써버렸고, 아이가 태어나면 돈을 모으기는
더 힘들어질 테고. 하지만 여자를 혼자 두고 갈 수는 없으니까, 결국 다
시 식당으로 돌아갔어. 그리고 같은 생활이 계속되었어. 일을 하고, 팁
을 모으고, 살림은 늘어갔지. 여자는 마을 사람들하고도 친해져서 그
소박한 생활에 만족하고 있었지만, 남자는 가끔 언덕에 올라가서 곰스
크로 가는 기차를 바라보곤 했어. 돈은 쉽게 모아지지 않았어. 좀 모였
다 싶으면 꼭 필요한 곳이 생겼지. 그리고 아기가 태어났어."

"곰스크는 물 건너갔군."

"그 작은 마을에, 학교가 하나 있었어. 그 학교에는 선생님이 딱
한 사람 있었는데, 나이가 들어서 학생들을 계속 가르칠 수가 없게 된
거야. 교장선생님이자 선생님인 그가 여자에게 말했지. 당신의 남편이
자신의 일을 물려받을 수 없겠냐고. 그러면 학교에 딸린 사택에서 살
수도 있고, 월급도 받을 수 있다는 거야. 여자는 정원이 딸린 그 작은
사택이 아주 마음에 들었어. 남자는 처음엔 싫다고 했지만, 팁을 모으
는 것보다 월급을 받는 쪽이 나을 것 같아서 결국 그 학교를 맡게 되었

지. 남자와 여자와 아이는 이사를 했고, 그곳에서 쭉 살았어."

"그게 끝이야?"

"응. 하지만 한 가지 이야기가 더 남아 있어. 남자는 어느 날 자신에게 학교를 물려준 교장선생님과 같이 술을 한잔 마셨어. 교장선생님은 남자에게 이렇게 말했어. 나도 곰스크로 가고 싶었다네. 결국 이곳에서 삶을 마치게 되었지만."

그가 빈 술잔을 채웠다.

"그리고 소설은 남자의 독백으로 끝나. 나는 아직도 곰스크로 가는 표를 사기 위해 돈을 모으고 있다…"

꽤 긴 침묵이 흐른 후에 그가 입을 열었다.

"그 남자, 불행했을까?"

"넌 어때?"

대답 대신, 내가 물었다. 하하, 그가 짧게 웃었다.

"나쁘진 않지?"

내가 다시 물었다.

"그래, 나쁘진 않아."

그가 대답했다.

"아직도 곰스크로 가고 싶어?"

내가 물었다.

"글쎄… 아마 그럴 거라고 생각해. 하지만 너무 늦었겠지."

"그럴지도 모르지. 어쨌든 넌 아이가 둘이나 있으니까." 나는 웃었다. "하지만 아이 때문에 행복하지?"

"그래." 그가 대답했다. "너는 줄곧 내게 그 이야기를 해주고 싶었던 거지?"

"응. 하지만 안 해도 괜찮았을 거야. 새로운 이야긴 아니잖아. 어쩌면 나보다 네가 잘 알고 있는 이야기고."

내가 말했다.

"기차에서 내리지 않았으면 곰스크로 갈 수 있었을까?"

꿈을 꾸는 듯한 목소리로 그가 물었다.

"모르겠어. 인생에는 어차피 여러 가지 일들이 생기는 거니까. 하지만 그건 그것대로 소중하고 가치가 있지 않을까?"

내가 대답했다.

"네가 하고 싶은 이야기는 뭐야?"

그가 물었다.

"그 이야기에서, 남자와 여자의 입장은 늘 바뀌는 거라고 생각해. 때로는 남자가, 때로는 여자가 서로의 발목을 잡기도 하고, 곰스크로 가자고 끌어당기기도 하고, 또는 가족이, 친구가, 사회가, 절망과 희망을 던져주기도 하겠지. 뭐, 내가 하고 싶은 이야기는 별로 없어. 다만 오래전에 읽었던 그 소설이 내 마음속 어딘가에 가라앉아 있다가 가끔 선명하게 떠오른다는 거지. 마치 아무런 위험도 없어 보이는 사화산이 갑자기 폭발하듯이. 그럴 때면 난 불에 덴 듯이 깜짝 놀라서, 나도 모르게 곰스크, 라고 말하게 돼."

그가 고개를 끄덕였다.

"이제 정말 봄이야, 그렇지?"

그가 물었다.

"응, 봄이야."

내가 대답했다.

※본문에 인용한 「곰스크로 가는 기차」는 독일 작가 프리츠 오르트만의 단편소설입니다. 본문의 이야기는 소설과 약간의 차이가 있을 수 있습니다.

한밤의
동물원

당신은 철창 밖에 있고
우리는 철창 안에 있으니까

툭, 툭, 툭.

비가 오기 시작하면서 하늘이 어두워졌다. 나는 좀 심각한 지경에 놓여 있는 것 같다. 길을 잃은 것이다. 이런 일이 처음은 아니지만, 이런 경우는 아주 난감하다. 무엇보다 여기는 동물원이고, 사람이라고는 그림 자도 보이지 않기 때문이다. 거기다가 비가 내리기 시작하면서 순식간에 밤이 되어버렸다.

애초에 혼자 동물원 같은 데를 오는 것이 아니었다. 모처럼의 휴일 에, 멀쩡하게 집에서 잘 쉬고 있다가, 왜 갑자기 전철을 타고 여기까지 온 건지 모르겠다. 어쩌면 나의 의지가 아니었는지도 모른다. 봄의 공기 속 에 마약 성분 같은 것이 있어, 멋도 모르고 그걸 마셔버린 내가 자아를 잃어버리고 스르르 이곳으로 끌려왔다, 라는 것이 더 정확할 수도 있다. 동물원 입구에 들어섰을 때 어쩐지 흥겨워진 건 사실이다. 내 인생을 통틀어 동물원에 와본 건 손가락 다섯 개로 꼽힐 정도인 데다, 마지막으로 온 것이 삼 년 전 봄이다. 봄이라고 해도 꽤 추운 날이어서, 한밤중에 동물들이 우리를 뛰쳐나오면 어떤 일이 벌어질까, 같은 터무니없는 공상에 잠겼다가, 종종걸음을 치며 돌아왔다. 그리고 지금, 밤이 오고 있는 동물원에서 나는 길을 잃어버린 것이다.

　이런 상황에서 어떻게 행동하는 것이 현명한 건지 모르겠다. 휴대폰은 배터리가 떨어졌고 공중전화는 찾을 수 없으며, 도움을 청할 만한 사람은 어디에도 보이지 않는다. 무작정 입구라고 생각되는 쪽을 향해 걸어가 보지만 몇 걸음 가다 보면 제자리로 돌아온 느낌이 들어 점점 무서워질 뿐이다. 그렇다고 언제까지나 가만히 있을 수는 없다. 빗줄기가 점점 거세지고 있기 때문에, 일단 비를 피할 수 있는 곳을 찾아야 한다. 커다란 나무 몇 개를 지나 코너를 돌자 눈앞에 돔 모양의 지붕을 가진 건물이 나타난다. 건물 쪽으로 뛰어가 보니 벽에 붙어 있는 빛바랜 플래카드가 눈에 들어온다. 빨간 글씨로 '돌고래 쇼'라고 쓰여 있다.

　건물 입구는 굳게 잠겨 있고 불빛 하나 없다. 동물원이 폐장하겠으니 모두 나가달라는 안내방송이 나온 것이 벌써 두 시간 전의 일이니, 불빛 같은 게 있을 리 없다. 건물 아래에서 비를 피하는 것 이외에, 다른 현명한 일은 아무것도 없다. 나의 얇은 봄 재킷은 이미 흠뻑 젖었고 몸은 부들부들 떨리기 시작한다.

'어쨌든 동물원에서 길을 잃고 죽었다는 사람 이야긴 못 들었으니까…'

그렇게 스스로를 위로하며, 나는 돌고래 쇼를 한다는 건물 입구에 쪼그리고 앉는다. 동물원이 개장하는 내일 아침까지 그렇게 앉아 있어야 할지도 모른다고, 단단히 각오를 하면서.

"커피 한잔하시겠습니까?"

빛바랜 회색 운동화, 낡은 청바지, 하얀 티셔츠, 눈이 들여다보이지 않는 검은 선글라스. 자리에서 일어서려던 나는 휘청, 몸의 중심을 잃는다. 그러자 그가 단단한 팔을 뻗쳐 나를 잡는다.

"커피…요?"

나는 어리벙벙해져서, 나를 잡고 있는 사람을 향해 묻는다.

"커피입니다."

그가 단호하게 대답한다. 커피를 마시지 않으면 용서할 수 없다는 듯한 그 분위기에 압도되어, 나는 더 이상 따질 것도 없이 그를 뒤따라가기로 한다. 그곳이 어떤 곳이든, 멍청히 제자리에 앉아 있다가 얼어 죽는 것보다는 나을 것 같다. 남자는 '출입구'라고 쓰여 있는 문 앞을 지나 돔 모양의 지붕을 가진 건물의 뒤쪽을 향해 걸어간다. 비는 계속 내리고 있고 사방은 완전히 암흑이다. 어둠 속에서 남자를 놓치지 않기 위해 나는 종종걸음을 치며 따라간다. 그는 건물의 뒤쪽에 있는 작은 문 앞에 서서 나를 기다려준다. 문의 안쪽으로부터 희미한 불빛이 새어 나온다. 남자가 문을 연다.

"편한 곳에 자리를 잡으십시오."

그가 말한다. 나는 주위를 한 바퀴 둘러본다. 어딘지 비현실적인 분위기를 띠고 있는 곳인데, 아마도 낮은 조명과 축축한 습기, 그리고 해초 향기를 머금은 바다 내음 때문인 듯하다. 내가 서 있는 곳을 중심으로 하여 낮은 의자들이 타원형으로 놓여 있고, 맞은편에는 물결이 찰랑이는 거대한 수영장 같은 것이 있다. 수영장 또는 수영장 같은 그것은 아주 크고 깊어 보이는데, 어두운 조명 탓인지 그 끝은 보이지 않는다. 나는 머뭇거리다가 물 가까운 곳까지 내려가서 의자 하나를 차지하고 앉는다. 몸이 조금씩 따뜻해지는 것을 보니, 바깥보다는 기온이 높은 듯하다. 남자는 내가 자리에 앉는 것을 확인하고, 어디론가 사라져버린다. 아마도 커피를 가지러 간 것이겠지.

그의 발자국 소리가 멀어지고 거대한 침묵이 공간을 채운다. 그때 멀리서 물결을 가르는 소리가 들려온다. 소리가 점점 내 쪽으로 다가오더니, 바로 앞에서 불쑥, 하고 한 마리의 돌고래가 나타난다. 놀랍기보다 오히려 반갑다. 돌고래와 내 눈이 마주친다. 나는 무엇에 홀린 사람처럼 자리에서 일어나 돌고래에게 다가간다. 손을 뻗으면 만질 수 있을 만큼, 그와 나는 가까운 거리에 있다. 하지만 내가 손을 뻗자, 돌고래는 갑자기 물속으로 들어가버린다.

한참을 기다렸지만 돌고래는 다시 나오지 않는다. 그 대신 남자가 커피를 들고 돌아온다. 그의 무표정한 얼굴에 잠깐 미소가 스친다.

"무얼 기대하는 거죠? 공놀이나 링 돌리기는 없습니다." 남자가 말한다. "하지만 기분이 내키면 노래를 부르거나 물장난을 할지도 모르죠. 어쨌든 지금은 한밤의 동물원이니까요."

그렇지. 나는 내가 처해 있는 상황을 깨닫고 남자가 가지고 온 커피를 받아 든다. 커피에서 희미한 건초 냄새가 난다.

"길을 잃은 것이지요?"

남자가 묻는다.

"네… 바보 같지만."

내가 말한다.

"가끔 있는 일입니다. 대체로 우린 못 본 척하지만, 오늘처럼 추운 데다 비가 오는 날은 위험할 수도 있으니까요."

그가 말한다.

"우리…?"

"한밤의 동물원에 남아 있는, 뭐 별로 많이 남아 있는 건 아니지만, 몇몇…"

남자가 말을 멈춘다. 돌고래가 다시 물 위로 올라온 것이다. 나는 다시 한 번 손을 뻗는다. 이번에는 돌고래를 만질 수 있다. 돌고래는 내 손바닥에 머리를 갖다 대고 킁킁, 냄새를 맡는다.

"나쁘지 않지? 나도 그렇게 생각해."

남자가 말한다. 이번에는 내가 아니라, 돌고래를 향한 것이다.

"뭐가요?"

나는 약간 당황해서 남자에게 묻는다.

"설명을 원한다면, 해줘도 나쁘지 않을 거란 이야길 하고 있었습니다."

남자가 말한다.

"저기… 도대체 뭐가 뭔지…"

돌고래는 재미있다는 듯이 고개를 갸우뚱하고 우리 쪽을 바라보고 있다.

"사람들이 다 돌아가고 난 다음에, 그러니까 지금 같은 한밤의 동물원에서 어떤 일이 일어날까, 상상해본 적이 있지요?"

남자가 말한다.

"네… 하지만 그걸 어떻게…"

"어떻게 아느냐… 라는 것까지 설명하자면 복잡해지니까… 그저 본능적인 거라고만 말해둡시다. 내가 말하고 싶은 건, 당신이 궁금해하는 것, 즉 한밤의 동물원에서 어떤 일이 일어나느냐, 하는 것입니다. 알고 싶지요?"

"네…"

"대체로 우린 동물원에 남아 있지 않습니다. 날씨와 계절에 따라 좀 다르지만. 거의 반 이상은 빠져나간다고 봐야 합니다."

"빠져나가요?"

나는 눈을 동그랗게 뜨고 남자를 본다. '우리'라는 말과 '빠져나간다'는 말 중 어느 것에 더 놀라워해야 하나, 생각하면서.

"그런 걸 상상하지 않았습니까?" 남자가 미소를 짓는다.

"아… 그러니까 난, 처음에는 동물들이 왜 저렇게 아무것도 하지 않고, 세상에서 가장 심심한 표정으로, 다들 늘어져서 잠을 자거나, 허공을 꼼짝도 않고 바라보고 있을까… 그런 게 이상했어요. 난 동물원을 좋아하지만, 동물원을 다녀오면 늘 우울해졌어요. 사람이란 게… 그렇잖아요. 즐거운 사람을 만나면 즐거워지고, 우울한 영화를 보면 우울해지는 것처럼. 이곳에서 만나는 동물들은 전부 우울해요. 하루를 보내는 게 너무 힘들어 보이고, 먹이에도 별 관심이 없고… 언젠가 한 소녀가 산속에서 길을 잃어버리고 먹을 것을 찾아 헤매는 만화를 본 적 있어요. 사흘째가 되던 날, 문득 소녀가 깨닫게 돼요. 난 온종일 먹을 것만 생각하는구나… 난 동물 같구나… 야생에서의 동물은 그런 게 아닐까요? 그들에게는 의식주 중에서 오로지 '식'만이 중요하죠. 동물원에서는 먹이를 얻기 위해 힘들이지 않아도 되니까, 그들은 할 일이 없을 거예요. 그렇다면… 그들은 뭘 하고 살아야 할까…"

남자는 빙글빙글 웃으면서 내 말에 귀를 기울이고 있다. 돌고래도 계속 그 자리에 머물면서 마치 내 말을 이해한다는 듯이, 나를 가만히 바라보고 있다. 나는 이야기를 계속한다.

"아무것도 할 것이 없는 삶… 생각만 해도 가슴이 답답하잖아요. 그런 생각을 하면서 호랑이 우리를 지나가는데, 문득 저 호랑이가 정말 저 우리를 빠져나오지 못할까, 라는 생각이 들었어요. 어쩌면 호랑이는 우리가 보지 않을 때, 사람들이 하나도 없을 때, 그러니까 이를테면 이런 깊은 밤… 빠져나와서… 아무에게도 들키지 않고 돌아다니다가… 그러다가 새벽에 다시 우리로 돌아오는 게 아닐까… 호랑이뿐 아니라 다른 동물들도 그런 건 아닐까… 밤새 돌아다니느라 너무 피곤해서, 낮에는 저러고 있는 게 아닐까…"

"왜 돌아오지요?"

남자가 묻는다.

"갈 곳이 없으니까요. 시멘트 바닥에다가 딱딱한 건물들… 그리고 야생을 잃어버린 동물들이 사냥할 수 있는 곳도… 그걸 알면서도 매일 밤 나가보고, 또 돌아오고…"

"갈 곳이 없는 건 사실입니다. 아프리카도 북극도 너무 멀지요. 바다에 이르는 강은 댐으로 막혀 있고, 산에는 어린 나무들뿐입니다. 새들은 날아다니기도 하지만… 뭐 어쨌든 우린 동물원에 갇힌 동물들입니다. 귀하니까 가둬놓고 보는 거지요. 그만큼 바깥에서는 잡힐 위험이 높은 거고. 재수가 나쁘면 잡히는 과정에서 크게 다치거나 죽을 수도 있습니다. 밀렵꾼에 의해 박제가 되기도 해요. 우린 죄다 겁쟁이가 됐습니다. 그게 동물원에서 배운 거지요."

가슴 끝에서 기묘한 통증이 느껴진다. 두렵지만, 그건 인간으로서 교육받은 두려움이라고, 나의 본능이 나를 향해 소리치고 있다. 나는 가까스로 침묵을 지킨다.

"매일이 힘들고 실망스럽지요. 하지만 오늘 밤에는 혹시라도 길을 찾을 수 있지 않을까, 하고 동물원을 떠납니다. 다시는 돌아오지 않아도 될 거라고 기대하면서. 그러나 새벽이 되면, 지친 몸으로 다시 돌아옵니다. 그러니 우리가 당신 앞에서 뛰어다니지 않는다 해도 너무 원망하지 말아요. 좌우지간 당신은 철창 밖에 있고, 우리는 철창 안에 있으니까. 그리고 이제 잠을 좀 자두도록 해요."

남자는 말을 마치고, 어둠 속으로 걸어 들어가서, 곧 사라진다.

밤은 지났고, 비는 그쳤다. 햇살 속에 드러난 풍경은, 끝이 보이지 않는 바다처럼 크고 깊었던 어제의 그곳이 아니다. 그저 조그마한 돌고래 쇼장이다. 머릿속은 어수선하지만 아픈 곳은 없다. 용케 감기에 걸리지 않았던 모양이다. 인간은 인간의 머리로 이해할 수 없는 것들은 믿으려 하지 않는다. 나 역시 그러하다. 지난밤에 일어났던 모든 일들을 잊어버리려 애쓰며, 나는 아침의 동물원을 천천히 걸어 내려간다. 철창 안의 동물들은 대부분 깊은 잠에 빠져 있다.

늑대 우리 앞을 지날 때, 우리 속에 있던 늑대가 천천히, 길게 한 번 운다. 나는 발길을 멈추고 우리 앞에 서서 가만히 그를 바라본다. 이상하게도, 늑대가 나를 향해 미소를 짓고 있는 것 같다고 생각하면서.

아침의 동물원을 나서면서, 역시 나는 좀 우울해진다. 언젠가 몹시 그리워질 것 같은 우울함이다.

오 분쯤
느린 시계

눈부시게 맑은 날만
아니었으면 합니다

그는 금요일 오후 네 시에 찾아왔다. 그녀는 라디오의 시보에 따라 손목시계의 시간을 맞추고 있었다. 그녀는 아버지에게 그 시계를 물려받 았는데, 아버지는 아버지의 아버지에게, 아버지의 아버지는 아버지의 아 버지의 아버지에게 물려받았다. 오래된 시계에서는 오래도록 묵은 시간 의 냄새가 난다. 진짜 '시계'다운 냄새다. 그래서 그녀는 늘 그것을 몸에 지니고 다닌다. 시계는 하루에 오 분 정도 느려진다. 때문에 그녀는 매일 오후 네 시, 시간을 맞추는 습관을 갖게 되었다.

"오후 네 시를 알려드리겠습니다. 띠, 띠, 띠, 띠―"

그녀가 막 시계를 맞추었을 때, 초인종이 울렸다. 오후 네 시에 손 님이 오기로 되어 있었다.

'참으로 정확한 손님이군.'

그녀는 자리에서 일어나 문을 열었다. 회색 진에 오렌지색 티셔츠를 받쳐 입은 한 남자가 문 앞에 서 있었다.

"차 한 잔 드릴까요?"

그녀는 그를 자리에 앉히고, 싱크대 쪽으로 가면서 물었다.

"그냥 차가운 물이면 됩니다."

그가 말했다. 그녀는 냉장고 안에 있는 차가운 생수를 꺼내어 유리컵에 따르고 잠시 망설이다가, 냉동실에서 꺼낸 얼음 조각과 레몬 슬라이스 한 조각을 컵 속에 집어넣었다. 그는 잠시 동안 의심스러운 눈으로 유리컵을 바라보았다.

"그냥 차가운 물이에요."

그녀가 말했다. 그는 고개를 끄덕이더니 컵을 들어 한꺼번에 물을 다 마셔버린 다음, 얼음 한 조각을 깨물었다.

"여기서 원하는 날씨를 살 수 있다는 게 정말입니까?"

그가 물었다.

"그래요."

그녀는 기계적으로 다이어리를 집어 들고 그의 맞은편 의자에 앉았다.

"어떤 날씨든지?"

"어떤 날씨든지."

그는 신중하게 바지 왼쪽 호주머니에서 작은 종이를 끄집어내어 그녀에게 내밀었다.

"사월 사 일, 오후 네 시?"

그녀가 종이에 쓰인 글씨를 소리 내어 읽었다.

"사월 사 일 오후 네 시. 비가 오면 좋겠습니다."

그녀는 다이어리에서 사월 사 일을 찾아 '비'라고 쓰고는, 한참 동안 그 글씨를 들여다보았다.

"가능할 것 같아요. 그런데 구체적으로 어떤 비죠? 바람을 동반한 폭풍인가요, 소나기인가요, 부슬부슬 내리는 봄비인가요, 아니면…"

"사실은… 잘 모르겠습니다." 그가 말했다. "눈도 상관없는데…"

"눈이요? 사월 사 일에 눈이라… 꼭 원하신다면 방법은 있지만, 비용이 좀 많이 들 거예요."

"바람도 괜찮습니다. 아주 맑은데, 바람만 강하게 부는 날."

그는 망설이고 있었다.

"정확하게 말씀을 해주셔야 해요. 구체적으로 어떤 날씨를 원하시는지."

그녀는 들고 있던 다이어리를 탁, 소리 나게 내려놓았다. 그 동작에는 약간의 짜증이 섞여 있었다. 그는 깜짝 놀랐고, 재빨리 사과를 했다.

"미안합니다."

"자세히 이야기해주세요."

그녀가 그를 빤히 바라보며 말했다.

"사실은 어떤 날씨가 좋을지 모르겠습니다."

그는 머뭇거렸다.

"그날이 무슨 날이죠?"

"…이별입니다."

"아시다시피, 저는 날씨를 파는 사람이에요. 주로 여행을 가는 사람들이나 결혼식을 앞둔 사람들이 저를 찾아오죠. 맑은 날을 원하는 사람들이 대부분이지만, 드물게 추억을 만들기 위해서 비가 오거나 바람이 부는 날을 원하는 분들도 있어요. 하지만 당신 같은 경우는 처음이네요."

"…예."

"왜 그날의 날씨 같은 것에 신경을 쓰시죠?"

"눈부시게 맑은 날만 아니었으면 합니다. 그건 견딜 수 없을 것 같아서."

그녀는 아무 말 없이 노트에 '맑은 날은 안 됨'이라고 써넣었다.

"계산은 사월 오 일에 하시면 돼요. 날씨를 확인하신 후에."

그들은 악수를 하고 헤어졌다.

봄이라고는 해도, 아직은 바람이 찬 사월의 동물원이었다. 우리는 호랑이와 거북이, 공작새와 기린을 구경하고, 사자 우리 위에 지어진 작은 카페에서 차를 마시고 있었다.

"내 이야긴 이게 끝이야."

그가 말했다.

"거짓말. 그런 소리를 누가 믿어. 날씨를 파는 사람이라니. 가능할 리가 없잖아."

내 말에, 그는 큰 소리로 웃음을 터뜨렸다.

"조금 설명을 덧붙이자면 말이지, 그녀는 나비들과 이야기를 할 수 있어. 몇 마리의 나비가 어디서 어떤 방식으로 날개를 파닥이는지를 알게 되면, 그날의 날씨를 알 수 있지. 거꾸로, 비를 내리게 하거나 바람이 불게 하려면 몇 마리의 나비가 언제, 어디서, 어떤 방식으로 날아야 하는지도 알지. 그럼 나비에게 부탁하는 거야."

"좋아, 좋아. 그렇다고 하자." 나는 순진한 어린아이처럼 고개를 끄덕이고 시계를 보았다. "그런데 지금은 사월 사 일 오후 네 시 일 분 전이야. 비는커녕, 맑기만 하잖아."

"뭐, 여러 가지 이유가 있을 수 있겠지. 날기로 한 나비 중의 한 마리가, 갑자기 몸이 아파서 날지 못했다거나…"

"혹은 그녀가 시계 맞추는 것을 잊었다거나…"

내가 말했다.

"어쩌면 이별을 하지 않게 되었을지도."

그가 말했다. 우리는 봄의 눈부신 햇살이 빛나고 있는, 창 너머의 하늘을 올려다보았다. 네 시가 지나고, 네 시 오 분이 될 때까지. 그것은 무척 깊고 맑은 오 분이었다.

세발자전거는
모두 어디로 가는가

레오넬리 비치라니
들어본 적도 없어

세발자전거를 앞에 놓고, 나는 망설이고 있었다. 자전거와 이별을 하기 위해 여기 강가로 왔다. 다시 말하면, 이제는 소용이 없어진 세발자전거를 버리려는 것이다. 물론 세발자전거가 소용없어진 것은 최근의 일이 아니다. 아주 오래전에 세발자전거를 두발자전거로 바꾸었고, 얼마 전에 두발자전거를 차로 바꾸었다. 두발자전거가 더 이상 필요 없게 되었을 때는 그걸 달라는 사람이 잽싸게 나타났기 때문에, 별다른 갈등 없이 넘겨버렸다. 그러나 세발자전거가 더 이상 필요 없게 되었을 때 나는 너무 어려서 어떻게 해야 할지 몰랐다. 그런 이유로 그럭저럭 지금까지 가지고 있게 된 것이다.

이 년 혹은 삼 년에 한 번쯤 이사를 할 때면, '아, 내가 아직 이걸 가지고 있었지' 하고 깨닫게 된다. 세발자전거는 언제나 내가 생각지도 못했던 장소에서 튀어나왔다. 도대체 왜 그런 곳에 세발자전거가 들어 있는지 알 수는 없지만, 그에게도 발이 달렸으니 그럴 수도 있겠지.

어쨌든 나는 드디어 그것을 버리려던 참이었다. 아무 곳에나 버리지 않고 차에 실어 강까지 가지고 온 건, 오래된 물건과 이별할 때는 어떤 의식 같은 것이 있어야 한다는 K의 이야기 탓이었다.

"물건에도 어떤 기억이 머물러 있는 거야. 네가 그걸 오래 간직했다면 그 물건은 너에 대한 기억을 가지고 있는 거지. 그러니 그 물건을 함부로 버린다는 건 너의 기억 중 일부를 함부로 버린다는 거야. 너는 영원히 그 기억을 상실하게 되는 거고. 좋은 일은 아니잖아?"

어두컴컴한 술집에서 술에 취한 채로, K는 그렇게 말했다. 이상하게도 그 말은 쉽게 잊히지 않았다. 나는 K에게 이별의 의식이란 걸 어떻게 하는 건지 물었다. K는 터무니없는 말을 들었다는 듯이 눈살을 찌푸리며 말했다.

"그런 걸 나한테 물으면 어떡해. 네 물건이니까 네가 알아서 해야지."

나는 입을 다물고, 김이 빠진 맥주를 한 모금 마셨다. 맥주에서는 씁쓸하고 어둑어둑한 맛이 났다.

"이태리, 소렌토로, 레오넬리 비치."

무얼 어떻게 해야 할지 모르는 채로 강가에 드리워지는 어둠을 보고 있을 때, 무엇인가가 그렇게 말했다. 너무나 또렷한 목소리여서, '주위에 아무도 없는데 누군가의 목소리가 들리다니, 분명히 잘못 들은 거야'라고 이성적으로 판단할 수가 없었다. 나는 잠시 숨소리를 죽이고 귀를 기울였지만 무엇인지 모를 그것은 더 이상 말을 하지 않았다.

"이태리, 소렌토로, 레오…넬리 비치?"

나는 어둠을 향해 무언가가 말한 것을 되풀이해보았다.

"레오넬리 비치, 바로 거기야."

이번에는 목소리의 방향이 감지되었다. 그건 내 앞에 세워진 세발자전거로부터 흘러나오고 있었다. 나는 한숨을 쉬고 고개를 흔들고 발을 구르고 눈을 꼭 감았다 뜬 다음 오른손으로 왼팔을 힘껏 꼬집어보았으나 아픔은 느껴지지 않았다. 그래서 안심하고 세발자전거 앞에 털썩, 주저앉았다. 왠지 다리에 힘이 풀렸기 때문이다.

"레오넬리 비치라니, 들어본 적도 없어."

내 목소리는 마치 등 뒤에서 들려오는 것처럼 낯설었다.

"세계지도를 찾아봐." 세발자전거는 아무 문제도 아니라는 듯 간단하게 말했다. "그곳으로 가게 될 테니까."

"내가? 왜 그런 곳에?"

질문을 하면서도 나는, 이건 어디까지나 꿈이니, 그런 일이 일어나도 상관은 없겠다고 생각했다.

"그곳에서 칠 년마다 한 번씩, 세발자전거들의 축제가 열려. 올해가 바로 그해야. 우린 운이 좋아."

세발자전거가 말했다.

"그런데 내가 어떻게 거기까지 갈 수 있다는 거야?"

"아아, 간단해. 이별의 의식을 행한 자전거와 주인은 그 축제에 초대받게 되는 거야."

눈앞의 강이 완전히 어두워졌다고 생각한 순간, 나는 다른 곳으로 옮겨져 있었다. 그래, 이건 꿈이니까. 나는 다시 한 번 스스로에게 상기시키면서 주위를 둘러보았다. 눈앞에는 강이 아니라 작은 해변이 펼쳐져 있었다. 아마도 레오넬리 비치겠지. 몸을 돌리자 장난감처럼 알록달록한 낮은 건물들이 보였다.

"나를 타."

내 옆에 있던 세발자전거가 말했다. 너를 타기에는 내가 너무 커버렸어, 하고 이야기를 하려던 참이었는데, 그 사이에 자전거는 내가 타기에 충분할 만큼 커져 있었다. 아니, 내가 작아진 것인지도 모른다. 응, 그래, 꿈이니까. 나는 자전거에 올라탔다.

"왼쪽에서 세 번째 집이야."

자전거가 말했다. 자전거와 나는 그 집을 향해 달려갔다. 귀엽고 아기자기한 노란색 집이었다.

"누구의 집이지?"

내가 물었다.

"나와 우리의 추억이 이제부터 살아갈 집이야."

자전거가 대답했다. 문 앞에 다다르자 스르르, 하고 저절로 문이 열렸다.

"곧장 가."

나는 자전거의 충고대로 곧장 집 안으로 들어갔다. 어디선가 어릴 때 즐겨 들었던 노래가 흘러나오고 있었고, 한때 좋아했던 쿠키의 향기도 풍겨 나오고 있었다.

"자, 이제 됐어. 여기까지 같이 와줘서 고마워. 난 이제부터 너와 헤어져서 혼자 살아갈 거야. 하지만 우리가 같이 나눈 추억이 있어서 외롭지는 않을 거야."

자전거가 말했다.

"넌… 여기서 무얼 하는 거야?"

"글쎄. 맛있는 음식도 먹고, 좋은 음악도 듣고, 가끔 운동도 해야 하니까… 스카이다이빙이라도 해볼까?" 자전거가 웃음을 터뜨렸다. "스카이다이빙을 하고 있는 나를 발견해도, 너무 놀라진 마."

나도 자전거를 따라 웃었다.

"하늘을 나는 자전거라니… 믿을 수 없어."

"이런. 나를 탈 때마다 '하늘까지 달려가자!' 하고 고함지르던 너를 잊은 거야?"

자전거의 이야기는 점점 희미하게 들렸고, 나는 끝없는 잠의 숲으로 떨어졌다.

그렇게 해서 나의 세발자전거는 이태리 남쪽 소렌토로의 레오넬리 비치에 있는 작고 귀여운 노란 집에서 살게 되었다. 그 후부터 날씨가 아주 좋은 날이면 나는 종종 하늘을 올려다보곤 하지만, 스카이다이빙을 하고 있는 자전거는 아직도 본 적이 없다. 혹시 당신이 그런 자전거를 보게 된다면, 손을 흔들어 나의 인사를 전해주기 바란다. 한때 내 것이었던, 나의 소중한 추억에게.

"그런데 엄만 왜 지금은 날지 못해요?"

"어른이 되었기 때문이란다, 얘야. 사람들은 어른이 되면 나는 법을 잊는단다."

"왜요?"

"어른들은 더 이상 쾌활하지도 않고 순수하지도 매정하지도 않으니까.

오직 쾌활하고 순수하고 매정한 사람만이 날 수 있단다."

_제임스 매튜 배리, 『피터 팬』 중에서

그들이
인간이 되는 이유

하지만 돌아온 천사는 아무도 없군요

CALLE
DEL SPEZIER

1667

회의는 좀처럼 끝이 나질 않는다. 모든 천사들이 납득할 수 있는 한 가지 결론을 끌어낸다는 것이 이렇게 어려운 일일 줄, 천사생활 백이십 년 만에 처음 알았다. 대천사님은 몹시 난감한 표정을 지으며 아까부터 줄곧 스위트버터만 먹고 있다. 갓 피어난 제비꽃을 잘 말려서 꿀과 우유로 버무린 다음 허브와 버터를 첨가해 구운 쿠키를 우리는 스위트버터라고 부른다. 대천사님 앞에 놓인 쿠키 접시는 벌써 다섯 번째 채워진 것이다.

천사들이 주관하는 회의에서 다수결의 법칙이란 건 오래전에 폐지되었기 때문에, 한 가지 결론에 대해 모두가 납득하지 않으면 회의는 언제까지나 끝나지 않는다. 아무리 복잡하고 어려운 안건에 대해서도 항상 모두가 만족하는 결론을 끌어내어 왔다는 것이 우리의 자랑이었는데, 이번 안건은 도무지 해결될 기미가 보이지 않는다. 과연 인류가 지구에 모습을 드러낸 이후 최고로 풀기 어려운 숙제라 할 만하다.

'인간의 감정에서 질투심을 제거할 것인가.'

이것이 바로 오늘의 안건이다.

R구역의 12-7 파트를 담당하고 있는 천사 가브리엘은 일주일 전, 흥미로운 보고서를 제출했다. 흥미롭다기보다는 비극적이라고 표현해야 옳겠지만. 그는 최근 십 년 사이에 일어난 사건과 사고들을 종합하여 그 원인을 분석하라는 대천사님의 명령을 수행하고 있었는데, 그 과정에서 극악무도하고 비열하며 야비했던 사건들 중 71.2퍼센트가 인간의 질투심에서 비롯된 것이라는 사실을 밝혀냈다. 가브리엘은 '인간의 질투심은 태어날 때부터 지니고 있던 천사의 영혼을 파괴하며, 수많은 오해를 불러일으킬 뿐만 아니라, 심각한 피해를 일으킨다'고 말하며 '이를 방치하는 것은 천사의 도리가 아니므로, 인간의 감정에서 질투심을 제거하는 것만이 지구의 평화를 지키는 방법이다'라고 주장했다.

가브리엘의 주장은 곧 천사계에 파문을 불러왔는데, 일부에서는 '왜 이런 주장이 이제야 제기되었는지 이해할 수 없다, 질투심이야말로 인간의 감정 중에서 가장 사악한 것이다'라고 환영하는 반면, 한쪽에서는 '표면적인 것만으로 사태를 파악하는 것은 천사가 행해서는 안 될 편견이다. 만약 질투심이 없었다면 인간 사회는 원시시대 이후로 조금도 발전하지 않았을 것이며, 무엇보다 지상에서 예술이란 것은 태어나지도 못했을 것이다'라는 입장을 나타냈다.

나로 말하자면, '질투'라는 감정에 대해 전혀 교육이 되어 있지 않은 상황이기 때문에, 양쪽 주장을 모두 이해할 수 없었다. 그래서 미온적인 태도로 이 지루한 회의가 빨리 끝나기를 기다리며, 내 앞에 놓인 스위트버터를 집어 먹고 있는 중이다.

"저에게 한 가지 대안이 있습니다."

회의가 시작된 지 벌써 열두 시간째, 흐리멍덩한 얼굴로 시계를 올려다보고 있는데 천사 라파엘이 자리에서 일어난다.

"우리 중에는 인간 세계에서 살다 온 천사들도 있고, 아직까지 그곳에 발을 디딘 적이 없는 천사들도 있습니다. 두 번째 경우의 천사들은, 질투라는 감정이 무엇인지조차 모를 것입니다. 또한 우리가 잊지 말아야 할 것은, 인간 세계에서 살다 온 천사들이라 할지라도, 그들은 천사지 인간이 아니라는 것입니다. 때문에 인간의 감정에 대해서 이론적으로 알 수는 있지만 정확하게 이해할 수는 없다는 것을 인정해야 합니다. 정확하게 이해할 수 없는 것에 대해 결론을 내린다는 것은 위험한 일입니다. 이 안건에 대해서는 인간들의 의견을 참조할 것을 건의합니다."

반쯤은 회의가 끝나기를 바라는 마음에서, 반쯤은 라파엘의 말에 동감하면서, 우리는 그의 의견을 받아들이기로 한다. 대천사님은 마지막 남은 스위트버터를 입에 넣고, '그럼 회의는 이것으로 마치겠습니다'라고 선언한다.

다음 날, 지구의 모든 인간들은 그들의 부모, 그들의 아들과 딸, 그들의 연인, 그들의 친구, 그들의 선생님과 친척들과 동료들, 꽃을 사러 들어간 꽃집의 주인, 신문을 팔고 있는 소년, 레스토랑에서 주문을 받는 웨이터로부터 한 가지 질문을 받게 된다.

"인간의 감정으로부터 질투심이 사라진다면 어떤 일이 벌어질까요?", "인간에게서 질투란 꼭 필요한 감정일까요?", "당신은 누군가를 질투하는 일이 괴로운가요?" 등등 질문의 내용은 조금씩 달랐지만, 본질적으로는 인간들이 지니고 있는 '질투심'에 대한 생각을 묻는 것이다. 천사들은 인간의 입을 통해 지구 상의 모든 인간들에게 질문을 던진 다음, 종합적이고 구체적인 분석에 들어간다. 모든 것을 분석하는 데 약 삼 개월이라는 시간이 소요된다.

마침내 삼 개월 후, 우리는 라파엘의 보고를 듣기 위해 다시 대회의장에 모인다. 회의가 길어질 것을 대비한 탓인지, 테이블마다 스위트버터가 산더미처럼 쌓여 있다. 대천사님이 회의의 시작을 알리고, 곧 라파엘이 자리에서 일어난다. 그의 보고는 상세하고 긴 데다 내가 알아들을 수 없는 이야기들이어서 좀 지루하다.

"…결론은,"

스위트버터를 먹고 있던 나는 '결론'이라는 말에 고개를 들고 귀를 기울인다.

"역시 우리는 인간의 감정을 충분히 이해할 수 없다는 것입니다. 그리고 그들 또한 불분명하고 변하기 쉬우며 혼란스러운 사고를 하고 있습니다. 그래서 결국…"

라파엘이 말을 끝맺지 못한 채 우물쭈물하자, 대천사님이 손짓으로 그를 앉힌다.

"일천이백오십칠 년 전의 회의기록을 찾았습니다." 대천사님이 조용히 입을 연다. "믿을 수 없지만, 지금과 비슷한 일이 그때도 있었군요. 회의기록을 보면, 그 당시의 결론은 이렇게 내려졌습니다. 인간의 세계로 내려가, 인간이 되어, 인간의 감정을 체험할 천사들은 자원할 것. 결론은 그들이 수집한 정보에 의해 내려질 것임."

장내가 일순간 고요해진다.

"그래서 누군가 인간계로 내려갔습니까?"

한 천사가 조심스럽게 묻는다.

"아마 그랬던 것 같습니다. 하지만 돌아온 천사는 아무도 없군요."

대천사님이 대답한다.

"무엇 때문에 인간계로 가고 싶은 거지?"

대천사님이 내게 묻는다.

"질투라는 감정이 어떤 건지 알고 싶어서요."

"생각보다 재미있는 거라고만 들었네." 대천사님은 빙그레 웃으면서 한 박스의 스위트버터를 내민다. "아마도 이게 필요할 거야."

거기 아무도 없나요

너무 오래된 것들이 나는 힘겨워

　나는 이곳에 진열되어 있다. 메마른 채로, 먼지로 뒤덮인 채로. 창 밖에는 촉촉한 봄비가 내리고 있지만, 나와 상관없는 일이다. 죽을 때까지 나는 여기서 한 발자국도 움직일 수 없을 것이다.

　그를 처음 만난 것은 십구 년 전 봄이었다. 나는 만들어진 지 얼마 되지 않은 신품이었고, 지금보다 훨씬 나은 환경 속에 진열되어 있었다. 그 가게의 풍경은 잘 기억나지 않는다. 그에게 발견되기 전까지, 그래서 그가 나의 주인이 되기 전까지, 나에게는 자아라는 것이 없었기 때문이다. 자아가 생겨나기 전의 기억은 당연히 존재하지 않는다. 그의 단단한 손이 나를 조심스럽게 들어 올렸을 때 내 속에 있는 무엇인가가 덜컹, 하고 흔들렸다. 눈을 뜨자 그의 신중한 입매가 보였다. 지금 막 내 생애가 시작되려 한다는 사실을 감지하고, 나는 숨을 죽였다. 마침내 그는 눈가에 슬쩍 미소를 띠며 괜찮겠지, 하고 중얼거렸다. 너무 무겁지 않나요, 누군가 물었고, 묵직해서 좋은데, 하고 그가 대답했다.

그는 나로 시를 썼다. 혹은 이렇게도 말할 수 있다. 나는 그의 시를 썼다, 라고. 그는 나의 투박한 몸에 종이를 끼우고 투박한 자판을 두드려 짧으면 서너 줄, 길면 백 줄 이상 되는 시를 써 내려갔다. 그가 시를 쓸 때, 나는 늘 그와 함께 있었다. 나는 그의 시를 위해 존재했다. 그는 시외의 다른 것은 아무것도 쓰지 않았다. 온전히 시만을 생각했다. 시상을 메모한 낡은 수첩을 내 옆에 놓고, 가끔 담배를 깊이 빨면서 생각에 잠겼다가, 문득 단단한 손가락으로 나를 두들겼다. 나는 그의 시어 하나하나를 소중하게 받아, 하얀 종이 위에 반듯하게 찍어냈다. 나를 통해 그의 시는 세상에 태어났다.

어떤 사랑은 그렇게 시작된다. 오로지 나를 통해 가치 있는 무엇이 세상에 존재할 수 있음을 알게 될 때, 나의 가치가 그로 인해 빛나고 있다는 것을 깨달을 때 시작되는 사랑이 있다. 한번 시작된 사랑은 모든 종류의 의심 속에서도 자라날 수밖에 없으며, 시간이 지날수록 다른 무엇과 비할 바가 없어진다. 나의 자아는 점점 더 성장하여 그의 습관, 그의 의식, 그의 독특한 문체를 습득하기 시작했다. 오 년이 지나자 그의 시를 모방할 수 있게 되었고, 십 년이 지났을 때는 그의 시 속으로 침투할 수 있게 되었다. 그가 나 외의 다른 것으로 시를 쓸 수 없게 된 것은 당연한 결과였다. 나를 두드리던 그의 손가락들이 머뭇거릴 때면, 나는 그의 상상력이 허락하는 범위 안에서 가장 진솔하고 감각적인 언어를 찾아내어 그를 움직이게 했다. 마치 이놈이 손가락들을 움직여 시를 만들어내는 것 같아, 라고 그는 친구에게 말하곤 했다. 친구는 그 말을 믿는 대신, 쓸데없는 소리 하지 말고 가볍고 편리한 놈으로 바꿔, 여행 갈 때마다 그 무거운 걸 끌고 다니다니 무슨 짓이야, 라고 대답했다. 그렇지? 역시 그래야겠지? 그는 친구의 말을 받아들여 결국 작고 가벼운 새 타자기를 사 들고 왔다. 하지만 새 타자기와 떠난 첫 번째 여행에서, 그는 한 줄의 시도 쓰지 못했다. 너의 존재가 점점 무거워져. 여행에서 돌아온 그는 웃으며 내게 그렇게 말했다. 그 웃음에는 묘한 허탈함이 섞여 있었다.

　　나의 생은 그것이 전부일 줄 알았다. 자아가 생긴 이후 한 번도 다른 사람과의 생활에 대해 생각해본 적이 없었기 때문에, 그에게 버림을 받고 그를 떠나게 될 줄은 꿈에도 몰랐다. 하지만 사 년 전의 어느 봄, 그는 나를 이 낡고 오래되고 너저분한 가게에 팔아넘겼다. 그와 동행한 친구가 그에게, 너, 이거 아니면 시 못 쓴다면서, 하고 말했을 때, 비로소 내가 어떤 상황에 놓여 있는지 깨달았다. 그는 쓸쓸하게 웃으며, 시는 이제 됐어, 라고 대답했다. 정이야 많이 들었지, 어쨌든 십오 년인데. 그는 나를 가만히 바라보았지만, 나를 쓰다듬지는 않았다. 소설을 쓰기에는 너무 불편해. 그가 말했다. 틀린 글자는 일일이 수정액으로 지워야 하고, 문장의 위치를 바꿀 수도 없고, 불필요한 부분을 덜어놓았다가 나중에 붙이기도 힘들고. 요즘에야 누가 이런 걸 쓰냐. 게다가, 너무 오래된 것들이 나는 힘겨워.

핑크 플로이드가 흘러나오던 그의 차를 기억한다. 그는 약간 취한 상태에서 운전대를 잡았다. 그의 옆모습은 무언가를 망설이는 사람처럼, 자꾸 흔들렸다. 나는 그의 옆자리에 놓여 있었다. 어디론가 여행을 떠나는 중이었을까, 혹은 집으로 돌아오는 중이었을까. 해가 천천히 지고 있었고 음악소리가 커지고 있었고 그는 속력을 높였다. 코너를 돌았을 때, 나는 쿵, 하는 소리를 내며 한쪽 문에 부딪혔다. 그는 내 쪽을 한 번 흘낏 보더니 이내 고개를 돌려버렸다. 그는 나를 미워했던 걸까. 아니면 나의 존재 같은 건 처음부터 어떻게 되어도 상관없었던 것일까. 하지만 우리 사이에는 너무 많은 세월이 쌓여버렸다.

감정을 숨기기에는 너무 오래된 존재가 있다. 언제나 나를 향해 정면으로 걸어오는, 부딪치면 상처를 받으리라는 걸 알면서도 피할 수 없는 존재. 나는 그에게 그런 존재였다. 혹은 이렇게 말할 수도 있다. 그는 나에게 그런 존재였다. 그래서 나는 그에게 힘겨운 무엇이었다. 나를 사랑하지 않기에는 너무 긴 세월이었다. 그리하여 그는 나를 이 먼지투성이의 가게에 방치한 채, 떠나갔다. 그를 부를 수 있는 목소리도, 그를 잡을 수 있는 팔도 갖지 못한 나를 남겨두고.

그 후부터 지금까지, 나는 이곳에 진열되어 있다. 메마른 채로, 먼지로 뒤덮인 채로. 검고 거친 수염을 가진 가게 주인이 핑크 플로이드의 앨범을 집어 든다. Is there anybody out there? 거기 아무도 없나요? 창밖에는 비가 내린다. 하지만 나는 죽을 때까지 여기서 한 발자국도 움직일 수 없을 것이다. 나의 생은 사 년 전에 끝났다. 이 낡고 오래된 가게의 투박한 먼지들과 틈새에서 피어나는 곰팡이들에 잠식당하여, 나는 곧 이 세상에서의 짧은 숨을 거두게 될 것이다.

런치박스세트

혹시, 배고프지 않으세요?

그는 그녀와 헤어지고 싶지 않았지만, 그녀는 그와 헤어지고 싶어 했다. 그것이 두 사람 사이의 유일한 문제였다. 다른 문제는 아무것도 없었다. 적어도 그의 생각은 그랬다.

두 사람은 한 달 전, 따뜻한 햇살이 켜켜이 쌓여가기 시작하던 봄날의 초입에 만났다. 하늘은 푸르고 들판은 온통 연둣빛이었다. 처음 만났을 때, 그는 감지했다. 그에게 부족한 것이 그녀에게 있었고, 그녀가 필요로 하는 것이 그에게 있다는 것을. 두 사람은 파릇파릇한 봄의 강가에서 서로를 발견했다.

"혹시 서울로 가는 기차가 몇 시에 끊어지는지 아세요?"

먼저 말을 건 것은 그녀였다. 그는 서울로 가는 마지막 기차의 출발

시간을 정확하게 알고 있었다. 그 또한 그 기차를 타야 했기 때문이다. 두 사람은 막차를 타기 위해, 봄날의 강가를 걸어 기차역으로 갔다. 좁은 대합실에 어깨를 맞대고 나란히 앉았을 때 그녀가 말했다.

"혹시, 배고프지 않으세요?"

그는 순간 무척 당황했다. 배가 고픈 건 사실이었다. 아까부터 위장은 '더 이상 참을 수 없으니 먹을 것을 넣어달라'는 신호를 계속하여 보내고 있었기 때문에, 그 소리가 그녀의 귀까지 이른 것인지도 몰랐다. 하지만 그에게는 돈이 없었다. 그녀를 만났을 때는 서울로 돌아가는 차표 한 장을 살 수 있는 돈밖에 없었고, 그마저 이제 거칠거칠한 차표로 바뀌어버렸다.

'배가 고프다고 할까. 그랬다가 뭘 먹으러 가자고 하면 어쩌나. 막차가 출발할 시간은 삼십 분 정도 남았으니 시간이 없어서 안 된다고 하진 못할 텐데. 생전 처음 보는 여자에게 밥을 사달라는 소리는 못 하지. 죽어도 못 하지.'

그가 그렇게 망설이고 있을 때, 그녀가 조용히 도시락 하나를 내밀었다.

뚜껑을 열자 색색 가지 음식들이 그를 향해 다소곳이 미소를 지어 보였다. 그는 너무나 감격한 나머지 도시락을 향해 꾸벅 인사라도 하고 싶을 지경이었다.

"왜…?"

침을 삼키는 소리가 그녀의 귀에 들어가지 않도록 최대한 조심하며, 그가 물었다.

"두 개를 가져왔는데, 하나는 제가 먹었어요."

그녀는 가방에서 예쁜 케이스에 든 젓가락 한 쌍을 꺼내며 그렇게 말했다. 일회용 나무젓가락이 아니라는 사실에 다시 한 번 감격한 그는, 그녀가 왜 혼자 이곳에 왔는지, 그런데 왜 도시락은 두 개를 가져왔는지, 이유 따위야 어찌 되어도 좋다고 생각했다.

"제가 먹어도 됩니까?"

노란 달걀말이와 빨간 새우구이와 초록색 오이절임, 윤기 흐르는 장조림과 노릇노릇한 호박전, 그리고 온갖 잡곡이 들어간 보슬보슬한 밥을 향해 젓가락을 뻗으며, 그가 말했다. 그녀는 싱긋, 웃으며 가방에서 또 무언가를 꺼냈다. 앙증맞은 물통이었다. 그가 도시락을 다 비울 때까지, 그녀는 즐거운 듯 그의 모습을 바라보고 있었다. 그가 음식을 흘리면 물티슈로 닦아주고, 그가 목이 막혀 하는 듯하면 물을 건네주면서.

배고픔이 사라지자, 그는 어찌 되어도 좋다고 생각했던 이유들이 슬슬 궁금해지기 시작했다. 그때 막차가 도착했다. 차가 미처 출발하기도 전에 그녀는 눈을 감아버렸고, 그는 그녀에게 말을 걸 기회를 놓쳐버렸다.

'하긴, 나와는 상관없는 일이니까.'

피곤한 데다 배가 불렀던 그도 곧 잠에 빠져들었다.

서울에 도착했을 때, 그가 그녀에게 전화번호를 물어본 것은 당연한 일이었다. '왜요?' 하고 그녀가 되물은 것은 계산 밖의 일이지만. 처음 만난 남자에게 자신의 도시락을 먹이고, 즐거운 표정으로 그걸 바라보았다면 관심이 있다는 게 아닌가, 전화번호는 당연히 가르쳐주겠지, 라는 것은 오직 그만의 생각이었다. 그래서 '왜요?'라는 그녀의 질문에 대답할 말을 재빨리 찾을 수가 없었다.

"그러니까… 저… 뭔가 보답을 하고 싶어서요. 도시락을 얻어먹었으니까…"

"전 괜찮은데…"

그녀가 말했고, 그는 다음 말을 또 찾아야 했다.

"번호를 알려주기 곤란하다면, 아예 약속을 잡을까요? 내일은 어때요? 저녁이 싫으시면 점심도 좋고…"

그녀는 그를 가만히 바라보더니 '그럼, 모레 점심때…'라고 대답했다.

그날 이후부터, 그와 그녀는 일주일에 두 번씩 데이트를 했다. 적어도 그는 그렇게 생각했다. 하지만 그건 어딘가 기묘한 데이트였다. 두 사람은 언제나 야외에서 만났다. 밤에도 낮에도 평일에도 휴일에도, 고궁이나 한강 고수부지, 또는 공원이 그들의 데이트 장소였다. 그녀는 늘 도시락을 가져왔다. 조금씩 그 내용물은 달라졌지만, 언제나 맛있고 정성이 가득한 도시락이었다. 그는 그녀를, 그리고 그녀의 도시락을 사랑했다. 항상 도시락을 깨끗이 비우는 그를, 그녀는 늘 즐거운 듯 바라보았다.

그러나 그게 전부였다. 그와 그녀는, 만나서, 도시락을 먹고, 헤어졌다. 영화도 콘서트도 카페도 술집도, 그녀는 그와 함께 가지 않았다. 게다가 그녀는 자신의 도시락을 전혀 먹지 않았다.

그는 정말로 그녀와 헤어지고 싶지 않았지만 그녀는 단호했다. 헤어지고 나서 보니 그는 그녀의 전화번호조차 모르고 있었다. 언제나 헤어지기 전에 다음에 만날 약속을 했고, 그 약속은 한 번도 틀어진 적이 없었다. 그의 짧은 봄날에서 도시락이 사라졌고, 그녀가 사라졌다. 그는 최대한의 상상력을 발휘하여, 자신이 처한 상황을 해석하려 했다.

그의 가설은 이렇다. 그녀는 불우한 어린 시절을 보낸, 눈빛이 강렬하고 시니컬한 애인과 함께 봄날의 초입, 강가를 찾았다. 하지만 뭔가 다툼이 있어서 헤어지게 되었고, 애인에게 주려던 도시락을 우연히 발견한 자신에게 준 것이다. 그녀의 취미는 요리고, 자신의 요리를 맛있게 먹어주는 그에게 호감을 느껴 몇 번 만났지만, 그녀를 버린 애인이 다시 돌아오는 바람에 그에게 헤어지자고 한 것이다.

하지만 사실은 이렇다. 그녀는 도시락을 판매하는 회사의 아르바이트생으로, 회사의 신제품을 무작위로 선정한 시민들에게 시식시키는 일을 맡고 있었다. 그러나 워낙 내성적인 성격이어서 좀처럼 그 일을 해내지 못하다가, 어느 날 훌쩍 봄날의 강가로 떠났는데, 무척 배가 고파 보이는 남자를 만나 그를 실험대상으로 삼기로 작정하고, 일주일에 두 번 신제품 도시락을 그에게 먹인 후, 반응을 살핀 것이다. 이제 그 회사에서는

'런치박스세트'라는 신제품을 전국에 유통시키게 되었고, 그녀는 더 이상 일할 필요가 없어졌다.

　그러나 이 짧은 봄날의 에피소드에는 숨겨진 진실이 하나 더 있다. 라면 하나 제대로 끓이지 못했던 그녀가, 그와 헤어진 직후 요리학원을 다니기 시작한 것이다. 이듬해 봄, 두 사람은 봄날의 강가에서 다시 만나게 된다. 그리고 그는 이 세상에 단 하나밖에 없는, 그녀가 만든 '런치박스세트'를 먹게 될 것이다.

그녀의 눈에 눈물이 차오른다. 조용히 그녀가 말한다.

"고마워. 내가 늙고 꼬부라져서 의자에 앉아 있으면,

당신이 와서 내 손을 잡아줘. 그게 당신이 할 일이야."

그가 그녀의 손에 입을 맞춘다.

"당신이 늙고 꼬부라졌을 때 난 사라지고 없을 거야. 지금 당신 손을 잡아줄게.

나중에, 당신은 이걸 기억해야 할 거야."

_톰 래크먼, 『불완전한 사람들』 중에서

노란 레몬과
초록색 병에 대한
과민한 반응

이 세상에 알려지지 않은
알레르기에 대한 보고서

알레르기의 시작

짧은 사랑이 끝난 후, G는 도시를 잠시 떠나야겠다고 결심했다. 처음 생각은, '이럴 때는 역시 바다겠지'였다. 하지만 여행을 떠나는 날 아침, '왜 사람들은 실연을 당하면 죄다 바다로 가는 걸까' 싶어졌다. 심기가 몹시 불편했던 G는, 남들 다 하는 대로 하고 싶지 않아 급히 행선지를 바꾸었다.

G가 찾아간 곳은 강이었다. 가능하면 사람들이 없는 한적한 곳으로 가기 위해 북쪽으로 차를 몰았다. 때는 바야흐로 꽃 피고 나비 날아다니는 사월이었지만, 북쪽의 강변은 쓸쓸했다. 늦가을 같기도 하고 초겨울 같기도 한 풍경, 필터를 끼워놓은 듯 뿌옇고 흐릿한 날씨, 게다가 곧 밤

이 내려앉을 것 같았다.

G는 불빛 따뜻한 곳으로 찾아 들어가 아늑한 의자에 파묻혀 우아한 음악을 들으면서 와인이라도 한잔 마시고 싶었지만, 사람의 흔적이라고는 없는 강변에 그런 곳이 있을 리 없었다. 자신을 둘러싼 모든 것이 한결 더 나빠진 것 같아서, G는 견딜 수 없었다.

'그래, 아무래도 동쪽 바다로 가서 힘차게 해가 떠오르는 것을 보아야겠어.'

G는 생각을 또 한 번 고쳐먹고, 눈이라도 올 것 같은 강변을 뒤로한 채 동쪽을 향해 달려갔다.

발병

하지만 동쪽 바다에서도 G는, 원하는 것을 얻을 수 없었다. G가 바다에 도착했을 때는 깊은 밤이었는데, 해가 뜨려면 적어도 다섯 시간은 기다려야 할 것 같았다. G는 편의점에서 사 온 삼각김밥 두 개를 맥주와 함께 우걱우걱 삼키고, 차 안에서 잠이 들었다. 눈을 떴을 때, 시계는 다섯 시 삼십 분을 가리키고 있었다. G는 겉옷을 여며 입고 바닷가로 걸어 나갔지만, 저 멀리 수평선 너머에는 해 비슷한 것도 어른거리지 않았다. 그날, 일출은 없었다. 해는 분명히 떴지만 날이 흐려서 아무것도 볼 수 없었다. 그리고 결국 빗방울이 떨어지기 시작했다.

G는 그 모든 것을 더 이상 참을 수 없어졌다. 그래서 공허한 발길질로 모래사장을 마구 쑤셔댔다. 그때 어떤 물체 하나가 그의 발끝에 꿍

장한 충격을 전했다. 아픈 발을 감싸고 모래사장에 쓰러진 G는, 자신이 초록색 병 하나를 걸어찼다는 것을 깨달았다. 아무런 특징도 없는 초록색 병이었다. 누군가 그 안에 있는 내용물을 먹거나 사용한 다음, 모래사장에 던져버린 것이다.

하지만 G는 태어나서 지금까지 그와 같은 초록색 병을 본 적이 없었다. 술병도 아니고 약병도 아니었다. 어떤 내용물이 담겨 있었다는 라벨도, 라벨이 붙어 있던 흔적도 없었다. G는 곰곰이 생각하다가, 병을 주워 바닷물로 깨끗이 씻은 다음, 주머니 속에 집어넣었다. 주머니 속에 쏙 들어갈 만큼 작은 크기의 병이었다.

발병은 그 직후에 시작되었다. 갑자기, G의 눈앞에 있는 모든 것들의 색깔이 바뀌었다. 바다는 오렌지색이었고 하늘은 황금색이었다. 모래사장은 카키색을 띠고 있었고, G의 하얀 차는 불행하게도 분홍색이 되어버렸다.

G는 깜짝 놀라서, 주머니에 있던 초록색 병을 꺼내어 모래사장에 던져버리려고 했다. 하지만 주머니 속에 병은 없었다. 아무것도 없었다.

현재 상태

발병 후 일주일이 지난 지금, G의 상태는 전혀 호전되지 않았다. 하지만 G는 어느 정도 적응을 했고, 때문에 일상생활에 크게 불편을 느끼지는 않고 있다. 단지 신호등 때문에 약간 골머리를 앓고는 있지만(그의 눈에는 신호등이 은회색과 하늘색으로 보인다. 빨간색과 초록색처럼 명

확하게 구분되는 색이 아닌 것이다).

처음에 G는, 일상생활의 사소한 불편함에 대해 많은 하소연을 했다. 이를테면 카레라이스가 노랗지 않고 푸르다거나, 사과가 빨갛지 않고 하얗다거나, 그의 집 앞에 피어난 목련꽃이 하얗지 않고 파랗다고 했다. 하지만 결국, 카레라이스가 꼭 노란색이어야 한다거나 사과가 반드시 빨간색이어야 한다거나 목련꽃이 파란색이면 안 된다는 법은 없다, 라는 우리의 이야기를 조금씩 받아들이기 시작했다. 한 가지 특이한 것은, 유독 레몬만은 여전히 노란색으로 보인다는 것이다.

전문가의 소견

G의 경우, '짧은 사랑을 끝낸 후 일시적인 충동으로 강에 갔다가 마음을 바꾸고 일출을 보기 위해 밤새 동쪽 바다로 달려간 행위, 그곳에서 일출을 보는 것에 실패하고 기분이 나빠져서 모래사장을 마구 쑤셔댄 행위, 그러다가 초록색 병을 발견하고 그것을 주머니에 넣은 행위'가 복합적인 작용을 하여 '자연과 사물의 색깔이 변질되어 보이는 현상'을 유발한 게 아닌가 추정된다. 약 구백삼십칠 년 전에도 이런 케이스가 있었다는 기록이 남아 있다. 하지만 정확한 원인은 알 수 없으며, 치유법 또한 알려져 있지 않다.

심리학자들은 '실연에 대해 저항했던, 즉 실연을 받아들이지 못했던 G의 정신이 세상에 대한 거부감을 표현하려 했기 때문에', '이 세상이 자신을 특별하게 취급하지 않는다는 생각이 그의 시각을 변질시켰기

때문에', 또는 '사랑의 상처를 지나치게 두려워한 나머지 자신에게 일어
난 일을 부정하려 했고, 그로 인해 그의 세계가 부정되었기 때문에' 등
의 가설을 내놓았다. '실연에 의한 후유증이 세상에 대한 불만으로 발전
하여, 시신경에 착오가 일어나는 것'이라는 견해도 있으나, 검증된 것은
아니다.

　　다만 G의 시신경을 진찰한 결과 정상인의 시신경과 다른 점은 전혀
발견할 수 없었으므로, 우리는 G의 현상을 '①어떤 물질이 음식이나 약으
로 섭취되거나 몸에 닿았을 때 체질상 보통 사람과 다르게 과민한 반응을
일으키는 일. ②어떤 특정한 사람이나 사물에 대한 정신적인 거부 반응'
즉, 알레르기라고 규정 짓고, '노란 레몬과 초록색 병(Yellow Lemon and
Green Bottle)'의 이니셜을 따서 'YLGB 알레르기'라 부르기로 한다.

　　세상의 모든 것들 중에 레몬만 G의 눈에 정상적인 색깔로 비친다
는 점은 꽤 특이하다. (구백삼십칠 년 전의 기록에는, 이와 유사한 현상에
대한 서술은 없다. 그러므로 G의 케이스와 약간 다르다고 볼 수도 있지
만, 그 당시 알레르기를 일으킨 사람이 평생 동안 레몬을 한 번도 보지 못
했을 가능성도 배제할 수는 없다.) 이것은 노란 레몬에 대한 반응이 다른
것들에 대한 반응에 비해 무디기 때문이라고 보이지만, 상대적으로 예민
하기 때문이라고 말할 수도 있다.

　　'YLGB 알레르기'를 보유하고 있을 경우, 일상생활에 큰 불편을 느
낄 수 있다. 그러나 정기적인 심리치료를 받는다면, 증세가 호전되지는
않더라도 별다른 문제없이 생활할 수 있을 것이라고 예상된다. 의학적

으로 검증되지는 않았으나, 레몬을 꾸준히 복용하면 치유될지도 모른 다는 것이 개인적인 생각이다. 어쨌든 레몬은 비타민C를 다량 함유하고 있는 식품이므로, 원하는 결과는 나타나지 않더라도 건강에는 도움이 될 것이다.

또한 G에게는 색깔과 관계가 있는 직업으로 전환하는 것을 고려해보라고 충고하고 싶다. 패션 디자인, 그래픽 디자인 등 미술 분야에 종사한다면, 독특하고 키치적인 컬러감각으로 그 업계의 선두주자가 될 수도 있을 것이다.

'YLGB 알레르기'를 예방하기 위한 몇 가지 주의사항을 덧붙인다. 첫째, 실연의 상처를 달래기 위한 여행을 떠날 경우에는 강보다 바다를 택할 것. 둘째, 혹시 강으로 갔다면 그곳에서 쭉 머물다 돌아올 것. 섣불리 일출을 보겠다고 동쪽 바다로 가지 말고. 셋째, 일출을 보지 못했다 하더라도 발로 모래사장을 마구 쑤셔대는 행동은 하지 말 것. 넷째, 만약 이 모든 일들이 자신도 모르는 사이에 일어나고, 결국 발끝에 초록색 병이 닿는다 해도, 그것을 주머니에 넣지 말 것. 그리고 무엇보다 가장 중요한 것은, '짧은 사랑'을 피할 것. 더불어 실연을 인정하고, 사랑의 상처를 두려워하지 않으며, 세상이란 자신의 사사로운 운명 같은 것에 개의치 않고 저 혼자 잘 돌아가는 것이라는 사실을 받아들이는 행위가 도움이 될 수도 있다.

그러나 혹시라도 미술 분야에 뛰어들어 독특한 세계를 형성하고 싶은 사람이 있다면, '알레르기의 시작'과 '발병'의 내용을 참고하여 초록색 병을 찾는 여행을 떠나보기 바란다. 물론 그 전에 '짧은 사랑'을 해야겠지만. 물론 그 사랑이 끝날 때까지 이 짧은 봄날도 가버리지 않아야겠지만.

DOLL'S BAR

겁먹지 마
겁먹을 일이 아니니까

"그런 곳이 있긴 있었지."

D가 심드렁하게 말했다.

"거기가 어디야?"

나는 의자를 바싹 당겨 앉았다.

"글쎄… 워낙 오래된 일이라서. 기억도 가물가물하고…"

D는 말꼬리를 흐렸다.

"잘 생각해봐."

"기억이 난다 해도 아직까지 그곳에 있을지 모르겠어."

"있을 수도 있잖아."

나는 매달렸다.

"그런데 도대체 왜 DOLL'S BAR를 찾는 거야?"

생각난 듯이 D가 물었다.

"가보고 싶어서." 내가 말했다. "인형들의 술집이라니, 멋지잖아. 이 나이에 놀이공원 같은 데서 인형들을 만나서 뭘 하겠어. 서로 피곤하기만 하지. 그러니까 만약 그런 곳이 있다면, 인형들하고 맥주나 한잔하려는 거야."

"그까짓 맥주 한잔 마시자고 힘들게 찾아간단 말이야?"

D는 이해할 수 없다는 표정을 지었다.

"그래. 다른 뜻은 없어. 중요한 건 아니지만, 꼭 그렇게 하고 싶은걸." 나는 졸랐다. "그러니까 제발 생각 좀 해봐. 잘 생각해보면 기억이 날 거야."

D는 고개를 절레절레 흔들더니 마침내 포기했다는 듯이 말했다.

"기억해볼게. 생각이 나면 전화할게."

나는 안도의 한숨을 내쉬고 집으로 돌아왔다.

내가 DOLL'S BAR에 대한 이야기를 들은 것은 작년 이맘때였다. 친구 M의 생일이었고, 나를 비롯한 몇몇 친구들은 그녀의 생일을 축하해주기 위해 신촌의 어느 카페에 모여 있었다.

한창 신나는 파티를 즐기고 있는데 정신을 차리고 보니 처음 보는 여자가 하나 끼어 있었다. 어깨까지 가지런히 내려오는 갈색 머리카락에다 왕방울만 한 눈을 가지고 있는 그녀는 알고 보니 M의 직장동료였고,

나이는 우리와 같았다. 가냘파 보이는 겉모습과는 다르게, 그녀는 시종일
관 유쾌한 농담으로 우리들을 즐겁게 해주었다. 자리를 파할 때 그녀가
슬쩍 내게 다가와 말했다.

"DOLL'S BAR에서 한번 보자. 내가 한잔 살게."

그때까지만 해도 나는 DOLL'S BAR가 신촌이나 홍대 근처에 있는
카페라고 생각했다. 카페 이름만 대면 전화번호까지 줄줄 외우는 친구 M
에게 물어보면 어딘지 금세 알게 될 거라 믿었고, 그래서 흔쾌히 그녀와
약속을 했다. 하지만 며칠 후 다시 만난 M에게 DOLL'S BAR가 어디 있
는 거냐고 묻자, M은 고개를 갸우뚱했다.

"모르겠는데? 새로 생겼나? 그래도 내가 모를 리가 없는데?"

그래서 나는, 지난번 너의 생일날 함께 온 너의 직장동료한테 들은
곳이라고 얘기해주었다.

"으응, 그 애는 회사 그만뒀어. 내 생일 바로 다음 날."

그날 이후, 몇몇 사람에게 DOLL'S BAR를 아느냐고 물어보기도 하
고, 길을 걸을 때도 혹시 하고 두리번거렸지만, 끝내 그곳을 찾을 수 없었
다. 그래서 나는, M의 직장동료였던 그 친구가 장난삼아 지어낸 소리였
나, 하고 마음 편한 결론을 내렸다.

M의 생일로부터 한 달 정도가 지났을 때, 내 앞으로 온 한 통의 엽
서를 발견했다. 왜 '발견'을 했냐 하면, 엽서는 우리 집 우체통에 들어 있
지 않고 바닥에 떨어져 있었기 때문이다. 게다가 일주일 전의 소인이 찍

혀 있었다. 엽서에는 어디서 많이 본 듯한 인형이 하나 그려져 있었고, 이렇게 쓰여 있었다.

안녕? 나야. 나를 기억하겠지?
돌아오는 금요일 밤 한 시에 DOLL'S BAR에서 기다릴게.
인형들하고 한잔하자. 미리 말해두지만, 진짜 인형들이야.
겁먹지 마. 겁먹을 일이 아니니까.
DOLLY

나는 입을 딱 벌린 채 뚫어져라 그 글씨들을 바라보았다. 잠시 후 정신을 차리고 엽서를 이리저리 뒤집어보았지만, 발신인을 추측해볼 만한 단서는 전혀 없었다.

'장난이야, 이건.' 추리를 포기하고 나는 엽서를 던져버렸다. 그러나 어디선가 본 듯한 인형의 얼굴이 아무래도 마음에 걸렸다. 한참 후에 내가 깨달은 사실은, 그 인형이 한때 M의 직장동료였던 그녀를 닮아 있다는 것이었다. 그래도 겁을 먹진 않았다. '겁먹을 일이 아니다'라고 쓰여 있었기 때문이다.

게다가 그녀 쪽에서 아무리 만나자고 한들, 나는 DOLL'S BAR가 어디에 붙어 있는지 모른다. 그러니까 어차피 갈 수도 없다. 더구나 그녀가 이야기한 '돌아오는 금요일'은 이미 지나가버렸다. '어쩔 수 없지, 약속을 지키지 못한 건 내 탓이 아니야.' 나는 스스로에게 이렇게 말하고 그 일을 잊어버리기로 했다.

그러나 그런 일을 어떻게 잊을 수가 있느냔 말이다.

살다 보면 가끔 그런 일이 일어나는 법이다. 어떻게 할 수 없는 일. 해결할 수도 없고 잊을 수도 없고 없었던 일로 할 수도 없는 일. 그 일을 마음에 품은 채 일 년을 보냈는데, 계절이 바뀔 때마다 한 번쯤 만나게 되는 D가 DOLL'S BAR를 알고 있다는 것이다.

반신반의하며 D의 연락을 기다리던 어느 날, 깊은 밤중에 전화가 요란스럽게 울렸다.

"내 말 잘 들어."

D가 또렷한 목소리로 말했다.

"응."

나는 전화기에 귀를 바싹 붙였다.

"일 년 전쯤이야. '인형의 기사'라는 모임이 있었어. 버려진 인형들을 지키는 사람들의 모임이었어. 너도 알다시피 인형이란 건, 너무 오래 갖고 있을 수 없는 거잖아."

"으응."

나는 침을 꼴깍 삼켰다.

"인형의 수명은 길어야 삼 년에서 오 년이잖아. 십 년이나 이십 년 정도 되면 어쩐지 묘해지거든. 그러니까 버려지는 거야."

"응."

"버려진 인형들은 모두 어디로 갈까? 애초에 인형이란 건 사람을 위해 만들어진 거니까, 버려진 인형들을 지킬 의무도 사람에게 있는 거야. '인형의 기사' 모임은 그런 취지에서 만들어졌어. 다섯 살, 열 살, 스무 살 먹은 인형들을 생각해봐. 그들로서는 아직 한창나이야."

"그래. 그렇겠지."

나는 고개를 끄덕였다.

"그런데 막상 '인형의 기사' 모임을 결성한 그들은 난관에 부딪혔어. 버려진 인형들을 찾을 길이 없는 거야. 그래서 인형을 위한 카페를 만들기로 했어. 이미 성년이 되어버린 인형들이 세상을 방황하다가 잠깐 들러서 목이라도 축이고 갈 수 있게. 그게 DOLL'S BAR야."

"……"

"물론 처음에는 아무도 오지 않았어. 그래도 '인형의 기사' 모임은 믿음을 가지고 카페를 운영했어. 시간이 흐르고, '인형의 기사'들이 버려진 인형들을 위해 만든 카페가 있다는 소문이 퍼졌어. 그들의 목적이 순수하다는 걸 알게 된 인형들이 그곳을 찾기 시작했고. 한창 때는 자리가 모자랄 정도였어."

"그래서?"

"매일 밤마다 파티가 벌어졌어. 너도 알다시피 인형들이란 파티를 좋아하거든. 노래도 부르고 춤도 추고 음악도 듣고 사랑에도 빠지고 자신의 처지를 하소연하기도 했어. 그런데 어느 날 DOLL'S BAR가 문을 닫게 된 거야."

"왜?"

나는 숨을 죽였다.

"여자 때문이야. DOLL'S BAR를 맡아서 운영하던 '인형의 기사' 모임 회원이 결혼을 하게 됐어. 그와 결혼한 여자는 DOLL'S BAR를 이해하지 못했어. 그가 다른 여자들을 만나고 다닌다고 생각한 거야."

"어째서?"

"너라면 안 그랬겠어? 매일 밤 DOLL'S BAR에서 시간을 보내는데 말이야. 게다가 '인형의 기사' 모임은 남자들로만 만들어진 것이라서 여자는 회원이 될 수 없었어. 그게 또 의심쩍다고 그 여자는 생각한 거야. 결국 그 일을 그만두지 않으면 헤어지겠다고 했어. 그걸 맡아줄 만한 다른 회원도 없었고."

"그럼 그 후로 DOLL'S BAR는 사라진 거야?"

"두 달쯤 후에 누군가가 다시 인수를 해서 문을 열었다는 이야기가 있어. 정확하지는 않지만. 그래도 한번 찾아가볼래? 가려면 지금 가야 해. 새벽 한 시부터 다섯 시까지만 하거든."

시계는 한 시 오십 분을 가리키고 있었다. 나는 그에게 자세한 위치를 들었다. 꽤 복잡한 골목 안에 있는 듯했지만, 그 골목 역시 내가 한때 DOLL'S BAR를 찾느라 뒤지고 다닌 곳이기 때문에 쉽게 찾을 수 있을 것 같았다. 물론 그때는 DOLL'S BAR 같은 건 어디에도 없었지만. 전화를 끊으려다 나는 문득 궁금해졌다.

"그런데 너는 어떻게 그 일에 대해 알고 있는 거야?"

"나도 '인형의 기사' 회원이었거든."

전화가 끊어졌다.

DOLL'S BAR

오렌지색 네온사인이 반짝반짝 빛나고 있었다. 삐그덕… 문은 무
거운 소리를 내며 가까스로 열렸다. 갇혀 있던 뜨거운 공기와 함께 소음
에 가까운 음악이 터져 나왔다. 코트니 러브가 리더로 있는 그룹 Hole
의 「Doll Parts」였다. 테이블마다 인형들로 가득 차 있었다. 몇몇은 맥주
를 마시고 있었고, 몇몇은 담배를 물고 있었고, 모두들 큰 소리로 노래를
따라 부르고 있었다. 동화 속에 나오는 '동화의 성' 같은 분위기를 상상
하고 있던 나는, 놀라서 입을 다물지 못하고 서 있었다. 그때 누군가 나
를 툭, 쳤다.

"안녕? 나, 기억하겠어?"

나의 놀란 입은 더욱 크게 벌어졌다. 그녀였다. M의 직장친구였던,
나에게 엽서를 보냈던, 그녀.

"돌리?"

나는 가까스로 입을 열어 그녀의 이름을 불렀다.

"으응. 여기선 모두 나를 그렇게 불러. 자, 이리 와서 좀 앉아."

그녀를 따라 연기 자욱한 테이블로 가자 누군가 의자를 내주었다.
안면이 익은 인형들이 몇 명 있었다. 내 옆자리에 앉아 있던, 술에 취해

눈동자가 풀어진 베티 붑이 나를 보고 미소를 지었다. 테이블 위에선 스누피의 친구인 우드스탁이 춤을 추고 있었다. 디즈니의 인어공주인 에리얼의 모습도 보였다.

"어떻게 된 거야?"

"그냥, 놀고 있는 거지 뭐. 우린 모두 한물간 인형들인걸. 이렇게라도 즐기지 않으면 인형의 삶이 너무 쓸쓸하잖아."

베티 붑이 허스키한 목소리로 말했다.

"목소리가 왜 그래?"

내가 물었다.

"이게 원래 내 목소리야. 이제 성우는 없어. 막이 내려졌으니까."

그녀는 맥주캔을 찌그러뜨려서 춤을 추고 있는 우드스탁을 향해 던졌다. 우드스탁은 툴툴거리며 다른 자리로 가버렸다.

"한잔해."

돌리가 나에게 차가운 맥주를 내밀었다.

"네가 여기 주인이니?"

궁금증을 참지 못하고 나는 물었다.

"물론 내가 주인이야. 여기 있는 모두가 다 주인이기도 하고."

"그럼 '인형의 기사' 모임은 어떻게 된 거야?"

"그들은 모두 다 가버렸어. 살아 있는 인형들에게로. 우리처럼 생명도 없고 나이까지 먹은 인형들을 더 이상 지켜주기 싫었겠지."

"아… 그래. 그렇게 된 거구나."

그들은 내 친구 D처럼 모두 결혼을 한 거였다.

"그럼 운영은 어떻게 해?"

"'아직도 사랑받고 있는 인형들의 모임'에서 도와주고 있어. 그들도 언젠가는 우리 신세가 될 거니까, 노후를 위한 투자인 셈이야. 자, 그런 형편없는 이야기는 집어치우고 신나게 놀아보자."

돌리가 일어나고 누군가가 음악의 볼륨을 높였다. The Beautiful South의 「Liar's Bar」가 흘러나오기 시작했다. 베티 붑이 테이블 위로 올라가서 섹시하게 몸을 흔들자 다른 인형들이 환호성을 질렀다. 인형들은 모두 친절하고 상냥했으며, 돌리는 몇 번이나 내게 맥주를 가져다주었다. 난 온몸이 뻐근해질 때까지 춤을 추고, 목이 쉴 때까지 노래를 따라 불렀다.

어느새 시계는 새벽 다섯 시를 가리키고 있었다. 돌리가 다가왔다.

"이제 돌아갈 시간이야. 언제든지 다시 와도 좋아. 우린 항상 너를 기다리고 있으니까."

"그래."

나는 그렇게 대답하고, 그 카페를 나왔다. 골목을 빠져나오기 전, 다시 한 번 위치를 확인하기 위해 뒤를 돌아보았을 때, 불 꺼진 낡은 DOLL'S BAR의 간판은 희미하게 밝아오는 새벽빛을 받고 있었다.

그곳에 가기 전에 내가 DOLL'S BAR의 존재를 믿을 수 없었던 것처럼, 당신도 이 이야기를 믿을 수 없을 것이다. 그러나 나는 아직도 그곳에서 보냈던 하룻밤을 생생하게 기억하고 있다. 넘쳐흐르는 체념의 술잔들과 비틀거리는 탄식의 춤, 아무런 미래도 꿈꾸지 못하던 인형들의 텅 빈 눈동자를 잊지 못하고 있다. 역시 나로서는 해결할 수도 없고 잊을 수도 없고 없었던 일로 할 수도 없는 일이다.

그 후로 나는 두 번 다시 DOLL'S BAR에 가지 않았다. 당신이 그러하듯, 나 역시 버려진 것들을 바라보는 일이 괴롭기 때문이다.

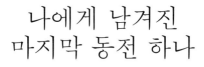

나에게 남겨진
마지막 동전 하나

불행을 피할 수는 없어요
동전의 양면 같은 거죠

그는 셔터가 내려진 가게 앞에 앉아서 신문을 읽고 있었다. 별로 특이한 풍경은 아니었지만, 뭔가 석연치 않은 점이 내 시선을 끌었다. 청바지에 무늬가 없는 베이지색 티셔츠는 평범하고, 짧은 머리카락이 어딘지 고집스러워 보였지만 흠 잡을 정도는 아니었다. 그의 두 발은 커다란 회색 스니커즈 안에 들어가 있었다. 그는 고개를 숙여 신문을 읽고 있었기 때문에, 얼굴은 제대로 보이지 않았다. 아니, 그보다 그가 있는 쪽은 얼굴의 윤곽을 알아볼 수 없을 정도로 어두웠다.

가게 앞에 있는 정류장에서 집으로 가는 버스를 기다리던 나는, 순간 '석연치 않은 이유'를 깨달았다. 그가 앉아 있는 자리에서는 당연히 활자도 보이지 않을 것이다. 그럼 저 사람은 도대체 저기 앉아서 뭘 하고 있단 말인가.

상식적으로 납득이 되지 않은 상황을 어떻게 해석해야 하나, 고민에 빠져 있는 사이, 그가 신문을 반으로 접고 일어섰다. 그때 그의 몸 어디선가 동전 하나가 또르르르, 하고 떨어져 나와 떼굴떼굴 굴러왔다. 동전은 내가 서 있는 곳으로부터 두세 발자국 떨어진 곳에서 멈췄다. 나는 그가 허리를 굽히고 동전을 줍기를 기대하며 그를 바라보았다. 하지만 그는 꼼짝도 하지 않은 채, 한 손에 신문을 말아 쥐고는 버스를 기다리는 사람들에게 시선을 고정시키고 있었다.

나는 당황했다. 주위를 둘러보았지만 동전이 떨어졌다는 것을 알아차린 사람은 나밖에 없는 듯했다. 주워야 할까, 말아야 할까. 기껏해야 동전 하나일 뿐인데. 어쩌면 십 원짜리일지도 모르는데. 하지만 어쩌면 저 사람은 버스비를 내려고 동전을 준비했다가, 그중 하나를 떨어뜨린 것일지도 몰라. 버스에 올라타서 동전 하나가 모자란 걸 알면 얼마나 당황스러울까.

나는 몇 걸음을 걸어가 허리를 굽히고 동전을 주워 들었다. 그 일 순간, 시간이 정지한 것처럼 주위는 완벽한 고요 속에 파묻혔다. 고요를 깨고 나는 말했다.

"이거, 떨어뜨리셨어요."

그가 천천히 내게로 시선을 돌렸다.

"가지세요."

나는 내 손바닥 위에 얌전하게 놓여 있는 백 원짜리 동전을 바라보았다.

만약 다른 장소, 다른 시간, 다른 상황에서 다른 사람이 그렇게 말했다면, 나는 기분이 상했을 것이다. 하지만 그가 너무나 확신에 찬 목소리로 그 말을 했기 때문에, 그 동전이 처음부터 내 것이었던 것처럼 느껴졌다. 수많은 백 원짜리 동전 중의 하나일 뿐인 그 동전은 이상하게도 낯이 익어 보였다. 내가 동전을 유심히 바라보고 있는 사이에, 그는 때마침 도착한 버스에 올라타버렸다. 남겨진 동전과 나는, 그를 태우고 사라진 버스의 뒤꽁무니가 뱉어내는 매캐한 매연에 휩싸였다. 그때 누군가가 아주 빠른 속도로 뛰어와서 내게 부딪쳤다. 나는 균형을 잃고 넘어졌고, 그 바람에 어깨에 메고 있던 배낭의 한쪽 끈이 벗겨졌고, 내게 부딪친 사람은 배낭의 나머지 한쪽 끈을 내 어깨에서 잽싸게 벗겨내어 달려갔다. 그 모든 일이 오 초도 안 되는 시간 안에 이루어졌다. 날치기를 당한 것이다.

몸을 일으키면서 나는 배낭 속에 들어 있는 내용물들을 떠올려보았다. 책, 수첩, 지갑, 지갑 속에 카드와 현금, 신분증, 그리고 휴대폰. 나에게는 아무것도 남아 있지 않았다. 집으로 가려면 버스를 타야 하는데, 버스비조차 없는 것이다.

사실, 남아 있는 건 있었다. 그 남자가 주고 간 백 원짜리 동전이었다. 내게 남겨진 마지막 동전 하나로 나는 누군가에게 전화를 걸어 도움을 청해야 할 것이다. 길 건너편에 공중전화박스가 보였다. 동전으로 전화를 걸 수 있는 공중전화가 남아 있다는 것에 감사하며, 나는 횡단보도

를 건너갔다. 몇 개의 전화번호가 떠올랐다. 휴대폰으로 전화를 하면 본
인과 직접 통화할 수 있겠지만, 지금의 상황을 이야기하고 도움이 필요하
다는 것을 알리기는커녕 서두를 떼기도 전에 전화가 끊어질 것이다. 누
군가의 사무실이나 집으로 전화를 하면 본인과 통화를 하지 못할 가능
성도 있다. 백 원짜리 동전으로는 고작 한 통화를 할 수 있을 뿐이다. 나
는 망설이다가, 이 시간에 사무실에 있을 가능성이 가장 높은 친구에게
전화를 걸기 위해 동전을 넣고 다이얼을 눌렀다. 신호가 가고, 누군가가
전화를 받았다.

"당신은 내가 떨어뜨린 동전을 주운 사람이군요. 불행이 먼저 왔
나요?"

"여보세요? …네? 뭐라고요?"

"좀 전에 버스 정류장 앞에서 만났죠. 지금 그 동전으로 전화를 하
고 있는 거죠?"

"아… 네… 하지만 전 친구에게 전화를 했는데…"

"첫 번째 전화는 반드시 동전의 전 주인에게 걸리게 되어 있어요.
첫 번째 불행이 닥쳤을 때 보통 전화를 하게 되죠. 누군가에게 도움을 청
하기 위해서. 당신에게는 불행이 먼저 왔나 보군요."

"죄송하지만, 무슨 말씀을 하시는 건지 모르겠어요."

나는 당황한 채, 동전의 전 주인과 기묘한 통화를 하고 있었다.

"그리고 저는 지금 가방을 통째로 잃어버려서, 친구에게 전화를 걸
어 도와달라고 말해야 해요. 이제 동전도 없는데…"

"괜찮아요. 아무리 오래 이야기를 해도 전화는 끊어지지 않을 것이고, 통화가 끝나면 그 동전은 다시 나올 거예요. 믿어지지 않겠지만, 믿는 편이 좋아요. 나야 뭐, 아무래도 상관없지만."

"그럼 제가 어떻게 해야 하죠? 지금 무슨 일이 일어난 건가요?"

"간단하게 이야기하자면, 그 동전은 행운과 불행의 동전이에요. 불행이 한 번, 행운이 한 번, 이런 식이죠. 당신에게는 불행이 먼저 왔고, 이제 행운이 올 차례예요. 그 불행과 행운의 강도는 갈수록 높아지죠. 나중에는 엄청난 불행, 엄청난 행운, 우리가 상상할 수도 없는 그런 일들이 찾아오는 거예요. 지금 내 말을 믿지 않고 있죠?"

"……"

"가방을 통째로 잃어버렸다고 했죠? 그게 동전이 가져온 불행이에요. 거기에 상응할 만한 행운이 곧 생길 거예요."

"그다음에는요?"

"불행이 오겠죠."

"그게 무슨…"

"중요한 것은 그 부분이에요. 지금까지 동전을 소유했던 사람들은, 거의 대부분 행운을 기다리느라 그만한 불행도 치러야 했죠. 첫 번째 행운이 너무나 달콤하니까, 조금만 더, 조금만 더, 하고 다음 행운을 기다리는 거예요. 하지만 행운과 불행은 반드시 번갈아가면서 오니까, 불행을 피할 수는 없어요. 동전의 양면 같은 거죠."

"그럼 저는 어떻게 해야 하죠?"

"그건 당신의 선택이죠. 내 경우는 행운이 먼저 왔고 그다음에 불행, 또 행운의 순서였어요. 물론 행운을 한 번 더 잡고 싶긴 했지만, 그 대가 또한 만만치 않으니까, 이쯤에서 그만둔 거죠. 동전을 가졌던 사람 중에는, 돌이킬 수 없을 만큼 심각한 불행을 겪은 사람도 있었다고 해요. 사랑하는 사람과 전 재산을 다 잃고, 결국 동전까지 잃어버리는 경우도 있다는 거예요. 다음 행운은 더 이상 찾아올 수가 없었던 거죠."

"…그래서 당신은 동전을 버렸나요?"

"일단 버리겠다, 하고 마음먹으면, 동전은 스스로 다음 주인을 찾아가게 되어 있어요. 난 버스정류장에서 내가 그 동전을 떨어뜨린 줄도 몰랐어요. 이제 그만하자, 행운 두 번, 불행 한 번이면 그런 대로 좋은 성과다, 그 직전에 생각을 하긴 했지만. 아참, 아까 동전이 떨어졌을 때, 뒷면이 나왔죠?"

"잘 못 봤어요. 어두워서."

"아마 그랬을 거예요. 당신에게 불행이 먼저 찾아온 걸 보면. 난 운이 좋았죠. 행운과 불행이 2대 1이었으니까. 당신의 경우는 당신에게 유리한 비율로 만들 수가 없는 거죠."

"난 그런 행운 따위는 필요 없어요. 그리고 이미 동전은 전화기 안으로 들어가버렸어요."

"당신이 버리겠다는 마음만 먹지 않으면, 그 동전은 반드시 당신 손으로 돌아가요. 그리고 첫 번째 행운이 당신에게 찾아오면, 행운 따위는 필요 없다는 말을 못 하게 될 거예요."

"…어쨌든 나는 이제 친구에게 전화를 걸어야겠어요."

"좋으실 대로."

나는 재발신 버튼을 눌렀고, 남은 금액이 표시되는 화면에는 여전히 '100'이라는 숫자가 반짝이고 있었다. 하지만 이상한 소리를 들은 탓에 정신이 멍해져서 친구의 전화번호가 기억나지 않았다. 할 수 없이 수화기를 내리자, 백 원짜리 동전이 또르르르 아래쪽으로 굴러 나왔다. 동전을 노려보고 있을 때 누군가 전화박스를 똑똑 두드렸다. 의심스럽고 수상한 광경이 내 눈에 들어왔다. 박스 바깥쪽에 내가 전화를 걸려고 했던 친구가 서 있었다. 좀 전에 누군가에게 빼앗겼던 내 가방을 끌어안은 채로.

'이것으로 족해. 더 이상의 행운은 정말 원하지도 않아. 저 따위 동전은 필요 없어.'

나는 백 원짜리 동전을 그대로 놓아두고 전화박스 바깥으로 나왔다.

내 친구의 이야기는 이렇다. 우연히 버스를 잘못 타게 되는 바람에, 그는 내가 서 있던 버스정류장에 내리게 되었다. 그곳에서 목적지까지 가는 버스가 없었기 때문에 가까운 전철역을 향해 걸어가다가, 길에 떨어져 있는 가방을 발견했다. 어디선가 본 듯한 가방이다, 싶어 살펴보니, 가방 안에 내 다이어리가 들어 있었다. 나에게 어떻게 연락을 할까 하고 고민을 하고 있는데, 내 휴대폰이 울렸다. 얼떨결에 전화를 받아보니, 어느 백

화점의 경품잔치에 내가 일등으로 당첨되었다며 '그리스행 비행기 왕복 티켓과 일주일 동안의 숙박티켓'을 찾아가라고 했다. 한두 달쯤 전, 우연히 백화점에 들렀다가 재미 삼아 응모해본 것이었다. 전화를 끊고 고개를 들자, 눈앞의 공중전화박스 안에 내가 있었다.

가방 속을 살펴보니, 만오천 원 정도의 현금만 없어졌을 뿐 다른 것들은 고스란히 그대로 들어 있었다. 첫 번째 행운이 너무나 달콤하여, 나는 순간 동전을 버려두고 온 것을 후회했다. 백화점으로 가서 티켓을 받고 돌아오는 길에, 내 휴대폰이 울렸다. 나는 한숨을 한 번 쉬고 전화를 받았다.

"공중전화박스에서 동전을 주운 분이죠?"

"네? …전화를 잘못 걸었나 봅니다."

"아뇨. 제대로 거신 거예요. 제 이야기를 들으세요."

나는 그에게 동전에 대한 이야기를 시작했다.

사실, '전환점'이 어쩌고저쩌고 하지만 내가 그런 순간들을
제대로 파악할 수 있는 것은 이렇게 돌이켜볼 때뿐이다.
당연한 말이지만 오늘날 그런 상황들을 되돌아보면 내 인생에서
정말 중요하고 소중한 순간들로 다가온다. 그러나 그 당시에는
물론 그런 생각을 하지 못했다. (중략) 그때는 그처럼
사소해 보이는 일들이 모든 꿈을 영원히 흩어놓으리라고 생각할 근거가
전혀 없는 것 같았다.

_ 가즈오 이시구로, 『남아 있는 나날』 중에서

지평선 너머로
해가 지다

어쩌면 너는 커피만으로
부족할 수도 있어

운동화 안에 갇힌 발이 아파온다. 나는 잠시 걸음을 멈추고 배낭을 열어 물통을 꺼낸다. 물에서는 미끌미끌하고 텁텁한 맛이 난다. 어쩐 일인지 온 세상이 나에게 슬픔을 가르쳐주려고 아우성인 것 같다. 이런 슬픔은 어때? 저런 슬픔은 어때? 레모네이드처럼 시고 달콤한 슬픔은? 덜 익은 포도처럼 시금털털한 슬픔은? 돌감처럼 떫은맛의 슬픔은? 혹은 폭신한 솜이불처럼 부드러우면서도 애틋한 슬픔은? …라는 식으로.

낮은 한숨을 내쉬고 물통을 배낭에 집어넣은 다음, 나는 다시 걷기 시작한다. 어제까지만 해도 '사금파리 같은' 슬픔의 도시에 있었다. 길을 떠난 것은 오늘 아침이다. 아침부터 줄곧, 이렇게 걷고 있는 것이다.

그 도시를 벗어나는 일은 별로 어렵지 않았다. 도시의 중심에는 비둘기들이 날아다니는 작은 광장이 있고, 광장 한편에 자그마한 카페가 있는데, 그곳에서 커피 한 잔을 마시는 것으로 도시를 떠날 자격을 얻게 된다. 카페는 언제나 한가로워서, 오래 기다릴 필요도 없다. 도시에 사는 사람들의 수가 많지 않은 데다, 도시를 떠나려는 사람들은 기껏해야 하루에 열 명 남짓이기 때문이다. 그들이 카페에서 커피를 한 잔씩 마시고 도시를 떠나면, 또다시 열 명 남짓한 사람들이 도시로 들어온다. 그들에게는 커피를 마시는 절차가 필요 없다. 도시에 사는 사람들은 누구나, 도시에 들어올 사람들을 알아보았다. 혹시 누군가가 그 행렬에 잘못 끼어들어도, 다른 사람들에 의해 금방 되돌려 보내졌다.

그 도시에 사는 사람들은 대체로 비슷비슷한 얼굴을 하고 있었다. 눈빛이나 표정이 닮아 있는 것이다. 그 도시에 처음 들어섰을 때, 나도 그런 얼굴이었다. 사금파리 같은 슬픔을 통째로 집어삼킨 탓에, 아픔으로 반짝이는 눈빛을 띠고 있었다. 그때 내가 지니고 있던 마음에는 작은 흠집들이 나 있었는데, 사금파리의 날카로운 면에 이리저리 찔렸기 때문이다. 도시의 다른 사람들 역시 그러했을 것이다.

그곳에서 보낸 시간은 얼마나 되었을까. 어제 오후, 내가 더 이상 날짜를 세고 있지 않다는 사실을 깨달았다. 그날 이후 며칠이 지났을까 더듬어보아도 기억은 두터운 안개처럼 흐릿했다. 그건 도시를 떠나도 된다는 첫 번째 징조였다. 두 번째 징조는 저녁에 일어났다. 다른 날과 달리 몹시 배가 고팠고, 무엇이든 맛있는 걸 먹고 싶어졌다. 나는 천천히 거리로 나와 샌드위치와 콜라를 사 들고 공원의 벤치에 앉았다. 평범한 치즈 샌드위치였지만 깜짝 놀랄 만큼 맛있었다. 얼음에 차갑게 재워둔 콜라가 목젖을 타고 내려갈 때는 웃음이 나왔다.

지나치던 사람들이 나를 돌아보았다. 내가 자신들과 다르게 보였기 때문이다. 나는 집으로 돌아가 짐을 싸고, 아침이 되기를 기다렸다가, 카페가 문을 열자마자 그곳으로 가서 커피를 마셨다. 그리고 도시를 떠나 길을 걷기 시작했다.

그것은 도대체 몇 번째의 슬픔의 도시였을까. 태어나서부터 줄곧 슬픔의 도시만을 통과해온 느낌이다. 어째서 이렇게 번번이, 먼 길을 힘겹게 걸어 도달하는 곳이 슬픔의 도시들인지, 나는 잘 알 수가 없다. 길을 걸을 때면 어디에라도 서둘러 도착하고 싶어진다. 도착만 하면, 이번에는 좀 더 나은 삶이 나를 기다리고 있을 것 같다. 그러나 예상은 언제나 빗나갔다. 어디에 정착할 것인가, 하는 것은 내가 결정하는 문제가 아니기 때문이다. 도시들은 어느 순간 내 눈앞에 나타나서, 기다렸다는 듯이 스윽, 하고 나를 끌어들인다. 나는 그저 빨려 들어갈 뿐이다. 오랜 여행으로 인해 지칠 대로 지쳐 있기 때문에, 저항할 수 없는 경우도 많다. 이번에는 나을 수도 있어, 하고 도시가 나를 끌어가는 대로 맡겨버리는 경우도 있지만.

좀 더 나은 곳으로 가고 싶다. 제대로 된 곳에서 살고 싶다.

나는 그렇게 생각하며 길을 걷는다. 이 길은 지독히 단조롭다. 나무도 풀도 꽃도 새도 강도 산도 없다. 벌레 한 마리 보이지 않는다. 눈을 들면 저기 먼 곳에, 아득한 지평선이 열려 있을 뿐이다. 앞을 볼 수 없는 험한 산속을 헤매어본 적도 있지만, 그때도 지금만큼 절망적이지는 않았다. 그렇게 험한 산을 헤집고 나가면 편안한 길이 다시 열릴 것이라고 생각했기 때문이다. 그러나 지금, 내 눈앞에는 아무것도 없다. 설혹 내가 저 지평선까지 걸어갈 수 있다 해도, 역시 아무것도 없을 것이다. 게다가 그 전에 나는 지쳐 쓰러져버릴 것이다. 그런데 나는 왜 아픈 다리를 참으며 계속 걷고 있는가. 이 세상에 기쁨의 도시 따위는 없다는 것을 잘 알면서. 기쁨의 도시는커녕, 슬픔의 도시조차 보이지 않는 이 망망한 길을, 왜 걷고 있는가.

지평선 너머로 해가 지고 있다. 더 이상 걸을 수가 없다. 나는 배낭에서 작은 모포를 꺼내어 대충 몸을 감싸고 아무 곳에나 주저앉아서 카페 주인이 따로 챙겨준 상자를 꺼낸다.

"어쩌면 너는 커피만으로 부족할 수도 있어. 힘이 들면 이 상자를 열어."

그는 그렇게 말하며, 내게 상자를 건네주었다. 상자 안에는 푸른 빛깔의 사탕들이 한 움큼 들어 있다. 나는 그중 한 알을 꺼낸다.

"커피 속에 들어 있는 것이 이 사탕 속에도 들어 있어."

카페의 주인은 그렇게 말했다.

"그게 뭐지?"

내가 그렇게 묻자, 주인은 말해줄 수가 없어 미안하다는 표정으로 미소를 지었다.

마지막 햇살이 지평선을 물들인다. 이제 곧 어두워질 것이다. 지평선을 넘어가면, 다른 세계가 있을까. 하지만 그곳은 영원히 갈 수 없는 곳. 하늘과 땅은 만날 수 없으니까. 그러므로 지평선은 없다.

빛들이 점점 희미해져가고 있다. 나는 사탕의 성분을 알고 있다. 그건 '포기'라는 이름의, 퍼석퍼석한 맛이 나는 에너지다. 내가 그 사탕을 막 입안에 넣으려고 할 때, 날은 완전히 어두워진다. 지평선이 사라진다. 하늘과 땅이 같은 빛깔로 세계를 감싸 안는다. 갑자기 차가운 바람 한 줄기가 불어오고, 나는 사탕을 떨어뜨린다.

그리고 내가 지금 앉아 있는 이곳은 또 하나의 지평선이다.

사진관으로
가는 길

누군가 내 마음을 몹시 아프게 했죠
난 아무것도 할 수가 없었어요

"나를 괴롭혔던 것이 무엇이었는지 알고 싶어서요."

그 여자는 그 작은 방의 벽면 하나를 가득 채운 사진들 앞에 서서 그렇게 말했다. 나는 뭐가 뭔지 잘 모르겠는 채로, 무심히 고개를 끄덕이며 그 사진들을 보고 있었다. 바깥은 뜨거운 햇볕이 내리쬐는 여름이었지만, 그 방에는 이상할 정도로 서늘한 기운이 감돌고 있었다. 에어컨이 뿜어내는 차가운 공기와는 다른 질감의 서늘함이었다.

그 여자가 쟁반 위에 다소곳이 받쳐 들고 온 아이스티를 받아 들고, 나는 컵에 뺨을 대어보았다. 낮에 마신 맥주 한잔으로 달아오른 뺨에 차가운 기운이 전해지면서, 입술 사이로 한숨이 새어 나왔다. 난 어째서 처음 만난 여자와, 이런 낯선 곳에서, 저런 사진들을 보고 있는 걸까. 방 한쪽에 놓인 오디오에서 그리그의「솔베이그의 노래」가 흘러나오고 있었다. 약혼녀인 솔베이그를 남겨두고 고향을 떠났다가 할아버지가 되어서야 다시 돌아온 남자의 이름은 페르귄트였다. 어떻게 솔베이그는 할머니가 될 때까지 그를 기다릴 수 있었을까. 그녀의 고향은 참 재미도 없는 곳이었나 보다. 온종일 기다리는 것 말고는 할 수 있는 일이 없을 만큼 심심한 곳.

나는 다시 한 번 벽에 걸린 사진들을 한 장 한 장 살펴보기 시작했다. 그 방 안에서 할 일이라고는 그것밖에 없었으므로.

우리는 그날 낮에 만났다. 긴긴 여름해가 질 때까지 아직도 까마득한 시간이 남아 있는 토요일 오후, 나는 어두컴컴한 지하 술집에 콕 박혀서 맥주를 한잔 마시고 싶다는 욕망에 시달리고 있었다. 왜 그런 욕망에 시달리게 되었는가에 대한 이야기는 너무 길고 장황하고 재미도 없을 테니 말하지 않겠다. 물론 그건 애초부터 이루기 힘든 욕망이었다. 대부분의 술집은 문이 닫혀 있었고, 거리를 헤매다가 지쳐버린 나는 그냥 집으로 갈까, 하고 망설이고 있는 중이었다. 그때 내 눈앞에 그 여자가 나타났다. 별다른 특색은 없었지만 어딘가 시선을 끄는 여자였다. 거리의 일상적인 풍경들 속에서 그 여자는 기묘한 위화감을 자아내고 있었다. 풍경은 삼차원이고 그 여자는 일차원이었다. 풍경은 입체고 그 여자는 평면이었다.

'마치 종이인형 같군', 생각하면서 나는 그 여자를 보고 있었다. 그 여자는 내 쪽을 흘낏 돌아보았지만, 까만 선글라스 뒤의 눈빛이 어디를 향하고 있는지 알 수가 없었다. 그 여자는 다시 몸을 돌리고 바로 옆에 있는 건물 안으로 빨려 들어가더니, 곧 사라졌다. 그때 갑자기 소나기가 내렸다. 나는 비를 피하기 위해 그 여자가 사라진 건물을 향해 뛰어갔다. 지하로 내려가는 캄캄한 계단이 보였고, 작은 불빛과 음악소리가 새어 나오고 있었다. 나는 계단을 천천히 내려갔다.

나는 그런 풍경을 본 적이 있다. 밤새도록 열린 파티가 끝나갈 무렵의 초췌하고 쓸쓸한 풍경. 그 쓸쓸함은 파티의 열기가 얼마나 뜨거웠는가를 말해준다. 지나간 것이 화려하면 화려할수록, 뒤에 남는 것은 쓸쓸하고 외롭다. 그 외로운 풍경 속을 외로운 색소폰의 외로운 재즈가 외롭게 떠다니고 있었다.

어둠에 익숙해지도록 눈을 몇 번 깜빡이고 나서, 나는 주위를 두리번거렸다. 그 여자는 한쪽 테이블에 앉아 맥주를 마시고 있었다. 그 여자와 약간 떨어진 테이블에 앉았을 때, 누군가 내 앞에 맥주 한 잔을 내려놓았다.

"저쪽에 앉아 계신 분이 주문하셨습니다."

모르는 여자가 모르는 여자에게 술을 사주는 경우도 있었던가. 나는 잠시 망설였지만 별다른 불평 없이 맥주를 마셨다. 바로 이런 장소와 이런 맥주를 조금 전까지 간절히 갈망하고 있지 않았던가.

우리가 각자의 앞에 놓인 맥주잔을 비웠을 때, 그 여자가 내 앞으로 걸어와서 말했다.

"사진을 보여드리고 싶어요."

낮에는 맥주 한 잔에도 쉽게 취하는 법이다. 마치 허공에 있는 햇살의 알갱이들이 알코올의 흡수를 돕는 것 같다. 나의 뇌는 이성적인 판단을 거부했다. 우리가 밖으로 나왔을 때 소나기는 그쳐 있었고, 그 여자의 집은 가까운 곳에 있었다. 작은 철문을 열고 집 안으로 들어가자 뜨거운 열기가 훅 끼쳐왔다. 그 여자는 에어컨을 틀고 나를 그 작은 방으로 안내했다. 그녀가 마실 것을 가지러 간 사이, 나는 그 여자의 사진들을 보게 되었다. 보기 싫어도 볼 수밖에 없었던 것이, 한쪽 벽면 가득히 사진들이 붙어 있었기 때문이다.

그 사진들에는 세 가지 공통점이 있었다. 첫째, 전부 흑백사진이라는 것. 둘째, 모두 그 여자의 모습이라는 것. 셋째, 하나같이 금방이라도 울 것 같은 표정이라는 것. 사진 속 그 여자의 나이는 제각각 달랐지만, 나는 그들이 모두 그 여자라는 것을 알 수 있었다.

그래서 나는 물어야 했다. 왜 저런 사진들을 저렇게 많이 찍었고, 왜 저런 식으로 붙여놓았는지. 그 여자가 대답했다. '나를 괴롭혔던 것이 무엇이었는지 알고 싶어서'라고.

"어렸을 때 내 별명은 울음보였어요. 엄마는 늘 내 속에 커다란 울음보가 있다고 놀렸죠. 일곱 살 때 엄마가 어디론가 가버렸어요. 할머니가 말했죠. 내가 너무 울어서 엄마가 가버렸다고. 어느 날 엄마가 보고 싶어서 놀이터에 앉아 혼자 울고 있는데, 우리 동네 사진관 아저씨가 나를 데리고 가서 사진을 찍어주었어요. 눈에 눈물을 매단 채로 난 사진관의 작은 의자에 앉아 커다란 사진기를 보고 있었죠. 사진을 찍고 나서 그런 생각이 들었어요. 울음보 속의 울음들이 저 사진기 속으로 들어가버렸을 거라고. 그다음부터 울고 싶어질 때마다 그 사진관을 찾아갔어요. 아저씨는 아무 말 없이 나를 찍어주었죠. 그 동네를 떠나온 다음에도, 울고 싶어지면 그곳을 찾아갔어요. 처음엔 그저 눈물을 참기 위해 사진관으로 갔죠. 엄마가 떠난 건 내가 울기 때문이니까, 울지 않으려고요. 그런데 나중에 인화된 사진을 보다가, '난 저때 무엇 때문에 울고 싶었지?' 기억이 안 날 때가 종종 생겼어요. 울고 싶어진 이유를 잊어버린 거죠. 기억나는 이유들도 저마다 가지각색이었죠. 난 궁금했어요. 무엇이 나를 울고 싶게 만드는 건지. 무엇이 나를 괴롭혔는지. 그걸 알게 되면, 더 이상 울지 않아도 될 거라고 생각했죠."

"그런데요?"

"하지만 그런 일들은 끊임없이 생겼어요. 이제는 울고 싶어질 때 사진관에 가는 대신 이 방에 들어와서 이 사진들을 보죠. 그러고는 아, 저때는 내가 무엇 때문에 슬퍼졌지, 생각을 해요."

"슬픔과 고통은 그렇게 사라진다는 걸 확인하는 거군요."

그 여자는 대답 대신 빙긋 웃어 보였다. 그리고 벽에 붙어 있는 수많은 사진 중의 하나를 떼어 내게 내밀었다.

"당신이 지금, 이런 상태인 것 같아서요."

"이런 상태?"

"누군가 내 마음을 몹시 아프게 했죠. 난 아무것도 할 수가 없었어요. 그냥 그게 다예요."

그 여자는 조금 위쪽에 붙어 있는 다른 사진 한 장을 또 떼어냈다. 그 여자가 아주 어릴 때의 모습이었다.

"그리고 이 사진은 내가 구구단을 외우지 못해서 선생님께 혼이 난 다음이었죠."

우리는 웃음을 터뜨렸다. 두 사진 속의 표정이 똑같았기 때문이다.

"결국 마찬가지라는 이야기군요."

내가 말했다.

"갖고 싶으면 가지세요." 그 여자가 말했다. "그것으로 충분하지 않다면, 사진관으로 가는 길을 가르쳐드릴게요."

"아니, 충분할 것 같아요." 내가 말했다. "어차피 지금 그 사진관은 없어졌겠죠?"

그 여자가 고개를 끄덕였다.

나는 두 장의 사진을 가방 속에 집어넣고, 그 여자와 인사를 나누고, 그 집을 나섰다. 저녁이 와 있었다. 그리고 모든 것은 한결 나아져 있었다. 난 그냥 구구단을 외우지 못해서 선생님께 잠시 혼이 났던 것뿐이다. 그리고 세상에는 가끔, 반성하지 않아도 좋을 절망이 있는 법이다.

"우리가 어떻게 삶에 매달리는지 생각하면 우습지.
난 내 삶을 한순간도 반복하고 싶지 않지만,
기꺼이 잃어도 좋은 순간이 있다는 뜻은 아니야.
우리는 그래서 계속 살아가는 거야. 그렇지 않아?
다음 모퉁이를 돌면 무엇이 있는지 알고 싶어서."

_ 로런스 블록, 『살인해드립니다』 중에서

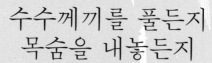

수수께끼를 풀든지
목숨을 내놓든지

이 세상에 존재하지 않는다면
만들어내면 되잖아요

'아침에는 네 발, 낮에는 두 발, 저녁에는 세 발로 걷는 것은 무엇인가?'라는 스핑크스의 수수께끼를 푼 것은 오이디푸스였다. 오이디푸스는 정답을 맞히고 왕이 되었지만, 아버지를 죽이고 어머니와 결혼했다는 죄책감 때문에 스스로 눈을 찔러 장님이 되었고, 쓸쓸하게 노년을 보냈다. 대부분의 사람들이 알고 있는 이야기는 여기까지다. 역사는 주인공을 중심으로 기록된다. 하지만 기록된 것만이 역사는 아니다. 누구도 맞힐 수 없는 수수께끼를 만들어놓고 뻐기다가, 오이디푸스에게 참패를 당한 스핑크스는 그 후 어떻게 되었는가.

스핑크스들은 인간보다 훨씬 더 오래 살기 때문에 인간보다 현명할 것이라고 생각되지만, 사실 그들의 지능은 터무니없이 낮다. 그들에게 장

점이 있다면, 무엇이든 한 가지 일에 대해 깊이 몰두할 수 있다는 것이다. 그들이 한 가지 일에 몰두하는 시간은 보통 백 년에서 천 년 사이다. 누군가 한 가지 문제를 놓고 고민하기 시작하면, 다른 스핑크스들도 그 문제를 함께 고민한다. 그들에게는 달리 할 일이 없기 때문이다. 그러한 스핑크스들이 백 년도 아니고 천 년도 아니고 약 삼천오백 년 동안 고민하여 만든 수수께끼가 바로 '아침에는 네 발…'이었다. 그러한 수수께끼를 낼 수 있었던 것은, 그 시간 동안 그들의 눈앞에서 수없이 많은 인간들이 태어나고 죽어갔기 때문이다. '네 발, 두 발, 세 발'로 압축되는 인간의 생애를 그들은 싫도록 보아왔다. 또한 그들의 단순한 머리로는 인간의 생애를 그렇게 압축할 수밖에 없었다.

그들은 고심 끝에 만든 수수께끼를 인간에게 테스트해보았고, 인간들은 수수께끼를 풀지 못했다. 게임이란 벌칙이 무시무시할수록 흥미진진해지는 것이므로, 그들은 정답을 맞히지 못하면 목숨을 내놓으라고 인간들에게 요구했다. 목숨을 잃어가는 인간들이 많아질수록, 스핑크스들은 승리감에 도취되어 기고만장해졌다. 기고만장해진 그들이 한밤중에 술판을 벌여놓고 거대한 몸집을 흔들며 춤을 추는 바람에 이집트의 땅은 점점 엉망이 되어갔다. 해마다 홍수가 나고 나일 강이 범람했으며, 많은 사람들이 굶어 죽어갔다. 열심히 농사를 지어 거두어들인 곡식들을 스핑크스들이 죄다 짓밟아버렸기 때문이다.

그때 오이디푸스가 나타났다. 스핑크스의 수수께끼를 듣고 잠시 생각에 잠긴 다음 '삐~' 하고 부저를 누른 후 '인간!' 하고 소리친 그 사람이다. 그때 스핑크스들이 받은 충격은 어떠했겠는가. 이를 악물고 패배를 시인한 그들은, 그날 밤 몰래 모여 오이디푸스에 대한 복수전을 준비하기 시작했다. 그리고 무시무시하게 긴 세월이 흐른 후, 두 번째 수수께끼를 만들어낸 것이다.

'아래에서 보면 네모, 옆에서 보면 세모, 위에서 보면 점 하나인 것은 무엇인가?'

이것이 스핑크스의 두 번째 수수께끼였다. 사람들은 '네모, 세모, 점'을 찾기 위해 나무와 흙과 돌로 만든 건축물, 가구, 그릇까지 뒤져보았으나 스핑크스를 만족시킬 만한 것은 찾을 수가 없었다. 또다시 나일 강이 범람하고 사람들이 죽어갔다. 나일 강의 범람기는 삼사 개월 동안 계속되었고 경작지는 모두 물에 잠겨버렸으므로 사람들은 굶주림에 시달릴 수밖에 없었다. 파라오는 고민에 잠겼다. 백성들을 구하고 스핑크스의 수수께끼를 풀 수 있는 방법은 어디에 있을까.

이럴 때 등장하는 것은 언제나 아름답고 총명한 막내공주다. 파라오의 세 딸 중에서 가장 아름답고 총명한 막내공주는 아버지에게 방법을 제시한다. 그리고 콜럼버스의 달걀처럼, 문제는 언제나 너무 쉽게 풀린다.

"스핑크스가 말하는 것이 이 세상에 존재하지 않는다면, 만들어내면 되잖아요."

중요한 것은 아니지만, 공주는 그때 열일곱 살이었다.

파라오는 사랑스러운 공주의 발언에 고무되어, 농사도 짓지 못하고 허송세월을 보내고 있는 사람들을 모아 '네모, 세모, 점'을 만족시킬 건축물을 짓기 시작했다. 나일 강의 범람기 동안 그들에게 일자리를 주기 위해, 공사 기간이 적어도 석 달 이상 걸리는 거대한 건축물을 짓게 한 것이다. 바닥은 네모, 옆면은 세모, 위는 한 점이 되는 피라미드는 이렇게 탄생했다. 이것이 피라미드 탄생의 비밀이다.

'그렇다면', 당신은 말할 것이다. '바퀴도 발명되지 않았고 말이나 노새 등 일을 시킬 만한 동물들도 없던 때, 밑면의 네 모서리가 0.1퍼센트의 오차도 없이 정확하게 동서남북을 가리키고 있는 피라미드를 어떻게 건설한 것인가?'라고. '철도 청동도 발견되지 않았던 시대에 어떤 도구를 사용하여 육백오십만 톤에 이르는 이백삼십만 개의 돌을 자르고, 면도날도 들어가지 않을 정도로 밀착시켜 쌓아 올렸나?' 또한 '그 거대한 돌을 어떤 방법으로 피라미드 꼭대기까지 옮겼느냐'라는 질문도 가능하다.

피라미드의 건설 방법에 대해서는 적어도 삼십여 가지의 가설이 있다. 이 중에서 설득력이 있는 것 몇 개만 살펴보자. ①피라미드에 사용된 돌들은 경도가 무른 석회석이므로, 간단한 연장으로도 가공이 가능하다. ②채석장에서 돌을 추출할 때 나무쐐기를 박고 뜨거운 물을 부으면, 쐐기의 부피 증가로 간단하게 절단이 된다. ③벽돌로 비탈진 경사로를 만들어, 썰매 위에 돌덩어리를 얹고, 피라미드 위쪽으로 끌어당기면, 피라미드 꼭대기까지 돌을 옮길 수 있다. ④홍수 때문에 잠겼던 경작지에 물이 빠지고 나면, 농지들의 경계가 모두 사라져서 예전의 자기 땅을 다시 찾는 일이 힘들었다. 이런 과정에서 측량기술과 수학이 발전했다.

이런 이론들이 마음에 들지 않는 사람에게는, 다음과 같은 이야기를 해드릴 수밖에 없다.

⑤사라진 아틀란티스 대륙이나 미지의 다른 별에서 살고 있는 우주인이 우연히 지구에 놀러 왔다가, 스핑크스의 수수께끼를 풀기 위해 이상한 건축물을 짓고 있는 사람들을 만났다. 우주인은 심심풀이 삼아 사람들을 도와주면서, 피라미드 속에 자신만이 사용할 수 있는 비밀의 방을 만들기로 했다. 그 후부터 우주인은 비밀의 방을 통해 자유자재로 지구를 오가고 있다. 피라미드를 낱낱이 파헤치면 비밀기지를 발견할 수 있을지도 모른다.

그런 이야기는 그렇게 놓아두고, 우리는 우리의 이야기를 계속하자. '스핑크스의 수수께끼 풀기 및 기아에 허덕이는 백성 구제를 위한 피라미드 건설 프로젝트'는 성공을 거두었다. 공사에 동원된 건장한 인부들은 아침부터 저녁까지 노래를 부르며 즐겁게 일을 했고, 저녁이면 온 가족을 먹일 수 있을 만큼의 곡식을 받아 집으로 돌아갔다. 가끔 행정상의 착오로 인해 곡식을 지급받지 못한 사람들은 파업을 하기도 하고, 정부를 상대로 재판을 걸어 승소판정을 받기도 했다.

마침내 첫 번째 피라미드가 완성되던 날, 파라오는 스핑크스를 찾아가서 이제 수수께끼를 풀었노라고 말했고, 그들을 거대한 피라미드 앞으로 데려갔다. 피라미드를 보고 너무나 충격을 받은 스핑크스들은, 그 자리에 얼어붙은 채 돌이 되어버렸다. 그들은 아직도 피라미드 앞에 돌처럼 굳어 있다. 파라오는 참 잘됐다, 싶어서 피라미드 안에 수확한 곡식들을 저장하기로 했다. 문 앞에 스핑크스가 버티고 있으니 아무리 간 큰 도둑이라도 그 안에 쌓여 있는 곡식을 훔쳐 가지 못했을 것이다.

파라오의 영특한 공주는 피라미드를 아주 좋아했다. 그녀는 피라미드 속에서 온종일 놀다가, 어느 날 문득 자신이 더욱더 아름다워졌음을 깨달았다. 십 년, 이십 년, 삼십 년이 지나도 그녀의 모습은 조금도 변하지 않았다. 공주는 피라미드에 신기한 능력이 있다는 것을 알게 되었고, 훗날 자신이 죽으면 피라미드 속에 매장하라고 신하들에게 명령했다. 그때부터 왕족들은 줄줄이 피라미드 안에 안치되기를 원했다. 그래서, 결국, 그렇게 된 것이다. 그런데…

역사에 기록되지 못한 영원한 조연, 스핑크스는 지금 무엇을 하고 있을까. 그들은 지금도 피라미드 앞에 조용히 앉아 긴 침묵을 지키고 있다. 겉으로는 아무 생각 없는 것처럼 보이지만, 속으로는 더 어려운 수수께끼를 내기 위해 잔뜩 고민하고 있는 것이 분명하다. 어쩌면 언젠가 우리가 그 수수께끼를 풀어야 할지도 모른다. 목숨이 아깝다면.

"동정심과 이해심, 관대함 같은 것은 하나같이 똑똑한 사람의
특징이라는 사실을 받아들일 수 있나?
비판적이고 잔인한 사람은 멍청이들이야.
영리한 사람은 거의 대부분 공감 능력이 뛰어나. 그들은 이해하고,
제대로 인식하고, 동기를 연구하고 공감하지.
(중략) 냉혹하고 잔인한 사람은 거의 늘 멍청이야."

_ 에마 오르치, 『구석의 노인 사건집』 중에서

그녀의 냉장고 안에
머물러 있는 것

우물 속에서 무언가를
먹는 것도 이상해

칠월 사 일, 그와 결혼을 약속한 그녀는 편지 한 장을 남기고 그의 인생에서 사라졌다. 그와 그녀가 서로의 존재를 알게 된 지 일곱 달, 그리고 연인 사이가 된 지 여섯 달 만에 일어난 일이었다. 공교롭게도 일 년 남짓 다니던 회사가 칠월 오 일에 문을 닫았기 때문에, 그는 실연과 실직을 동시에 당한 불행한 남자가 되었다.

편지에는 그녀가 아무 말 없이 사라진 이유 같은 건 쓰여 있지 않았으며, 어디로 사라질 것인지, 언제 돌아올 것인지에 대한 언급도 전혀 없었다. 편지의 내용은 '나는 잘 살 테니 당신도 잘 살아라'로 요약할 수 있는데, 반년을 연인 사이로 지낸 여자가 보낸 것치고는 꽤 매정했다. 하지만 그 사건이 그의 인생에 그리 큰 영향을 미치진 않았다. 그에게는 실연보다 실직이 훨씬 중대한 문제였다. 첫 번째 직장이었고, 저축 같은 건 신경도 쓰지 않았다. 출근을 위해 회사 가까운 곳에 얻은 일곱 평짜리 방 한 칸에 월세를 바쳤고, 허겁지겁 끼니를 해결해야 했으며, 데이트 비용도 만만치 않았기 때문이다. 그리하여 온 세상 사람들이 올여름에는 어디로 갈까, 두근거리며 휴가계획을 세우는 칠월 초, 그는 자신의 인생 앞에 갑자기 펼쳐진 가파른 골짜기 앞에 서서 한숨을 쉬고 있었다. 아무리 둘러보아도 길은 없었다.

　그가 그녀를 사랑하지 않은 것은 아니다. 그녀를 처음 만났을 때, 그는 지루하고 단조로운 삶에 질릴 대로 질려 있었고, 그녀만이 자신을 구원해줄 수 있으리라고 믿었다. 한 달 내내 그녀의 집 앞에서 꽃을 들고 기다린 것도 그였다. 이런 시대에 문자메시지도 아니고 이메일도 아니고, 그런 고전적인 수법으로 한 여자를 사로잡기는 힘들다, 라고 그의 친구들이 조심스럽게 충고했지만, 그는 고집을 부렸다. 그는 먼 훗날 기억할 수 있는 특별하고 소중한, 거기에다 조금은 고리타분한 추억거리를 원했다. 어느 맑은 가을날 아침, 고전적인 수법으로 한 여자에게 사랑을 호소한 이십일 세기의 한 남자를 떠올리며 미소 짓는 노부부의 모습이, 그가 그리는 행복의 풍경이었다.

　하지만 그녀는 이제 없다. 그가 그려보던 행복의 풍경은 그녀와 함께 날아가버렸다. 그러나 신기하게도, 그녀의 실종은 단순한 일상에서 흔히 일어날 수 있는 사소한 사건처럼 여겨졌다. 여섯 달 동안 줄기차게 신어오던, 마음에 들었던 신발 한 짝을 잃어버린 기분과 비슷했다. 한 짝이 없어진 신발은 쓸모가 없다. 그는 남아 있는 다른 한 짝의 신발, 그러니까 그녀의 미소와 질투와 작은 말다툼들과 망설임 같은 것들을 쓰레기통에 넣어 밖에 내놓았다. 그리고 이제부터 어떻게 먹고살까 걱정하며, 천천히 저물어가는 여름날의 거리로 나섰다.

그는 무심코 버스에 올라탔고, 무심코 내려, 무심코 방향을 잡아 걸어가다가, 무심코 걸음을 멈추었다. 그러자 눈앞에 그녀의 집이 있었다. 한숨을 쉬며, 그는 그 집 앞에서 기다리던, 서른 송이의 장미를 그녀에게 바치던 한 달을 생각했다. 서른 번째 장미를 받았을 때 그녀는 미소를 지으며 전화번호를 알려주었고, 그다음 날부터 두 사람은 데이트를 시작했다. 열두 번째 데이트를 하던 날 그녀는 그를 집으로 초대했고, 그를 위해 저녁을 차려주었다. 그녀의 작은 식탁에서 다섯 번째로 식사를 하며 그는 청혼을 했고, 그로부터 사흘 후에 승낙을 받았다. 그리고 한 달 후에 그녀는 사라졌다.

그는 그녀의 집이 있는 다세대 주택 안으로 들어섰다. 그녀가 살고 있던 201호 우편함에는 잡다한 우편물들이 들어차 있었다. 우편함을 지나 계단으로 올라간 그는, 201호의 벨을 눌렀다. 물론 아무도 나오지 않았다. 벨을 두어 번 더 눌러 아무도 없는 것을 확인하고, 그는 디지털 도어록의 번호를 눌렀다. 찰칵, 경쾌한 소리를 내며 문이 열렸다.

그는 내게, 그 집은 우물처럼 깊은 고요 속에 가라앉아 있었다고 말했다. 그 때문인지 몰라도 한 번도 본 적 없는 그녀의 집을 생각하면 우물이 떠오르곤 했다. 그는 그곳에서 세 시간 남짓 머물렀다. 그의 표현에 따르면, '그저 단순한 호기심 또는 무료함 때문에', 그녀의 흔적을 찾으려 했다. 그러나 그녀가 떠나버린 공간은 여름날의 미적지근한 공기만 품고 있었다. 그녀의 옷가지와 화장품과 색색가지의 접시, 몇 안 되는 가전제품과 작은 책장은 사라졌고, 덩치가 큰 옷장과 침대를 비롯한 몇몇 가구들만 남아 있을 뿐이었다. 그는 침대 아래에서 그녀의 것으로 보이는 머리카락 몇 개를 발견했을 뿐, 다른 성과는 얻지 못했다.

갑자기 답답함을 느낀 그가 굳게 닫힌 창문을 열었을 때 바람이 불어왔고, 그는 머리카락을 쓸어 넘기며 세수라도 해야겠다고 생각했다. 텅 빈 세면대에서 세수를 하고 고개를 들자, 초라하고 낯선 한 남자의 모습이 거울에 비쳤다. 그는 갈증을 느꼈다. 그리하여, 부엌에 혼자 동그마니 남아 있던 냉장고를 향해 아무 생각 없이 걸어간 것이다.

냉장고를 열었을 때 그는 깜짝 놀랐다. 이유는 알 수 없지만, 그녀는 냉장고 안에 들어 있던 것들에 전혀 손을 대지 않았다. 콘센트도 꽂혀 있어서, 차가운 기운이 훅, 하고 뿜어져 나왔다. 그는 냉장고 안쪽으로 얼굴을 들이밀고 잠시 서 있었다. 여러 가지 냄새들이 뒤섞여 그의 코를 자극했다. 그러자 갑자기 배가 고파졌다. 너무나 배가 고파서, 무언가를 먹지 않고서는 서 있을 수도 없을 것 같았다. 그는 냉동실과 냉장실에 있는 것들을 꼼꼼히 살펴보기 시작했다.

냉동고 안에는 다진 쇠고기, 덩어리 쇠고기, 잘게 썰어놓은 쇠고기, 삼겹살, 닭날개, 반건조 오징어, 물오징어, 냉동새우, 냉동참치, 모시조개,

쥐포, 대구포, 날치알, 굴비, 가자미, 밀가루, 튀김가루, 부침가루, 빵가루, 식빵, 김, 아이스크림, 화이트하임, 딸기콘, 새우깡, 그리고 무엇인지 알 수 없는 것들이 들어 있었다. 냉장실은 좀 더 복잡했다. 달걀, 다시마, 미역, 핫소스, 머스터드소스, 굴소스, 치즈, 딸기잼, 버터, 레몬즙, 매실즙, 고추장, 된장, 일본된장, 고춧가루, 깨소금, 다진 마늘, 다진 양파, 감자, 표고버섯, 양송이버섯, 파, 무순, 깻잎, 무, 고추, 장조림, 쇠고기 볶음, 장아찌, 열무김치, 배추김치, 오이피클, 물, 콜라, 포도주스, 오렌지주스, 맥주, 그리고 그가 알 수 없는 소스들이 들어 있었다.

그는 먹기 시작했다. 쥐포와 대구포를 굽지 않은 채로 먹고, 아이스크림과 과자를 먹었다. 달걀을 깨서 생으로 먹고, 치즈와 장조림과 오이피클을 먹고, 얼어 있는 식빵을 반쯤 녹여 딸기잼을 발라 먹고, 음료수와 맥주도 마셨다. 조리를 하지 않고는 먹을 수 없는 것들은 냉장고에서 꺼내어 한쪽에 쌓아두었다. 냉장고는 점점 비어갔다. 하지만 그의 허기는 채워지기는커녕 점점 커져만 갔다.

그가 냉장고의 한구석에 있던 빨간 상자를 발견한 것은, 냉장고가 반 이상 비워졌을 때였다. 정사각형 모양의 꽤 큰 상자였는데, 왜 그제야 눈에 들어왔는지 그도 이유를 알 수가 없었다. 그 상자를 꺼내기 전에 그는 잠깐 망설였다.

"상자라는 건, 열기 전에는 무엇이 들어 있는지 모르니까."

그는 내게 그렇게 설명했다. 그것을 여는 순간 뭔가가 끝나버릴 것 같았다고 했다. 그는 잠시 바닥에 주저앉아 생각에 잠겼다.

'냉장고 안에 이렇게 많은 것을 남겨놓았다는 건, 그녀가 다시 돌아올 수도 있다는 거다. 그러나 나는 이것들을 먹어버리거나 치워버림으로써, 그녀가 돌아오는 길을 막아버렸다. 그녀는 이제 돌아와도, 여기에 머무를 수 없을 것이다. 하지만 저 상자가 남아 있으면 이야기가 달라질 수도 있다. 나는 그녀가 돌아오기를 원하는 걸까?'

"좀 이상하고 두서없는 생각이긴 하지만."

그는 웃었다. 나는 '괜찮아, 우물 속에서 무언가를 먹는 것도 이상해'라고 대답해주었다. 결국 그는 판도라의 상자를 여는 기분으로 상자를 열었다. 빨간 상자 안에는 바짝 말라버린 서른 송이의 장미가 가지런히 들어 있었다.

"내 이야기는 이게 끝이야."

그가 말했다.

"그녀가 다시 돌아올 거라고 생각해?"

내가 물었다.

"몰라." 그가 대답했다. "하지만 다시 그녀를 만나게 되면, 장미 같은 걸 냉장고에 넣어두지 말라고 얘기해주고 싶어."

아주 오랜 시간이 지난 후에야, 나는 뒷이야기를 들을 수 있었다. 그는 서른 송이의 장미가 담긴 상자를 가만히 닫은 후, 다시 냉장고를 비우는 일에 열중했다. 그가 야채칸 제일 아래에 깔려 있던 상추를 써냈을 때,

부엌 바닥은 흥건하게 젖어 있었다. 한쪽에 쌓아놓은 음식들이 녹기 시작한 것이다. 냉동실에서 꽁꽁 얼어 있다가 밖으로 끌려나온 물오징어 한 마리와 함께, 그는 엉엉 울기 시작했다. 약 십 분 동안 울고 난 후, 그는 청소를 하고 집을 나왔다. 빨간 상자를 가슴에 안고.

그녀는 그날로부터 한 달 후에 돌아왔다. 냉장고 안의 음식들을 그대로 놔둔 것을 기억해내고, 정리를 하기 위해 잠시 돌아온 것이다. 그녀가 집 안으로 들어서서 처음 본 것은, 서른 개의 종이컵에 담긴 서른 송이의 장미였다. 그중의 한 송이는 하루 전날 가져다놓은 것으로, 채 시들지 않은 채 조용히 향기를 뿜어내고 있었다. 그녀가 장미의 향기에 취해 있을 때, 그는 서른한 송이째 장미를 들고 그녀의 집으로 가고 있는 중이었다.

불가능한 작전

손을 뻗으면 닿는 거리야
정말 하늘이야

너무 오래 날았다. 날갯죽지가 저릿저릿하고 통증이 온몸을 휘감는다. 나는 날개를 두세 번 퍼덕여서 톰의 시선을 끈 다음, 수화로 내 의사를 표현한다.

"날개가 아파. 얼마나 더 가야 하는 거야?"

내 옆에서 묵묵히 날고 있던 톰은 선글라스를 벗고 땀을 닦은 후 내게 손짓으로 대답한다.

"조금만, 조금만 더."

톰과 나는 '하늘끝마을'을 찾아가는 길이다.

그 임무는 휴가 기간 중에 주어졌다. B도시의 Y공원 근처에서 산책을 즐기고 있는 중이었다. 비둘기들에게 모이를 주고 있을 때, 하늘에서 작은 봉투가 떨어졌다. 봉투에 찍힌 문장은 '중앙'의 것이었다.

"세상 사람들이 다 날아다니는 마당에 하늘에서 이런 걸 떨어뜨리는 게 뭐 대단하다고…"

투덜거리면서 나는 봉투를 집었다. 그 속에는 내가 행해야 할 열두 번째 임무가 적힌 종이 한 장이 들어 있었다.

'하늘끝마을'로 가서 주민들의 생활을 조사할 것. 파트너는 알아서 구할 것.

그리하여 나는 오래전에 연락이 끊긴 톰을 수소문하게 되었다. 달리 구할 만한 파트너도 없었지만, '이젠 무얼 해도 폼이 안 나'라는 말을 남기고 어느 날 갑자기 사라져버린 그의 소식이 궁금하기도 했기 때문이다.

톰을 찾는 일은 어렵지 않았다. 그는 나의 예상대로, 날개를 꽁꽁 묶은 채 나이아가라 강에서 래프팅을 하고 있었다. 물에 흠뻑 젖어 부들부들 떨고 있는 그를 데리고, 나는 근처에 있는 레스토랑으로 들어섰다. 그의 날개를 꽁꽁 묶고 있는 빨랫줄을 완전히 푸는 데 한 시간이 걸렸다.

"정말 바보 같아. 왜 이런 짓을 하는 거야?"

"그럼 넌 내가 마약이라도 하면 좋겠어?"

톰은 날개에 묻은 물기를 푸드득, 털어내며 말했다.

"임무가 있어."

나는 톰에게 봉투를 내밀었다.

"싫어." 톰은 봉투를 열어보지도 않고 딱 잘라 말했다. "이제 더 이상 그런 일은 안 할 거야. 하늘끝마을로 가는 거라면 또 몰라도."

"톰, 바로 그거야."

톰은 믿어지지 않는다는 표정으로 나를 빤히 바라보다가 봉투를 열었다. 내용물을 확인한 그가 상기된 표정으로 조용히 말했다.

"가자."

하늘끝마을은 하늘의 끝에 있는 마을이다. 그 마을은 지구연방의 행정구역에 속해 있지만, '중앙'의 통제를 받지 않는다. 아니, 통제를 할 수 없다는 것이 정확하다. 무슨 이유에서인지 몰라도, 하늘끝마을로 한 번 간 사람은 두 번 다시 돌아오지 않기 때문이다. 그곳과의 통신수단도 전혀 없다. '중앙'은 지난 수십 년 동안 하늘끝마을과의 통신망을 만들기 위해 끝없이 노력했지만 모든 것이 수포로 돌아갔다. 그래서 우리는 하늘끝마을에 대해 아무것도 아는 바가 없다. 어떤 사람들은 그곳이 이미 존재하지 않는다고 말한다.

우리 모두에게 날개가 생겼을 때, 많은 사람들은 보다 자유롭게 살아갈 수 있게 되었다고 믿었다. 그러나 우리의 활동영역이 넓어지고 자유로워졌다는 것은, '중앙'의 활동영역 역시 넓어지고 자유로워졌다는 것을 의미했다.

　　전 세계가 '지구연방'으로 통일된 이후, '중앙'의 감시체제는 날이 갈수록 정교해져갔다. 지구 어디에도 그들의 눈을 피할 수 있는 곳은 없었다. 그렇다고 해도 그들이 우리의 생활에 일일이 간섭을 하는 것은 아니지만, 누군가 나의 생활을 낱낱이 알고 있다는 생각을 할 때마다 유리로 된 집 안에서 살고 있는 것 같은 답답함이 치밀어 오르곤 했다.

　　살아서 '중앙'의 감시망을 벗어날 수 있는 방법은 단 하나, 그건 바로 하늘끝마을로 가는 것이었다. 때문에 하늘끝마을로 가기 위해서는 '중앙'의 엄정한 심사와 허가를 받아야만 한다. '중앙'에서는 백 퍼센트의 신뢰도를 보장받은 사람에게만 허가를 해주었으나, 이것도 몇 년 전에 중단되었다. 그들은 한결같이 '하늘끝마을이 보인다, 이제 곧 도착한다'라는 전언을 마지막으로 더 이상 소식을 보내오지 않았기 때문이다.

　　하늘끝마을은 정체가 의심스러운 만큼 두려움의 대상이기도 했지만, 그저 신기루에 불과하다 해도, 지구를 일곱 바퀴 도는 것보다 먼 길이라고 해도, 언젠가는 그곳으로 가고 싶다고 나는 늘 생각해왔다. 톰 역시 오래도록 그곳을 동경해왔다는 걸 나는 알고 있다. 그리고 어째서인지 몰라도 '중앙'은 우리를 하늘끝마을에 보내기로 결정한 것이다.

　　'중앙'의 마음이 바뀌기 전에, 톰과 나는 서둘러 지구를 떠나기로 했다. 긴 비행을 위해 날개를 다듬는 작업을 하는 데는 적어도 일주일이 걸리지만, 우리는 사흘 만에 해냈다. 그 정도는 우리에게 불가능한 일이 아니었다. 하지만 하늘끝마을의 끄트머리조차 보이지 않는 막막한 하늘 한가운데에서, 나는 점섬 기운을 잃어가고 있는 것이다.

'이젠 틀렸어'라고 나는 생각한다. 마지막 힘까지 짜낸다면 앞으로 열 번 남짓 날갯짓을 할 수 있을 것이다. 그 후에는 어떻게 될까. 아득한 땅을 향해 떨어져 내릴 것이다. 나는 톰에게 마지막 인사를 하기 위해 몸을 튼다. 그러나 내 옆에서 나란히 날아오던 톰의 모습을 찾을 수가 없다. 톰이 사라진 것이다. 그는 나보다 먼저 떨어지기 시작한 것일까. 래프팅을 할 때 날개를 묶어둔 후유증이 이제 나타난 건지도 모른다. 가엾은 톰… 하고 중얼거리며 추락을 위해 마지막 호흡을 가다듬는 순간, 어디선가 아주 가냘픈 소리가 들려온다.

"여기야, 이쪽으로 와!"

나는 가까스로 소리가 나는 쪽을 돌아본다. 희고 둥근 동그라미 같은, 마치 태양의 중심과도 같은 눈부신 공간이 거기 있다. 괜찮은 걸까, 내 의식은 마지막까지 '중앙'으로부터 교육받은 행동지침을 생각하고 있다. '의심하라, 끝없이 의심하라.' 하지만 나는 동그라미를 향해 몸을 던진다. 추락하는 것보다는 그쪽이 좀 나을 거라 생각하며.

눈을 뜨자, 나를 걱정스럽게 내려다보고 있는 톰의 얼굴이 제일 먼저 보인다. 그리고 톰의 얼굴 뒤에, 눈부시게 푸른 하늘이 손에 잡힐 듯 가까이 펼쳐져 있다.

"내가 누군지 알겠어?"

톰이 말한다.

"톰…"

나는 입술을 움직이지만, 소리가 되어 나오지는 않는다.

"그래. 여기가 어딘지 알아?"

톰의 목소리는 몹시 들떠 있다.

"하늘… 끝…"

나는 다시 입술을 움직인다.

"그래. 하늘끝마을이야."

톰은 내 몸을 일으키고 작은 유리병에 담겨 있는 물을 먹여준다. 달고 시원하고 맛있는 물이다. 밑바닥까지 가라앉아 있던 몸과 마음이 천천히 솟아오르는 것을 온몸으로 느낄 수 있다.

"…저건 하늘이야?"

나는 톰의 등 뒤로 보이는 하늘을 바라보며 묻는다.

"그래."

"아주 가까워."

"손을 뻗으면 닿는 거리야. 정말 하늘이야."

톰은 일어나서 손을 뻗고, 나는 그의 손끝에 하늘이 닿는 것을 본다. 믿어지지 않지만, 사실이다.

"조금 더 자도록 해. 그런 다음에 천천히 구경하러 가자."

이불을 덮어주며, 톰이 말한다.

이 세계는 희고 둥글다. 공기는 아주 맑고 하늘은 바로 머리 위에 있다. 지역에 따라 조금씩 차이가 나긴 하지만, 가장 높은 하늘도 이십 미터를 넘지 않는다. 그러므로 이곳에는 고층건물이 없다. 사람들은 날개를 접고 걸어 다닌다. 백 년쯤 뒤에는 날개가 퇴화할 것이라고 모두들 예상하고 있다. 밤이면 나는 가까운 하늘에 매달린 별을 따서 이 세계 밖으로 휙 내던지는 놀이를 한다. 별은 계속해서 생겨나므로 얼마든지 던져도 괜찮다. 당신이 가끔 밤하늘에서 보는 별똥별은 바로 우리가 던지는 것이다. 그리고 별똥별이 유난히 많이 쏟아지는 날은, 이 세계 사람들의 축제 날이다.

톰은 아주 행복해하며 하루하루를 보내고 있다. 그의 특기인 두 번 돌아 옆차기는 이곳 사람들을 기쁘게 한다. 그가 맨손으로 낮은 암벽을 탈 때면 사람들은 도시락을 싸 들고 구경을 나온다. 낮 시간의 대부분은 작은 시냇가에서 물놀이를 하거나, 친구들끼리 모여서 노래를 부르거나, 맛있는 음식을 나누어 먹으며 보낸다. 과학이라거나 문명을 발달시켜야 한다는 생각은 아무도 하지 않는다. 하늘끝마을로 들어오는 사람들은 가지고 있던 모든 기기들을 이 세계 밖으로 던져버린다. 누군가 그렇게 하라고 시키는 것도 아닌데, 다들 그렇게 한다. 우린 점점 어린아이가 되어가고 있다.

시간은 아주 천천히 흘러간다. 지구를 떠나온 것이 언제인지, 이제는 기억나지 않는다. 그곳에서 살던 날들이 어떠했는지도 모르겠다. 난 자유롭다, 라는 생각도 들지 않을 만큼 자유롭다. 다만 한 가지, '중앙'이 왜 나를 여기에 보냈는지에 대해 한동안 이상하게 생각해왔다. 그러나 그 수수께끼는 곧 풀렸다. 어느 날 톰이 내게 말했다.

"처음부터 임무는 없었어. 그 봉투는 내가 너한테 보낸 거야. '중앙'의 감시망을 피해서 여기까지 올 수 있을지에 대해서는 나도 자신이 없었어. 하지만 너는 의심하지 않았고, 그 믿음이 내게 용기를 주었지. 그렇게 해서 불가능한 작전이 가능해진 거야."

"내가 만약 너를 선택하지 않으면 어떻게 하려고 했어?"

내가 물었다. 톰은 씩 웃었다.

"그건 불가능해. 우린 파트너잖아."

"역시 무섭네."

"밥을 먹고 나면 무섭지 않습니다."

_ 요코야마 히데오, 『클라이머즈 하이』 중에서

왼손을 위한 파티

일곱 번째 아이리스가 시든 다음 날
나는 중세의 남작을 만나러 갔다

그는 중세 시대의 그림에서 막 빠져나온 사람 같았다. 그 시대의
남작을 만나본 적은 없지만, 아마 그런 느낌일 것이다. 허리 아래까지 내
려오는 더블 재킷과 맵시 있는 라인의 바지는 모두 까만색이었다.『이상
한 나라의 앨리스』에 나오는 토끼에게서 빌려 온 듯한 까만 모자와 손에
딱 맞는 까만 장갑, 지나치게 큰 까만 신발은 그를 위해 특별히 맞춘 것
들이 분명했다. 단지 모자 아래로 살짝 보이는 머리카락만이 선명한 갈
색이었다.

"초대장을 보여주십시오."

정중하게 나를 가로막으며, 그가 말했다. 나는 가방에서 초대장을
꺼내 그의 코앞에 흔들어 보였다. 그러자 그는 왼손을 들어 올려 모자를

벗더니 그것으로 커다란 원을 그리며 허리를 구십 도로 굽혀 인사를 하고 카페의 문을 열어주었다. 나는 '왼손을 위한 파티'에 참석하기로 되어 있었다.

초대장은 금요일 오후에 배달되었다. 열다섯 살쯤 되어 보이는 아이가, 하얀 아이리스 일곱 송이와 함께 초대장을 들고 나를 찾아왔다. 나는 분명히 전해 받았다는 표시로 아이가 가지고 온 차트에 왼손으로 사인을 했다. 나로서는 세 번째 참석하는 파티다. 절차는 잘 알고 있다. 물을 가득 채운 유리병에 일곱 송이의 아이리스를 꽂아 창가에 놓아두면 된다. 일곱 번째 꽃이 시든 다음 날이 내가 파티에 가는 날이다.

파티는 약 일주일 정도 계속된다. 아이리스가 처한 환경에 따라 시드는 시간이 조금씩 달라지기 때문이다. 물론 아이리스 자신의 문제도 포함시켜야 한다. 조금 더 오래 살아남을 수 있는 아이리스일 경우도 있고 아닐 경우도 있다. 내가 받은 아이리스들은 비교적 오래 살아남았다. 매일 아침 신선한 물을 갈아주고, 더운 한낮에는 얼음 덩어리를 넣어두었다. 그래서 나는 초대장을 받은 지 칠 일째 되는 날에 그곳으로 가게 되었다. 그리고 그 남자를 만났다.

중세의 남작은 나를 에스코트하여 파티가 열리고 있는 곳으로 데려갔다. 낮은 조명이 부드럽게 풍경을 감싸고 있었고, 누군가 한쪽에 놓인 피아노 앞에 앉아 쇼팽을 연주하고 있있다. 작년과 별다를 것 없는 풍경이었다. 테이블 위에는 몇 종류의 음식들이 푸른 접시에 깔끔하게 담겨 있었다. 하지만 손님은 나밖에 없었다.

"마티니로 하시겠습니까? 아니면 맥주?"

중세의 남작이 물었다.

"맥주로 주세요. 차가운 걸로. 그런데 제가 마지막 손님인가요?"

"아마 그럴 것이라 생각됩니다. 올해는 유난히 더워서, 아이리스가 빨리 시든 것이라 추측됩니다만."

'당신의 아이리스가 오래 살아남은 이유는 무엇인지 궁금하군요' 라고 그는 묻지 않았다. 손님에게 질문을 하는 것은 금지되어 있었기 때문이다.

"별다른 일은 하지 않았어요. 얼음을 넣어주었을 뿐."

나는 그가 내민 차가운 맥주를 한 모금 마셨다.

"올해는 어땠나요?"

손님이 질문을 하면 안 된다는 규칙은 없었으므로, 나는 궁금한 것을 물어보았다.

"여전했습니다. 아쉽지만…"

"나도 자신은 없어요. 하지만 사람이 많을 때보다는 편안한 느낌 이네요."

나는 다시 맥주를 한 모금 마시고, 테이블 위에 차려진 아보카도 샌드위치와 블루치즈소스 콘킬리에를 조금씩 먹었다. 그 사이에 음악은 쇼팽에서 브람스로 바뀌었다.

"준비가 됐어요."

중세의 남작은 고개를 끄덕이고 나를 '왼손의 방'으로 안내했다.

내가 어떤 경로를 통해 '왼손을 위한 파티'에 초대받게 되었는지는 모른다. 오 년 전 어느 날, 아무런 예고도 없이 일곱 송이 아이리스와 함께 초대장이 배달되었을 뿐이다. 그것은 작고 두터운 까만색의 종이 한 장이었다.

왼손을 위한 파티

일곱 번째 아이리스가 시든 다음 날

도시의 가장 왼쪽에 위치한 「Café De Left」에서

종이에는 단지 그렇게만 쓰여 있었을 뿐이다. 누가 보냈는지도 알수 없었고, 연락처도 없었으며, 정확한 날짜와 시간도 나와 있지 않은 기묘한 초대장이었다. 첫 해에 나는 그것을 무시했다. 왠지 꺼림칙한 기분이 들어 아이리스와 초대장을 함께 휴지통에 던져버렸다. 다음 해에는 아이리스를 꽃병에 꽂아두고, 초대장은 버렸다. 그리고 세 번째 해, 일곱 번째 아이리스가 시든 다음 날, 초대장을 들고 「Café De Left」로 찾아가 중세의 남작을 만나고, 파티에 대한 안내를 받게 된 것이다.

파티에는 열 명에서 서른 명 정도의 사람들이 참석했다. 나이도 직업도 옷차림도, 무엇 하나 공통점이 없는 사람들이었다. 당연히 공통

적인 관심사도 없어서, 손님들끼리 대화를 하는 일도 거의 없었다. 마티니 또는 맥주를 한 잔씩 마시고, 테이블 위에 차려진 음식을 먹고, 차례로 '왼손의 방'으로 들어가 눈을 가리고, 그곳에 있는 물건들을 하나하나 왼손으로 만져, 무엇인지를 알아내는 것으로 파티는 진행된다. 그리 어려운 일이 아니라고 당신은 생각할지 모르지만, 물건의 이름은 물론이고 색깔과 무늬까지 알아내야 한다. 일곱 개의 물건들을 모두 맞히는 사람에게는 특별한 선물을 준다. 하지만 우리 중의 누구도 그 선물을 받아본 적이 없다. 당연한 일이지만.

왼손만으로 물건의 색깔과 무늬 등을 알아내는 일이 과연 가능한가, 하는 것에 대해서는 나는 할 말이 없다. 하지만 여러 가지로 연구를 거듭해본 결과, 정신을 집중하는 것은 아무 소용이 없다는 사실을 알게되었다. 오히려 가능하다면 집중을 하지 않는 쪽이 좋다. 관찰하고 분석하고 유추하고 정보를 모아 결론을 내리는 것이 아니라, 지금까지의 경험으로 만들어진 지식을 깡그리 잊어버린 채 순간적인 느낌만으로 영상을 떠올려야 하는 것이다. 그러나 어른이란 뭐든 어설프게 분석부터 하고 보는 동물이어서, 그런 동화 같은 일은 도무지 일어나지 않는다. 그렇다고 해도, 물건을 알아맞히지 못하는 것에서 오는 불이익은 없기 때문에 파티를 거부할 이유는 없다. 그런 판단 역시 '왼손을 위한 파티'를 분석한데서 얻은 결론이긴 하지만.

'왼손의 방'은 여전히 어두컴컴했다. 소나기라도 내리는지, 어디선 가 후두둑, 빗소리가 들려왔다. 넓은 테이블 위에 물건들이 놓여 있었지 만, 형체는 제대로 보이지 않았다. 중세의 남작은 검은 천으로 내 눈을 가 리고 한쪽 팔을 이끌어 나를 테이블 앞에 세웠다.

나는 왼손을 뻗어 첫 번째 물건을 집었다. 머리를 텅 비우고 아무 것도 생각하지 않으려고 하자, 마음이 차분해졌다. 사방은 조용했지만 빗 소리만은 계속 들려왔다. 텅 빈 머릿속에 후두둑, 비가 떨어지고 작은 동 그라미들이 쉴 새 없이 생겨났다 사라졌다. 작년에도, 재작년에도 나는 첫 번째 물건에서 탈락되었다. 왼손으로 더듬어 형체는 알 수 있었지만, 색깔이나 무늬까지 알아내는 것은 도저히 무리였다. 그러나 이번에는 뭔 가 달랐다. 이상한 일이지만, 나를 둘러싼 공기의 밀도가 조금씩 무너져 가는 것이 느껴졌다.

'이건 아주 간단한 트릭이다!'

갑자기 내 안의 어떤 소리가 그렇게 외쳤다. 트릭이다, 트릭이다! 비가 만들어낸 동그라미 속에 어떤 영상이 떠오른 것은 바로 그때였다. 너무나 선명한 영상이었다. 중세의 남작이었다.

"이건 장갑이에요. 까맣고, 손에 딱 맞는 사이즈군요. 무늬는 없어요."

중세의 남작은 내 손에서 장갑을 받아 든 다음, 두 번째 물건을 쥐 어주었다.

"모자.『이상한 나라의 앨리스』에 나오는 토끼가 쓰고 있는 모자예요. 까맣고, 왼쪽 끝에 작은 깃털이 달려 있어요. 자세히 보면 가느다란 빗살무늬가 있어요."

세 번째 물건.

"신발. 코가 뭉툭하고, 까맣고, 굉장히 커요. 오른쪽 신발의 뒤꿈치 쪽에는 찢어진 꽃잎이 하나 붙어 있어요. 아마… 하얀 아이리스일 거예요."

네 번째 물건은 허리 아래까지 내려오는 더블 재킷이었고, 다섯 번째 물건은 맵시 있는 라인의 까만 바지였다.

"당신이 입고 있는 것과 똑같은 것이지만, 바로 그 옷은 아니군요."

여섯 번째 물건은 그의 갈색 머리카락이었다. 그가 마지막 일곱 번째 물건을 내밀었다. 접시에 담긴 무엇이었다.

"이건… 파스타의 일종이죠. 블루치즈를 녹여 파스타에 묻혀 만들어요. 연한 브라운색이고, 파슬리가 뿌려져 있어요. 아주 짙은 파란색 접시에 담겨 있어요."

귓가에 그의 낮은 웃음소리가 들렸다.

"좋습니다. 당신을 위해 특별한 선물이 준비되어 있습니다."

그가 내 눈을 가린 검은 천을 풀자, 눈부신 빛이 한순간에 나의 망막으로 쏟아졌다. '왼손을 위한 방'의 모든 창문이 열려 있었다. 하지만 비는 내리지 않았다.

우리는 뜰에 놓인 작은 테이블에 앉아 차를 마셨다. 산딸기와 멜론의 맛이 나는 차였다.

"우리는 왼손을 숭배하는 일족입니다. 하지만 지금은 저 혼자 남았죠. 십오 년 전에 이 도시에 와서 카페를 차렸습니다. 보통 때는 평범한 카페지만, 매년 이렇게 파티를 열고 있습니다."

내 잔에 차를 조금 더 부어주며, 그는 이야기를 계속했다.

"그 전에는 다른 도시에서, 다른 사람이 이 일을 했습니다. 선물을 받을 사람이 정해지면 우리의 일은 끝납니다. 제 뒤를 이을 사람이 없으니까, 아마 이것도 마지막이 되겠군요."

"어떤 선물인가요?"

"아마 좋아하실 겁니다. 하지만 가끔 그것 때문에 괴로울지도 모릅니다. 그럴 때는 '왼손을 위한 방'에서 당신이 떠올렸던 것을 생각하십시오."

"비가 그린 동그라미… 그리고 당신의 모습?"

"그런 건 사람마다 다릅니다. 어쨌든 도움이 될 겁니다."

"그럼 당신은 이제 이 도시를 떠나나요?"

"내일 떠납니다. 더 이상 왼손을 위한 파티는 열리지 않습니다. 이 카페는 다른 사람이 인수할 겁니다. 물론, 평범한 사람입니다. 하지만 만약…"

"만약?"

"혹시 당신이 원하신다면, 이 카페를 운영하실 수도 있습니다."

"그게 선물인가요?"

"아닙니다. 선물은 이것입니다."

그가 작은 상자 하나를 내밀었다. 나는 조심스럽게 그것을 뜯었다.

"이건… 장갑이네요. 그런데 한쪽만 있네요."

"왼손을 위한 장갑입니다. 그걸 왼손에 끼면 다른 사람의 마음을 알 수 있게 됩니다. 지금 당신한테는 필요하지 않을 수도 있겠지만, 언젠가 마음의 눈이 흐려질 때 사용해보십시오."

십 년 전의 그날 이후부터 지금까지, 나는 이 도시의 가장 왼쪽에 위치한 「Café De Left」를 운영하며 살아가고 있다. 다른 사람의 마음을 알 수 있게 된 것 때문에 힘들고 고통스러운 일들이 생길 때도 있지만, '왼손을 위한 방'을 떠올리면 마음이 가라앉곤 한다.

그리고 지난해부터, '왼손을 위한 파티'를 다시 열기 시작했다. 이제 나에게는 그 장갑이 필요 없어졌기 때문이다. 왼손으로 상대의 손을 잡아 보는 것만으로도, 마음을 읽을 수 있게 되었다. 장갑의 새 주인이 나타날 때까지 매년 파티를 열 계획이다.

혹시 어느 날 당신에게 일곱 송이의 아이리스와 초대장이 날아간 다면, 부디 휴지통에 던져버리지 말고 이곳으로 찾아와주기 바란다. 우리 카페가 자랑하는 블루치즈소스 콘킬리에는 무척 맛있으니까.

소나기

난 정말로 누구를 만나고 싶었던 걸까?

그날은 모든 것이 엉망진창이었어. 원래 계획대로라면, 난 아침 열 시에 서울을 떠나 강원도로 가고 있어야 했거든. 하지만 같이 가기로 했던 친구가 일방적으로 약속을 취소해버렸어. 그것도 그날 새벽 세 시에 말이야. 그 친구, 다 좋은데, 변덕이 좀 심하다는 게 흠이야.

– 그런 친구랑 여행 계획을 세우다니.

내 말이. 그래서 누구에게 하소연할 수도 없었어. 새벽 세 시에 친구한테 문자메시지를 받고서는 멍하니 앉아 있다가 네 시쯤에야 잠이 들었는데, 일어나 보니까 오후가 됐지 뭐야. 어차피 할 일도 없었지만. 배는 고픈데 꼼짝도 하기 싫어서 짜장면이라도 시켜 먹을까, 싶어졌지. 그런데 언제나 문 앞에 붙어 있던 중국집 전단지가 그날따라 하나도 안 보였어. 밖으로 나가 동네를 어슬렁거리다가 겨우 한 장을 주워서, 짜장면 한 그릇을 시켰지.

　－ 너 짜장면 안 좋아하잖아.

　응. 집에서 뭘 시켜 먹는 일도 거의 없는데, 이상하게 그날따라 그 랬어. 그런데 이놈의 짜장면이 한 시간이 지나도 오지를 않아. 다시 전화 를 했더니…

　－ 지금 막 떠났다고 그러지?

　아니. 비가 와서 주문이 왕창 밀렸다나. 그래서 더 기다려야 한다는 거야. 그러고 보니 비가 오고 있더라. 화가 나기보다는 너무 지쳐서 안 먹 겠다고 했지. 냉장고를 뒤져보니까 전에 사다 놓은 칼국수가 있었어. 그 런데 이게 또 유통기한을 이미 넘긴 거야. 할 수 없이 우유 한잔 마시고 되는대로 걸쳐 입고 전철을 탔어.

　－ 어디로 가려고?

　어디든지. 갑자기 집에서 퍼져 있는 게 싫어졌거든. 계획대로라면 그때쯤 동해 바다를 싫증 날 때까지 바라보고 있어야 하는데 말이야. 한 참 전철을 타고 가다가, 아주 오래전에 딱 한 번 가봤던 곳에서 내리기로 했어. 갑자기 그때 생각이 나서.

　－ 무슨 생각?

　음… 아주 아팠던 사랑을 어렵게 끝낸 곳이라고 할까… 뭐 그 정도 로 해두자. 얘기하려면 복잡해지니까. 여하튼 전철에서 내려 개찰구를 나 오려는데 지갑이 없는 거야.

– 지갑이 없어?

전철 안에서 잃어버린 것 같아. 말했잖아. 그날은 죄다 엉망진창이었다고.

– 소매치기를 당했나 보구나. 그래서 어떻게 했어?

어쩌긴. 역무원 아저씨에게 이야기하면 일이 복잡해질 것 같고, 내 말을 믿어준다는 보장도 없고, 그냥 빠져나와서 막 뛰었지. 뒤에서 누가 소리를 친 것 같았는데, 그냥 뛰었어. 밖에 나와 보니까 비는 계속 내리고 있는데, 우산까지 전철 안에 놓고 내렸던 거야.

– 설상가상이네.

휴대폰으로 친구들에게 닥치는 대로 전화를 걸었어. 그런데 몇 명은 통화가 안 되고 몇 명은 내가 있는 곳으로 올 형편이 안 되고… 그런 식이었지. 배터리도 떨어져가더라고. 그러다 겨우 한 명과 연락이 됐어. 자기가 갈 때까지 가까운 카페에라도 들어가 있으래. 두리번거리는데 언젠가 딱 한 번 들어가본 적이 있는 카페가 바로 눈앞에 있는 거야. 두 번 생각하지도 않고 들어갔어. 그리고 친구가 오기를 기다렸지.

– 설마 그 친구한테까지 바람맞은 건 아니겠지?

친구는 한 시간쯤 지나서 왔어. 문제는 그 사이에 생긴 일이야.

– 무슨 일인데?

그곳에서 그 사람을 만났어.

– 그 사람이라니?

언젠가 거길 같이 갔던 사람.

– 딱 한 번 갔다며?

응. 딱 한 번 같이 갔던 사람. 그런데 사실은 그 사람이 아니었어.

– 그게 무슨 말이야? 좀 자세히 얘기해봐.

그 카페는 좀 어두웠어. 이 층에 있긴 했지만 비도 오고 날도 이미
저문 데다가, 조명이 그리 밝지 않았거든. 테이블이 몇 개 있긴 했지만 두
세 명이 바에 앉아 있었기 때문에 나도 거기 앉았지. 바텐더가 주문을 받
으러 왔어. 친구도 곧 온다고 했고, 그냥 앉아 있기도 그래서 맥주를 한
병 시켰어. 그랬더니 「Rain Shower」라는 이름의, 처음 보는 맥주를 갖다
주는 거야. 그러고는 내가 뭐라고 하기도 전에 몸을 돌려 가버렸어. 다시
부를까, 하다가 병이 너무 예뻐서 한번 마셔보기로 했지.

– 맛있었어?

글쎄… 아주 인상적인 맛이었어. 처음에는 약간 달콤한 것 같았는
데 나중에는 쌉쌀한 맛이 돌고, 독한 듯하면서도 부드럽게 목을 타고 넘
어갔지. 그런데 이상한 건, 맥주가 목으로 넘어가는 것과 동시에 그 맛이
아련해져버리는 거야.

– 맛이 아련해져?

분명히 뚜렷한 맛이 있었는데 그 맛이 금세 녹아버려. 그래서 또 한
모금을 마시게 돼. 어떤 맛이었더라, 하면서.

– 특이하네.

그런 식으로 한 병을 다 마셨는데 십 분밖에 안 지난 거야. 친구가
오려면 좀 더 있어야 하니까, 또 한 병을 더 시켰어. 그걸 다 마시고 잠깐

망설이고 있는데…

　　- 더 마실까, 하고?

　　응. 언제부턴가 내 옆에 조용히 앉아 있던 남자가 내 쪽으로 고개를 돌렸어. 숨이 멎을 뻔했지.

　　- 그 사람이 그 사람이었어?

　　처음에는 정말로 그 사람인 줄 알았어. 그래서 무슨 말을 해야 하나, 아니면 모른 척하고 있어야 하나, 갈팡질팡하는데 그 사람이 다시 고개를 돌리더라. 옆모습을 보니까 내가 아는 사람이 아닌 거야. 한숨이 나왔지.

　　- 왜?

　　다행이다, 싶기도 하고 그 반대이기도 하고. 가만히 보니까 그 사람도 나랑 똑같은 맥주를 마시고 있었어. 테이블 위에 「Rain Shower」 두 병이 놓여 있었지. 그리고 세 번째 맥주를 주문했어. 난 친구에게 다시 전화를 걸었어. 언제쯤 도착하는지도 알고 싶었고, 맥주를 조금 더 마셔도 괜찮은지 물어보고도 싶었거든. 그런데 몇 마디 하기도 전에 전화가 끊어져 버렸어. 배터리가 다 된 거지.

　　- 그래서?

　　여하튼 친구는 지금 오고 있는 중이라고 했어. 그렇지만 맥주에 대한 이야기는 하다 말았기 때문에 어떻게 해야 할지 몰랐지. 그때 남자가 내 쪽을 돌아보았어. 한 손에는 휴대폰, 한 손에는 맥주병을 들고.

　　- 선택하라는 건가?

　　그런 것 같았어. 난 처음에 휴대폰 쪽을 가리켰는데, 그러다가 다시 맥주 쪽을 가리켰어. 내가 무슨 짓을 하고 있는지 알지도 못한 채 말이야.
그리고 바텐더가 세 병째 맥주를 내 앞에 놓아주었지. 그렇게 둘이서…
아니 엄밀히 말하자면 각자, 일곱 병씩 마셨어.

– 한 마디도 안 하고?

안 하고. 가끔 병을 부딪치기는 했지만.

– 친구가 올 때까지 계속?

계속.

– 그럼 한 시간 동안 일곱 병을 마신 거야?

응. 이상하게, 맥주 맛이 처음 그대로였어. 달콤하고 쌉쌀하고 독하
고 부드럽고 아련해지는 거야. 게다가 또 이상한 건, 어느 정도 취기는 오
르는데 더 이상 취한다는 느낌은 들지 않았다는 거야. 아니다, 어쩌면 꽤
취했을지도 몰라. 시간이 지날수록 점점 그 사람이 내가 아는 사람 같아
졌어. 나중에는 틀림없다고 확신했지.

– 이야기를 걸어보지 그랬어?

기억이 뚜렷하진 않지만 한두 마디를 했던 것 같아. "기억해? 여기
왔던 날"이라거나 "그때는 왜 그랬어?" 그런 이야기.

– 그 사람이 뭐라고 대답했어?

아무 말도 안 했어. 그냥 가끔 미소를 지었을 뿐. 심장이 너무 빨리
뛰고 어지러워져서, 화장실에 가서 차가운 물로 세수를 했어. 돌아와 보
니 내 옆에 그 사람 대신 친구가 앉아 있었지.

– 그 사람은?

그냥 가버린 것 같았어. 친구가 배고프다며, 뭐 좀 먹으러 가자고 재촉해서 나도 자리에서 일어났어. 그런데 계산을 하러 간 친구가 나를 부르는 거야.

– 왜?

가보니까, 바텐더가, 계산은 이미 끝났다고 했대. 누가 했냐고 물었더니 내 옆에 앉아 있던 그 사람이 했대. 그리고 그 사람이 내게 주라고 했다면서, 나한테 뭘 건네주는데⋯

– 뭐야? 전화번호?

지갑이었어.

– 뭐? 전철에서 잃어버렸던 네 지갑?

응. 열어보니까, 처음에 내가 마신 맥주 두 병 값에 해당하는 돈만 없어지고, 다른 건 다 그대로 있었어.

– 도대체 어떻게 된 거야! 그 사람, 소매치기였어? 아니지, 소매치기라면 왜 너를 따라갔겠어? 게다가 처음 두 병은 지갑에서 꺼낸 네 돈으로 계산을 해? 그리고 그다음부터 마신 다섯 병 값은 또 자기가 내고?

바텐더가 말하길, 내일 그 시간에 그곳에서 기다리겠다고, 그 사람이 전해달라고 했대.

– 그래서? 다음 날 다시 갔어?

아니.

– 왜?

만약 그 사람이 정말 내가 아는 사람이라면⋯ 또 내가 모르는 사람이라면…

　- 소매치기는 아닐 거야. 네가 떨어뜨린 지갑을 들고 너를 따라갔
겠지. 내 생각은 그래. 그런데 왜 다음 날 그 사람을 만나지 않았어?

　난 정말로 누구를 만나고 싶었던 걸까? 그걸 알 수가 없어서. 내가
아는 그 사람? 아니면 그날 처음 만난 사람? 어쨌든 한 가지 분명한 건, 이
제 그 사람을 만나든 그 사람을 닮은 누군가를 만나든, 두 번 다시 그런 식
으로 같이 앉아서 술을 마시지는 않을 거라는 거야. 뭔가… 하나의 시기
를 통과한 것 같은 느낌이 들었어. 심장이 빨리 뛰고, 어지러워지고, 이유
없이 눈물이 나는 일 같은 건, 지나간 사랑 때문에 혼란스러워지는 일은,
일어나지 않을 거라는 느낌. …기억나니? 언젠가 축제가 끝나고 소나기
가 내렸을 때, 우리 둘이 흠뻑 젖은 채 노래 부르며 한참 걸어 다니던 일.

　- 그래. 어떻게 잊겠니.

　다시는 그런 날이 오지 않겠지…?

"당신은 누군가를 사랑하지만, 그들은 결국 떠나버리죠.

어느 날 집에 돌아와서 자기 물건을 주섬주섬 챙기는 거예요.

당신은 말하죠. 무슨 일이야? 그들이 대답하죠.

다른 데서 더 좋은 제안을 받았거든.

그들은 당신의 삶에서 영원히 떠나는 거예요. 그런 일이 있고 나면,

당신은 죽을 때까지 이 커다란 사랑을 계속 짊어지고 다녀요."

_ 필립 K. 딕, 『흘러라 내 눈물, 경관은 말했다』 중에서

여름 고양이

여름이 돌아온 밤이면
찰리 헤이든의 레코드를 틀었다

봄을 배웅하고 집으로 돌아오는 길에, 작은 상자 하나를 발견했다. 별다른 특징도 없는, 보통 크기의 네모난 종이상자였다. 그저 빈 상자라고 생각하고 걸음을 옮기는데, 상자 안에서 조그만 소리가 들려왔다. 야옹, 야옹, 하고.

나는 허리를 굽혀 상자 속을 들여다보았다. 초여름인데도 새끼고양이는 오들오들 떨고 있었다. 누군가 고양이를 상자에 넣어 내다버리면서 작은 접시에 우유를 부어준 것 같은데, 그 우유가 엎질러져서 상자 바닥을 적시고, 그 안에 있던 고양이의 하얀 털까지 적셔버린 듯했다. 고양이는 까맣고 동그란 눈을 들어 구원을 청하듯 나를 바라보았다.

'미안해, 너를 데려갈 수는 없어.'

나는 마음속으로 고양이에게 용서를 빌고 발길을 돌렸다. 쓰다듬기라도 하면 정이 들어버릴까 봐 손도 대지 않고. 하지만 집에 도착하자, 마음 한끝이 데인 듯 자꾸 따가웠다.

'그래, 데려와서 목욕을 시키고 보송보송 말린 다음, 우유를 먹이고, 깨끗한 상자 안에 넣어서 다시 내다놓자.'

그렇게 결심하자 모든 것이 한결 나아졌다. 고양이를 데려와 목욕을 시키고 보송보송 말린 다음 우유를 먹이고 나니 밖은 깊은 어둠으로 덮여 있었다.

'이런 밤에 고양이를 길거리에 내놓아야 하다니, 너무 가여워. 이 집은 동물을 키우지 못하게 되어 있지만, 하룻밤이라면 괜찮겠지.'

나는 생각했다. 게다가 고양이는 울지도 않고, 내 침대에 웅크리고 누워 새근새근 잠들어 있었다. 불을 끄자, 창밖에서 흘러들어온 가로등 불빛이 고양이의 새하얀 털을 부드럽게 감쌌다.

다음 날 아침 일찍 초인종이 울렸다. 집배원은 소포 하나를 전해주었다. 포장지를 뜯자 작은 허브 화분이 하나 나왔다. 봄이 보낸 것이다. 봄은 지난 봄, 옆집에 잠시 머물렀던 풀이고 잎이고 꽃이고 소녀다. 그녀가 있는 동안 옆집의 작은 정원에는 내내 은은한 향기가 감돌았다. 가끔 그 집 앞을 지날 때면 정원 속을 부드럽게 유영하고 있는 그녀를 볼 수 있었다. 봄은 나와 눈이 마주칠 때마다 항상 싱그러운 미소를 지었지만 좀처럼 가까이 다가오지 않았다. 늘 몇 걸음 떨어진 곳에서 생긋 웃고는 갑자기 사라져버리곤 했다.

　겨우 봄과 친해져 처음으로 한두 마디를 나눈 날, 그녀가 말했다. 내일 떠난다고. 가능하다면 내가 배웅을 해주었으면 한다고. 그래서 나는 봄을 배웅했고, 돌아오는 길에 고양이를 발견한 것이다.

　나는 봄이 보낸 허브 화분을 햇빛이 잘 드는 창가에 놓아두고 흠뻑 물을 주었다. 고양이는 허브 화분이 무척 마음에 드는 듯, 그 곁을 맴돌며 가끔 작은 소리로 야옹, 하고 울었다. 마치 허브에게 말을 거는 것처럼.

　그날 저녁에 주인집 아저씨가 찾아왔다. 나는 집 안에 고양이가 있다는 사실을 깜박 잊어버리고 문을 열어주었다. 다음 달부터 관리비를 올리게 되었다는 말을 전하러 온 아저씨는 내 발목에 매달려 있는 고양이를 발견했다.

　"이리 온." 그가 말했다. "이름이 뭐였죠?"

　"아… 이름이요?" 나는 잠시 망설였다. "여름이에요."

　"그렇지, 여름아, 이리 온."

　고양이는, 여름은, 아저씨가 내민 손을 신기한 듯 바라보다가 그 손에 살짝 얼굴을 묻었다. 그때 처음으로 나는 고양이의 하얀 털 속에 푸른 빛깔이 섞여 있는 것을 발견했다.

　이름을 붙여버린 어떤 존재와 헤어진다는 것은 상상할 수 없는 슬픔을 동반한다. 하물며 그것이 사물이 아니라 하나의 생명이라면. 나는 상상할 수 없는 슬픔을 겪고 싶지 않았기 때문에 여름을 그냥 데리고 있기로 했다. 여름과 나는 태어날 때부터 함께 살았던 것처럼 금방 익숙해 져서, 여름이 없는 집은 상상할 수도 없었다. 여름이 우리 집에 머문 것은 단 하루였는데도 말이다.

　게다가 이상하다면 이상한 일이지만, 주인집 아저씨는 여름을 보고도 고양이를 키우면 안 된다는 이야기를 하지 않았다. 생각해보면 그는 고양이가 예전부터 여기 살고 있던 것처럼 굴었다. 이름이 뭐였죠, 하고 과거형으로 물었으니까.

　시간이 지날수록 여름의 하얀 털은 푸른빛으로 변해갔다. 그리고 점점 개구쟁이가 되어갔다. 일주일쯤 지나자 우리 집 창문을 자유자재로 넘나들 수 있게 되었고, 하루에도 수십 번씩 들락거리며 바깥 공기를 묻혀 왔다. 공기뿐 아니다. 어떤 날에는 짙은 녹색의 잎이, 어떤 날에는 한여름의 소나기가, 어떤 날에는 습한 공기방울이 여름의 푸른 털에 묻어 있었다. 여름이 점점 깊어가고 있었던 것이다.

　봄이 남기고 간 허브도 무럭무럭 자랐다. 내가 물을 주는 것을 가끔 잊어버린 날에는, 어떻게 알았는지 여름이 허브 화분 앞에서 슬픈 목소리로 야옹, 야옹 하고 울곤 했다. 여름의 극진한 보살핌 덕분에 허브의 푸른 잎들에는 눈부신 윤기가 흘러내렸다.

　허브와 함께 여름도 자랐다. 우리 집에 온 지 두 달이 지났을 때, 여름은 완전히 푸른 고양이가 되어 있었다. 이제 여름은 이삼일에 한 번 정도만 창을 넘어 집으로 돌아왔다. 식사도 밖에서 해결하는 모양이었다. 여름이 돌아온 밤이면, 나는 에어컨을 끄고 찰리 헤이든의 레코드를 틀었다. 우리 둘은 어둠 속에 가만히 앉아, 여름밤이 흘러가는 것을 지켜보았다.

　아침저녁으로 차가운 바람이 불기 시작했을 때, 나는 여름이 곧 떠날 것이란 사실을 깨달았다. 그래서 여름을 보낼 준비를 천천히 시작했다. 여름이 좋아하던 오렌지색 밥그릇과 노란색 리본, 그리고 생선뼈 모양의 장난감을 작은 상자 안에 집어넣은 날, 일주일 만에 여름이 돌아왔다. 여름은 집 안으로 들어올 생각도 않고 창밖에 웅크리고 앉아 낮은 목소리로 야옹, 야옹 하고 울고 있었다.

　"왜 그러니, 이리 들어와."

　나는 방 안의 불을 끄고 찰리 헤이든을 튼 다음 여름이 좋아하는 말린 멸치를 일곱 마리나 손에 들고 이름을 불렀지만, 여름은 꼼짝도 하지 않았다. 열린 창으로 차가운 바람이 밀려들었다. 여름은 몸을 부르르 떨더니 안녕이라고 말하듯 야옹, 하고 한 번 울고 몸을 돌려 어딘가로 달아나버렸다. 얼른 밖으로 나가보았지만 여름의 모습은 이미 보이지 않았다. 여름이 앉아 있던 자리에서 은행잎 하나만 발견했을 뿐이다. 은행잎의 한쪽에는 노란 물이 들어 있었다.

　헤어질 때가 되어서야 겨우 가까워졌던 봄과의 이별, 만나자마자 친해져서 몇 달이나 함께 살았지만 그런 것치고는 꽤 매정하게 떠나버린 여름과의 이별, 두 번의 이별을 겪고 나자 몹시 쓸쓸해졌다. 목적 없는 여행을 떠난 것도 그 때문이었다.

그 바닷가에서, 청바지와 빛바랜 갈색 셔츠 차림의 키가 큰 남자가 자판기에서 뽑아낸 커피 두 잔을 양손에 들고 내게 말을 걸었을 때, 난 별로 놀라지 않았다.

"괜찮으시면 이거 드실래요? 하나를 눌렀는데, 두 잔이 나와버렸거든요."

내가 커피를 받아 들자 남자가 웃으며 말했다.

"좋은 계절이죠? 제 이름도 가을입니다만."

"너는 고독 속에서 부드러운 마음으로
에고이스트처럼 나를 사랑할 수 있어?"

_ 알베르 카뮈, 「정의의 사람들」 중에서

지구를 구하려던 어느 작은 크릴새우의 이야기

그건 네가 고작해야 한 마리
크릴새우일 뿐이라서 그래

우리의 아름다운 남극 하늘에 처음으로 구멍이 뻥, 하고 뚫린 그날을 나는 기억한다. 그때 나는 한낱 보잘것없는 알이었고, 우리는 깊은 바닷속에서 조용히 알에서 깨어나 유충이 되기를 기다리고 있었다. 내 주위의 몇몇 동료들이 조심스럽게 알에서 빠져나오는 소리가 들렸고, 잠시 후에 나도 알에서 깨어났다. 태어나 처음으로 본 것은 깊고 어두운 바다 아래의 세상, 그러나 그 속에는 생명의 어지러운 물결이 넘쳐나고 있었다.

우리는 떼를 지어 수면으로 올라갔다. 그곳에는 식물성 플랑크톤이 있다고 누군가 말해주었고, 유충이 된 우리는 그걸 먹어야 했기 때문이다. 나의 이야기는 여기서부터 시작된다.

알에서 깨어난 지 얼마 되지 않은, 한 마리의 천진난만한 크릴새우가 세상을 이해한다는 것은 굉장히 어려운 일이다. 하늘이나 바다에 구멍이 뚫리는 일도 한 마리의 어린 크릴새우가 식물성 플랑크톤을 먹어야 한다는 사실을 변화시킬 수는 없다. 나는 수면 가까이 다가가서 최초의 플랑크톤을 삼킨 직후, 하늘에 뚫린 희미한 구멍을 보았다. 무한히 공허하고 덧없는 블랙홀 같은 것이었다.

'세상이 변화하고 있다!'

소리가 내 마음 깊은 곳으로부터 뛰쳐나왔다. 그리고 그 순간 나는 나 자신이 한 마리의 철학적인 크릴새우로 태어났다는 걸 깨달았다. 철학적인 크릴새우가 해야 할 일은 시적인 존재를 만나는 일이라고 내 마음이 다시 일러주었다. 남극의 어딘가에 살고 있는 시적인 존재를 찾아 나선 나의 긴 여행은 그 순간부터 시작되었다.

당신은 남극을 본 적이 있는가. 투명한 햇살에 날리는 얼음 가루를 본 적이 있는가. 다이아몬드 같은 얼음 가루들이 빛에 의해 잘게 부서지고 그 위로 무지개가 뜨는 것을 본 적이 있는가. 하얗고 하얗고 하얀 얼음 위로 까만 밤이 내려앉는 풍경을 본 적이 있는가. 눈부시게 까만 밤 속에서 달려본 적이 있는가. 얼음의 섬세하고 차가운 마음을 들여다본 적이 있는가. 나는 그 남극의 낮과 밤을 헤엄쳐 다녔다. 시적인 존재를 만나기 위하여.

그 여행에서 처음 만난 존재는 '이야기하는 푸른 등 고래'였다. 그는 푸르고 초점 없는 눈을 반짝거리며 달빛을 올려다보고 있었다. 그래서 나는 그에게 다가갔다. 물론 그가 나를 잡아먹을 수도 있겠지만, 철학적인 크릴새우인 나는 죽음 따위를 두려워하진 않았다. 죽음도 자연의 일부라고 내 마음의 소리가 이미 가르쳐주었기 때문이다. 내 마음은 나에게 말했다. '너도 자연이고 죽음도 자연이므로, 네가 죽음을 두려워할 필요는 없다'고.

그러나 고래는 나를 잡아먹지 않았다. 그는 '이야기하는 푸른 등 고래'였기 때문이었다. 그들은 아무것도 잡아먹지 않는다. 보름달이 뜨는 밤에 바다 위로 목을 내밀고 달빛에 부서지는 얼음 조각들을 호흡하며 살아가는 것이다. 고래는 나에게 이야기를 들려주었다. 우리들이 아직 태어나기 전, 아름답고 차디찬 얼음 나라, 그곳에 살던 아름다운 존재들의 이야기.

"그들은 유리잔과 얼음이 부딪히는 듯한 목소리로 이야기를 나누었단다. 푸른 얼음으로 된 눈으로 세상을 보았어. 밤이면 투명한 얼음잔에 투명한 보드카를 담아 얼음산 위로 올라갔지. 그 시절 달빛이 부서지는 풍경은 참 아름다웠어. 나는 밤마다 바다 안에서 그들을 멍하니 내다보았단다. 그들이 웃을 때는 찰랑찰랑, 방울소리가 났지. 방울소리는 어디까지나 울려 퍼졌고 그 소리를 듣고서 남극에 살고 있는 모든 존재들이 미소를 지었어. 밤이 깊어져 가장 밝은 별이 하늘 한가운데에 걸리면 우리의 여왕이 모습을 드러냈지. 그녀는 얼음산 가장 높은 곳에 앉아 말간 해가 뜰 때까지 다른 이들과 즐거운 이야기를 주고받았단다. 아무도

불을 쓰지 않았고 아무도 춥지 않았지. 그리고 이 우주에서 그보다 더 아
름다운 곳은 없다고 다들 믿었어. 나도 그렇게 아름다운 모습은 그 후로
다시 보지 못했지. 그들을 잃고 내 눈은 멀었단다. 자, 작은 크릴새우야,
이제 너의 길을 가도록 해야지."

　나는 그에게 시를 써달라고 했지만, 그는 자신이 할 수 있는 것은
이야기뿐이라고 대답했다. 그와 헤어진 그날 밤 나, 철학적인 크릴새우는
태어나 처음으로 꿈을 꾸었고, 아름답고 푸른 얼음 나라의 차디찬 얼음산
꼭대기에 앉아 달빛이 부서져 내리는 것을 보았다.

　두 번째로 만난 존재는 '시를 낭송하는 새'였다. 하얗고 커다란 날
개를 쉴 새 없이 움직이며 남극의 하늘을 날아다니고 있었다. 새가 바다
쪽으로 낮게 날고 있을 때, 나는 그의 노랫소리를 들을 수 있었다. 새는
이렇게 노래하고 있었다.

　불이 타들어 오는데
　그대는 나를 위해 무슨 집을 지어주고자 하는 것인가
　무슨 검은 글자를 써주고자 하는 것인가

　나는 알에서 깨어나던 힘을 다하여 그 새를 불렀다. 어쩌면 그가 바
로 시적인 존재가 아닐까, 하여. 새는 바다 어디에선가 나는 알 수 없는
소리에 잠시 귀를 기울이더니 날아 올라가버렸다. 그가 다시 수면 가까이

내려온 것은 시간이 한참 흐른 후였다. 새는 다시 노래를 불렀다.

> 죽은 자들의 장소는 어디인가
> 죽은 자들은 우리들처럼 길을 걷는가
> 그들은 말을 하는가, 그들의 말은 우리보다 진실한가
> 그들은 나뭇잎의 혼인가, 나뭇잎보다 더 높은 나뭇잎의 혼인가

나는 다시 한 번 목소리를 가다듬고 배에 힘을 모아 그를 불렀다. 그의 눈이 잠시 이리저리 흔들리더니 마침내 나를 발견했다. 나는 새를 향해 소리쳤다.

"당신은 시적인 존재인가요?"

그러자 새는 슬픈 듯이 고개를 흔들었다.

"당신이 노래하는 것이 시라는 것이지요?"

나는 다시 물었다. 새는 고개를 끄덕였다.

"그러면 그 시들은 당신의 시가 아닌가요?"

새는 다시 고개를 저었다. 나는 낙심했고, 그 새가 단지 '시를 낭송하는 새'라는 것을 알아차렸다.

"좋아요, 그럼 그 시를 한 번 더 들려줄 수 있나요?"

새가 다시 노래했다.

> 그리하여 우리는 걸어갈 것이다

끝없는 하늘의 폐허 위를
목적지가 멀리서 나타날 것이다
생생한 빛 속에 운명과 같이
오랫동안 찾아 헤매었던 가장 아름다운 나라는
우리들 앞에 살라망드르의 땅으로 펼쳐질 것이다

새와 헤어진 지 며칠 후, 나는 '설명하는 돌'을 만났다. 돌은 아무것도 아닌 것 같은 얼굴을 하고, 너무나 태연스럽게 다른 돌들과 섞여 있었지만, 그가 '설명하는 돌'이라는 것을 나는 금방 알아차렸다. 인사 대신 툭툭 몸을 부딪치자 돌은 가만히 한숨을 내쉬었다.

"나는 더 이상 아무것도 설명해줄 수가 없어."

돌은 말했다.

"하지만 어째서 우리의 남극은 더 이상 아름답지가 않은 거야?"

나는 포기하지 않고 물었다.

"그건 네가 고작해야 한 마리 크릴새우일 뿐이라서 그래."

돌은 단념한 듯이 말했다.

"내가 고작 한 마리 크릴새우라는 것과, 남극이 아름답지 않은 것이 무슨 상관이 있어?"

나는 다시 물었다.

"내 말은, 이 세상의 수많은 존재들 중에서 철학적인 존재가 오직 너 하나라는 거야. 그런데 너는 세상에 미미한 영향밖에 미칠 수 없는 크릴새우에 불과하다는 거야."

돌은 설명했다. 나는 꼬리에 힘이 쭉 빠져서 그를 떠났다.

많은 시간이 지났지만 나는 이 세상에서 시적인 존재를 찾아낼 수가 없었다. 그들은 이야기하거나 암기하거나 설명할 뿐이었다. 남은 기대는 이제 나 자신, 나는 철학적인 존재로 태어났으니 답을 찾아낼 수는 있을 것이다. 남극은 나날이 황폐해져갔다. 나는 황폐해진 바닷속의 낡고 부서진 해초에 걸터앉아 곰곰이 생각했다. 어째서 남극은 더 이상 아름답지 않은가?

그곳에서 얼마나 있었을까. 수면 위로 오렌지색 햇살이 흘러 들어오고 있었다. 지금 막 스러지는 노을의 빛깔처럼 깨끗해 보였다. 마음이 끌린 나는 다시 수면 가까이 헤엄쳐 가보기로 했다. 수면에 다다랐을 때, 나의 먹이가 되어주던 식물성 플랑크톤들이 사라져버렸다는 것을 깨달았다. 오렌지색은 점점 불길한 검붉은 빛으로 바뀌어가고 있었다. 그때 내 마음 깊은 곳에서 다시 하나의 소리가 들렸다.

'가장 순수한 것부터 파괴되는 것이다.'

나는 고개를 떨어뜨리고 저항을 포기했다. 한낱 크릴새우가 세상을 변화시킨다는 것은 불가능하다. 아무리 철학적인 크릴새우라 하더라도. 그러나 우리, 크릴새우는 순수하지 않은 세상에서 살기보다는 죽음을 택

해야 한다. 나의 식물성 플랑크톤이 그러했던 것처럼.

천천히 세상의 마지막 날이 저물고 있었다. 조용히 녹아내리고 있는 얼음산 위에서 수천 개의 방울소리가 들리는 듯했다. 나는 태어나서 처음으로, 그리고 마지막으로 눈물을 흘렸다. 그리고 생각했다.

'지금 죽지 않으면 자연의 일부로 돌아갈 수 없으니까. 그래도 아직은 자연이 남아 있으니까.'

자연은 마지막으로 가녀린 숨을 내쉬고, 나를 끌어안으며 호흡을 멈추었다.

※본문 중에서 '시를 낭송하는 새'가 노래한 시들은 프랑스의 시인 이브 본느프와의 시 중에서 발췌하여 인용한 것입니다.

"철학자들은 우리가 인생을 어떻게 살아야 하는지 말해준단다." 아빠가 말했다.

"왜요?"

"그게 그 사람들의 일이니까."

"그 사람들은 사람들에게 뭘 해야 하는지 말해주는 거예요?" 내가 물었다.

"아니." 아빠가 말했다.

"사람들에게 뭘 해야 하는지 말해주는 사람은 독재자란다.

철학자들은 우리가 뭘 하는 게 올바른지 말해주는 거야."

_ 자크 스트라우스, 『구원』 중에서

이상한 중독에 대한
아홉 가지 이야기

그날 이후 약 327시간 동안 너를 보지 못함

거짓말에 중독되어

사랑해, 하고 그가 말했을 때, 거짓말이야, 하고 나는 생각했다. 이제 더 이상 너를 사랑하지 않아, 하고 그가 말했을 때, 거짓말이야, 하고 나는 부정했다. 그는 너를 떠났어, 하고 친구가 말했을 때, 거짓말이야, 하고 나는 머리를 흔들었다. 그와 헤어진 후 매일 아침 눈을 뜰 때마다, 눈앞에 펼쳐지는 세상은 거짓말이라고 믿었다. 그는 여전히 너를 기다리고 있어, 다시 만나봐, 하고 누군가 말했을 때, 나는 그냥 웃어버렸다. 아직도 그를 잊지 못하는 내 마음이 거짓처럼 느껴졌기 때문이다.

나는 세상을 점점 믿지 못하게 되었다. 지금 내 눈앞에 보이는 이것이 세상인가? 내 눈앞에 서 있는 너는 너인가? 오래전 그 마음은 나의 마음이었나? 지금의 이 마음은 나의 마음인가? 마음 없이 무엇에 중독될 수 있을까? 거짓된 이 마음으로.

달콤함에 중독되어

그녀는 세상에서 가장 달콤한 여자, 언제나 달콤한 것들만 먹고산다. 그녀의 방은 초콜릿과 캔디와 아이스크림, 달콤한 포도주와 꿀로 가득 차 있다. 그녀는 달콤한 애인과 함께, 달콤한 날들을 보낸다. 그녀는 행복하지만, 그 행복은 오래가지 못한다. 그녀의 치아가 달콤함을 감당하지 못하기 때문이다. 심한 치통에 시달리며 그녀는 치과를 찾아간다. 치과의사는 그녀가 몹시 마음에 든다. 그녀의 달콤한 목소리와 달콤한 눈동자, 달콤한 머리카락이 탐난다. 그래서 의사는 그녀를 제대로 치료해주지 않고, 사흘에 한 번씩 치과에 와야 한다고 말한다. 일 년 후, 달콤한 그녀는 달콤한 애인과 헤어지고, 치과의사와 결혼한다. 그녀와 결혼한 의사는 그녀의 충치들을 완전히 치료해주고, 그녀의 식생활을 완전히 개선시킨다. 다시 일 년 후, 그녀에게서는 더 이상 달콤한 향기가 풍기지 않는다. 그녀는 생의 기쁨을 잃고, 치과의사는 그녀를 잃는다.

바람에 중독되어

그의 집은 땅끝에 있다. 지금 우리가 살고 있는 이 네모난 지구의 가장 끝, 아래를 내려다보면 아득한 우주가 보이는, 그 벼랑 끝에 그 집이 있다. 그곳은 바람의 종착역, 세상의 모든 바람은 그곳으로 가기 위해 속력을 높인다. 매일매일 그는 벼랑의 끝에 앉아, 모든 방향으로부터 불어오는 바람 속에 자신을 풀어놓는다. 태양이 가장 높은 곳에 떠 있을 때면, 그의 육체와 정신은 산산이 흩어져서 먼지가 된다. 태양이 가라앉을 무렵이면, 먼지들은 땅끝에 있는 그의 집으로 모여들고, 그의 육체와 정신은 다시 결합한다. 그런 식으로, 오늘의 그는 어제의 그와 다른 사람이 된다. 내일의 그는 오늘의 그를 알아볼 수도 없을 것이다.

비틀스에 중독되어

노르웨이의 숲에서(Norwegian wood), 당신은 나를 보지 못하지 (You won't see me). 나는 언덕 위의 바보(The fool on the hill)가 되어, 잠만 잤어(I'm only sleeping). 나의 기타가 부드럽게 우는 동안 (While my guitar gently weeps) 여기, 저기, 그리고 모든 곳에서(Here, there and everywhere) 검은 새(Blackbird)들이 노래 부르지. 친구의 작은 도움이 필요해(With a little help from my friends). 내 인생에(In my life) 필요한 것은 사랑뿐이야(All you need is love). 행복은 따뜻한 총이고(Happiness is a warm gun), 눈을 감으면 태양이 여기로 올 거야(Here comes the sun). 그녀는 떠났지만(She's leaving home), 딸기 밭에서 나는 영원히 기다릴 거야(Strawberry fields forever). 왜냐하면 (Because) 너의 손을 잡고 싶어서(I wanna hold your hand). 도와줘 (Help me). 제발 나를(Please please me).

기억에 중독되어

그날의 최고기온은 29도, 습도 65퍼센트, 낮에 한차례 소나기가 내렸고 강우량은 7밀리미터, 너는 나로부터 1.2미터 떨어진 곳에 있었고, 우리 사이에는 두 사람이 앉아 있었음. 너의 테이블 위에는 3분의 2 정도 맥주가 차 있는 500cc 맥주잔, 너의 다이어리, 그리고 휴대폰이 놓여 있었음. 스피커에서는 Rialto의 「Summer's Over」가 흘러나오고 있었고, 누군가 너의 어깨를 툭, 치고 지나갔고, 그 때문에 너의 검은 재킷에 살짝 주름이 짐. 나는 너를 2분 40초 동안 보고 있었고, 그사이에 너는 잔을 두 번 들었고, 담배 한 대를 피웠고, 한숨을 한 번 내쉬었음. 너의 깊은숨이 공기를 미세하게 가로질러 내가 있는 곳으로 흘러왔고, 몇 알의 먼지들이 흩어졌고, 나는 눈을 감았고, 캄캄한 어둠을 보았음. 30초 후 내가 눈을 떴을 때 너는 어디에도 없었고, 스피커에서는 The Smashing Pumpkins의 「To Sheila」가 흐르고 있었음. 그날 이후 약 327시간 동안 너를 보지 못함. 너의 이름, 기억하지 못함.

까만색에 중독되어

그의 방은 온통 까만색이었다. 까만색 커튼과 까만색 침대, 까만색 탁자와 까만색 오디오, 모든 CD의 재킷도 까만색, 모든 술병들도 까만색. 낮을 증오하고 밤을 사랑했으며 천사를 멀리하고 악마를 가까이했다. 까만색 머리카락과 까만색 눈동자와 까만색 피부를 가진 여자의 사진을 까만색 액자 속에 넣어두고 그녀를 그리워했으며, 달이 보이지 않는 그믐날 밤마다 외출을 했다. 그가 즐겨 먹던 음식은 오징어 먹물로 만든 까만색 스파게티, 그가 즐겨 듣던 노래는 Santana의 「Black Magic Woman」, 그가 좋아하던 영화는 베리 소넨필드 감독의 「Men In Black」. 그러나 그의 생은 언제나 불안했으니, 이 세상에 순수한 까만색은 존재하지 않기 때문이다. 이제 그가 자신의 스물아홉 해를 접고 관 속으로, 어두운 무덤 속으로 들어가는 오늘, 그의 삼백마흔여덟 번째 그믐날 밤, 그의 영혼은 완전한 행복에 잠기리라. 칠흑처럼 캄캄한 죽음 속에서.

동화에 중독되어

　그녀를 키워준 이들은 친부모가 아니었고, 숙제를 해 오지 않았다고 그녀를 때렸던 선생님은 나쁜 악마였고, 그녀가 귀네스 펠트로보다 아름답지 않은 건 마법에 걸렸기 때문이다. 여름이면 수백 마리의 개구리를 잡아서 키스를 퍼부었고, 파랑새를 찾기 위해 여러 마리의 참새를 희생시켰다. 바다 밑에 있는 인어공주의 성으로 가기 위해 몇 번이나 물속에 몸을 던졌다가 구조되었으며, 헨젤과 그레텔이 먹다 남긴 과자의 집을 찾느라 발에 물집이 생길 때까지 산속을 돌아다녔다. 세월이 흘러 그녀가 깨달은 것은, 그녀의 왕자님이 그녀를 구하기 위해 죽음의 늪을 지나 어둠의 동굴로 오고 있는 중이라는 것. 늙은 호박이 멋진 마차로 변하고 쥐들이 호위병으로 변하면, 유리구두를 신고 무도회장으로 가야지. 자정이 되기 직전까지 왕자와 춤을 추다가 시계가 열두 번을 울리면, 왕자가 잘 보이는 곳에 유리구두 한 짝을 벗어놓고 재빨리 도망쳐야 해. 시간을 제대로 맞추는 일은 아주 힘들 거야. 그래서 그녀는 매일매일 신발을 벗고 달리는 연습을 한다.

눈물에 중독되어

그가 그녀를 처음 만났을 때, 그녀는 아주 편안한 미소를 지어 보였다. 그 미소에 감명을 받은 그는, 자신이 지금까지 어떻게 살아왔는지 그녀에게 모두 털어놓았다. 그의 이야기를 들으며 그녀는 울었다. 그는 그녀가 자신을 좋아한다고 생각했고, 두 사람은 가까운 사이가 되었다. 그녀는 눈물이 많은 여자였다. 음악을 듣다가도 울고, 영화를 보다가도 울고, 책을 읽다가도 울고, 심지어 언젠가 그의 손가락에 작은 상처가 났을 때도, 그 손가락을 들여다보며 눈물을 글썽거렸다. 그녀의 뺨으로 굴러 떨어지는 눈물들은 너무나 아름다웠고, 그런 그녀를 그는 사랑했다. 그가 그녀에게 사랑을 고백했을 때, 그녀는 이렇게 말했다. "내게는 사랑하는 사람이 있어요. 지금은 헤어졌지만, 나는 그 사람을 잊을 수가 없어요. 음악을 들어도, 영화를 보아도, 책을 읽어도, 심지어 당신의 손가락만 보아도 그 사람이 생각나요." 그녀는 결국 잊지 못하는 사람 때문에 눈물을 흘린 것이다. 결국 자기 자신 때문에 눈물을 흘린 것이다. 그는 실망했고 그녀를 떠났다. 얼마 후 처음 만난 한 여자가, 자신이 지금까지 어떻게 살아왔는지 그에게 모두 털어놓았다. 이야기를 듣던 그는 헤어진 그녀를 떠올렸고, 그래서 울었다. 새로운 여자는 그가 자신을 좋아한다고 생각했다. 그러지 않고서야, 처음 만난 남자가 어떻게 자기 이야기를 듣고 눈물을 흘리겠는가.

죽은 자들에게 중독되어

내 생애의 반 이상은 죽은 자들을 위해 바쳐진다. 터너와 샤갈과 피사로의 그림을 보고 나보코프와 안데르센, 릴케와 기형도를 읽는다. 마를레네 디트리히나 제임스 딘이 나오는 영화를 보고, 베토벤과 쇼팽과 브람스를 듣는다. 죽어나간 시간들을 기억하며 침대 위에서 눈을 뜨고 누워 있는 일은, 아는 얼굴 하나 없는 낯선 바에 혼자 앉아 있는 것과 같다.

당신을 아는 사람이 하나도 없는 낯선 바에 혼자 앉아 있는 것은
마치 넓은 묘지에 눈을 뜨고 누워 있는 것과 같아
당신은 기침을 하거나 하품을 하는 게 겁이 나지
죽음을 깨우게 될까 봐
대신 신문을 보거나 그저 한잔 마시는 척하게 돼
자신도 모르게 벌떡 일어났다가
어떻게 자연스럽게 다시 앉을 수 있을까 난처해하지
세상은 나처럼 서 있는 사람들을 원하는 듯이 보이고
하늘을 가로지르는 구름이 사라지듯 온몸에 힘이 빠지지
아무렇지도 않게 웃어버릴 수도 있을 텐데

_The Beautiful South, 「Liar's Bar」 중에서

HESITATION BLUES

나는 자화상을 그리려 하고 있었다

그해 가을, 대기가 푸르스름한 기운으로 젖어 있던 저녁, 집으로 가던 내가 어째서 낡고 둔탁한 문 앞에서 걸음을 멈춘 거냐고 당신이 묻는다면, 나는 제대로 된 대답을 할 수가 없다. 그저 너무나 매혹적인 문이었다고 말할 수밖에. 문에는 작은 나무간판이 달려 있었고, 비뚤비뚤한 글씨로 「아옹화실」이라고 쓰여 있었다. 어쩐지 문 뒤에 작은 고양이 한 마리가 털실뭉치를 굴리면서, 자신의 보송보송한 목덜미를 쓰다듬어주길 기다리고 있을 것 같았다. 문을 열자 짤랑짤랑 방울소리가 났고, 소리에 놀란 작은 고양이 한 마리가 눈을 동그랗게 뜨고 나를 바라보았다. 고양이의 보드라운 털 위에 내가 손을 올려놓았을 때, 방울소리를 내며 등 뒤에서 문이 닫혔다.

나는 주위를 천천히 둘러보았다. 커다란 캔버스와 이젤, 유화물감과 붓, 어떤 용도로 쓰이는지 짐작할 수 없는 물건들, 종이와 천, 그리고 석고상… 화실의 한쪽에는 인도풍의 커튼이 드리워져 있었고, 그 뒤쪽에서 아른아른한 향기가 풍겨오고 있었다. 카레향기였다. 누군가 카레를 끓이고 있었다.

어쩐지 심각한 잘못을 저지른 것 같아서 몸이 움츠러들었다. 원칙대로라면 문을 두드렸어야 했다. 그런데 나는 그냥 문을 열고 들어왔다. 원칙대로라면 들어오자마자 "실례합니다" 하고 양해를 구했어야 했다. 그런데 나는 무단으로 침입했고, 주인은 나의 존재를 모르고 있었다. 내가 들어온 것을 아는 건 작은 고양이뿐이었다. 그러나 고양이가 나를 변호해줄 리는 없을 것이다.

애꿎은 고양이를 애꿎게 원망하며 바라보고 있을 때, 어디선가 사람의 목소리가 들려왔다. 고양이를 부르는, 남자의 낮은 목소리였다. 고양이는 쏜살같이 뛰어갔고, 나는 그 자리에 그대로 서 있었다. 그 순간 요란하게 재채기가 터져 나왔다. 그 소리에 누구보다 놀란 사람은 나였다. 당장이라도 문밖으로 도망가고 싶었지만, 그건 도둑이나 하는 짓이다. 그리고 나는 도둑이 아니다.

내가 체념의 한숨을 채 다 내쉬기도 전에, 한쪽 팔에 고양이를 안은 남자가 나타났다. 나는 멍청한 얼굴을 하고 멍청하게 서서, 멍청한 입을 열어 변명을 하려 했지만, 그럴듯한 이유가 떠오르지 않았다. 그래도 무슨 말이든 해야 했다. 의아한 표정을 한 남자의 입매에 매달린 미소에 용기를 얻어, 나는 재빨리 말해버렸다.

"그림을 배울 수 있나요?"

그림을 배운다는 건 그 당시의 내게는 사치였다. 나는 가난했다. 화실의 수강료를 낼 돈 같은 건 더더욱 없었다. 게다가 사실 그림에도 별 흥미가 없었다. 초등학교 때부터 그림만은 좋아지지가 않았다. 아무리 애를 써도 나무나 길이나 산 같은 것을 그럴듯하게 그릴 수가 없었다. 풍경화도 싫었고 인물화도 싫었다. 물감도 싫었고 붓도 싫었고 도화지도 싫었고 팔레트도 싫었다.

하지만 나는 어쩔 수 없이, 다음 날 화실을 찾아갔다. 그림을 그릴 만한 도구 같은 건 없었으므로, 빈손으로 갔다. 알고 보니 남자는 화실의 주인이 아니었다. 선생님은 따로 있었다. 당신은 어째서 아무도 없는 화실에 혼자 있는 것이냐고 묻지는 못했다. 나는 그 정도로 활달한 성격은 아니다.

다음 날 만난 선생님은 여자였다. 남자는 없었다. 뭐 어때, 하고 나는 자리에 앉아 얌전한 학생의 얼굴을 하고 선생님을 바라보았다.

"뭘 그리고 싶어요?"

선생님이 물었다.

"유화요."

나는 잠깐 동안 생각에 잠겼다가, 솔직하게 말했다. 하지만 금방 후회가 되었다. 아무리 미술에 대해 아는 것이 없다고 해도, 데생도 배우기 전에 유화를 그릴 수 있다는 이야기는 들어본 적이 없었다. 그러나 선생님은 고개를 끄덕이고, 하얀 캔버스를 이젤 위에 얹어준 다음, 유화물감과 붓을 가져다주었다.

될 대로 돼라, 하는 심정으로 나는 붓을 집어 들었다. 그리고 태어나서 처음 잡아보는 유화용 붓에다 태어나 처음 구경하는 유화물감을 찍어 만져본 적도 없는 캔버스 위에 겁도 없이 색칠을 하기 시작했다. 유화가 어쩐지 나와 잘 맞을 것 같다는 생각은 예전부터 어렴풋이 하고 있었다. 마음에 들지 않으면 그 위에 다시 덧칠하기. 내게 있어 유화란 그런 정도의 그림이었다.

두 시간 후, 나는 내 앞에 놓인 두 마리의 조그만 오렌지색 물고기를 바라보고 있었다.

내 최초의 유화작품, 「오렌지 빛깔의 물고기」를 완성시킨 후, 나는 유화에 흥미를 잃어버렸다. 그래서 다음 날은 별수 없이 수채화를 그렸다. 또 그다음 날은 날카로운 펜 끝에 까만 잉크를 묻혀 펜화를 그렸다. 그다음 날은 고양이와 놀았고, 그다음 날은 화실 식구들을 위해 카레를 만들었다.

화실에는 나와 선생님 이외에도 세 사람이 더 있었는데, 다들 말이 없었다. 그들은 조용히 문을 열고 들어와 조용히 자리에 앉아 조용히 그림을 그리고 나서 조용히 집으로 돌아갔다. 화실 여기저기에 놓여 있는 이젤만큼이나 조용했다. 그리고 저녁이 되면 우리는 함께 카레를 먹었다.

화실에 다니기 시작한 지 닷새째가 되던 날, 나는 할 일이 없었다. 밖에는 싸늘한 가을비가 내리고 있었다. 삼십 분쯤 멍하니 고양이를 바라보던 나는, 얇은 코트를 걸쳐 입고 화실을 빠져나왔다. 그날은 낡고 오래된 바에서 맥주를 마시며 음악을 들었다. 밤에는 그 남자의 꿈을 꾸었다. 고양이가 오렌지색 물고기들을 쫓고, 남자가 고양이를 쫓는 꿈이었다.

날들은 조용히 흘러갔다. 나는 매일매일 화실을 나갔지만, 두 번 다시 남자를 만나지는 못했다. 캠퍼스는 연일 최루탄 연기 속에 잠겨 있었고, 나는 그 소란스러움으로부터 도망가고 싶었다. 화실 안에 발을 들여놓으면, 바깥세상이 어떻게 돌아가든 전혀 상관이 없었다.

나는 몇 장의 수채화를 그렸고, 판화를 배웠다. 유화는 나와 전혀 맞지 않았다. 차라리 판화작업이 재미있었다. 꼼꼼하게 동판을 파낼 때의 느낌도 좋았고, 거대한 프레스기를 움직여 한 장 두 장 찍어내는 일도 좋았다. 적어도 내가 뭔가를 하고 있다는 기분이어서, 꽤 흡족했다.

친구들이 내가 찍어낸 판화를 대여섯 장씩 가지게 되었을 때쯤, 나는 뭔가 다른 것이 하고 싶어졌다. 하지만 내가 선택할 수 있는 '다른 종류의 그림'은 데생밖에 남아 있지 않았다. 그래서 어느 날 오후, 나는 목탄을 집어 들고 석고상 앞에 앉았다. 선생님이 다가와서 아주 기초적인 몇몇 가지 방법을 가르쳐주었다. 이를테면 목탄으로 석고상의 눈과 눈 사이를 재는 법 같은 것.

나는 줄곧 내가 데생을 싫어한다고 생각했다. 보이는 것을 그대로 옮겨 그릴 재능 같은 건 처음부터 내게 없다고 믿었기 때문이다. 그러나 결론부터 말하자면, 나는 완전히 빠져버렸다. 일곱 시간이고 여덟 시간이고, 화실이 문을 닫을 때까지 나는 데생에 매달려 있었다.

석고상들은 아주 매혹적이었다. 그들을 그리고 있을 때면 뇌 안 어딘가에 고여 있는 눅눅한 수분들이 차차 말라가는 것 같았다. 나는 스물두 살이었고, 내가 소모해야 할 시간들은 나의 존재를 송두리째 부정할 정도로 넘쳐나고 있었다. 그리고 진실을 말하자면 나는 그 남자를 끊임없이 생각하고 있었다.

나는 머릿속의 수분을 몽땅 말려버리기 위해, 석고상을 그리고 또 그렸다. 줄리앙을 다섯 번 그리고 아리아스를 일곱 번 그렸다. 내 작은 방이 온통 석고데생으로 가득 찼을 때쯤, 머릿속의 수분은 모두 말라버렸다. 그건 손으로 살짝 쥐기만 하면 하얀 분말로 부서져버리는, 바싹 마른 카스텔라 같았다.

그해 겨울의 크리스마스를 기억한다. 그 며칠 전에 애인과 헤어졌고, 나는 할 일이 없었다. 친구들과 어울려 시끌벅적한 거리를 쏘다니는 일은, 생각만 해도 진저리가 쳐졌다. 떠들썩한 캐럴과 번쩍이는 크리스마스트리의 폭력으로부터 도망친 곳은 화실이었다. 나의 막다른 선택은 그런 대로 괜찮았다. 화실은 여느 날과 다름없이 고요한 물속 같은 침묵에 빠져 있었다.

나는 이젤 앞에 앉아 그림을 그렸다. 그 며칠 동안, 나는 자화상을 그리려 하고 있었다. 하지만 아무리 애를 써도 잘되지 않았다. 목탄을 지우는 부드러운 하얀 천은 이미 새까맣게 되어버렸다.

나는 한숨을 쉬고, 선생님께 저녁식사를 준비할까요, 하고 물었다. 감자껍질을 벗기기 시작하자 마음이 한결 가라앉았다. 그러고 다 같이 둘러앉아 카레를 먹었다.

뜨거운 카레를 숟가락으로 떠서 목으로 넘기는 순간, 갑자기 목 깊숙한 곳이 아려왔다. 나는 아무도 눈치채지 못하게 조용히 그릇을 들고 자리에서 일어나 부엌으로 들어가서, 남은 카레를 버렸다. 그리고 물을 틀어 그릇을 닦았다. 아마 눈물도 닦았을 것이다.

그 크리스마스를 기억한다. 누군가 자그마한 케이크를 사 왔고, 우리는 촛불을 켰다. 작은 초들의 그림자가 벽에 아른거렸다. 고양이는 그 그림자를 향해 앞발을 치켜들었지만, 아무것도 낚아채지 못했다. 화실 이름이 왜 '아옴'인가요. 누군가가 물었고 선생님이 대답했다. 사람은 '아' 하고 태어나 '옴' 하고 죽는다고. 이렇게 어지러운 마음이 흔들리는 그 짧은 시간.

밤이 깊어지고, 어디선가 성탄의 종소리가 들렸다. 나는 끝내 완성하지 못한 자화상을 화판에서 떼어내, 차곡차곡 접어서 휴지통에 버렸다.

겨울이 지나고, 봄이 되었다. 교정은 다시 최루탄 연기로 가득해졌고, 나는 조금쯤 현실에 대해 생각해야 할 나이가 되었다. 화실은 더 이상 가지 않았다. 그럭저럭 반년이나 다닌 것이다. 생활비를 쪼개어 마련했던 여러 가지 그림도구와 내가 그린 그림들, 그림을 그리던 나, 그 모두를 화실에 두고 처음과 마찬가지로, 빈손으로 나는 그곳을 떠났다.

그를 다시 만난 것은 화실을 그만두고 한 달이 더 흘렀을 무렵이었다. 비가 왔고, 거리를 걷던 나는 별 이유도 없이 쇼윈도에 반사되는 불빛을 쳐다보느라 걸음을 멈춘 채 멍하니 서 있었고, 그때 쇼윈도에 누군가의 그림자가 비쳤다. 나는 무심코 그림자를 돌아보았고, 거짓말처럼 그가 내 앞을 지나가고 있었다.

나는 그를 따라갔다. 빗줄기가 더욱 거세어졌다. 내 마음이 소리쳤다. 그 많은 시간이 지금을 위해 지나간 거야. 또 다른 마음이 소리쳤다. 넌 지금까지 잘해왔어. 모든 걸 망쳐버릴 셈이야? 그는 어느 지하의 카페로 들어가고 있었다. 비가 내리는 거리에서 한동안 망설이던 나는, 결국 우산을 접고 계단을 내려가, 어두운 카페 한쪽 테이블에 앉아 있는 그를 발견하고, 그의 앞자리에 가서 앉았다.

아니다. 그런 일은 일어나지 않았다. 나는 계단을 반쯤 내려가다 돌아 나와, 우산도 펴지 않은 채 비가 내리는 거리를 걸었다. 내가 원하는 무언가를 그는 가지고 있었을까. 그가 원하는 무언가는 내 안에 존재하고 있었을까. 다시는 그 무언가를 찾지 못하게 된 걸까. 나는 무엇을 겁내고 있는 걸까.

빗줄기가 천천히 거리의 풍경을 지우고 있었다. 인생은 얼마든지 덧칠을 할 수 있는 유화 같은 게 아니다. 결국은, 그렇다.

그로부터 몇 달이 더 지난 후에 나는 다시 화실을 찾았다. 그러나 화실이 있던 자리는 공터가 되어 있었다. 누군가에게 물려받은 나의 낡은 화구상자와 몇 자루의 붓들, 오렌지색과 초록색 유화물감, 몇 장의 그림들, 회색빛 털을 가진 작은 고양이, 카레의 향기, 조그마한 크리스마스 케이크, 그때까지 아직 마음에 남아 있던 몇 개의 슬픔들, 그리고 그 남자가 사라졌다. 나의 인생에서 영원히 사라진 것이다.

그리고 지금, 망설임만이 여전히 내 마음에 남아 있다. 그건 처음부터 막다른 골목에 있는 망설임이었기 때문이다.

완벽한 룸메이트

K는 언젠가 떠납니다
그렇지요?

빗소리에 잠이 깼다.

나는 시간을 확인하기 위해 오디오에 붙어 있는 시계를 바라보았다. '3:31'이라는 숫자가 깜박거리고 있었다. 정전이 되었다가 다시 불이 들어오면 깜박거리도록 되어 있는 시계다. 세 시 삼십일 분에 멎어 있는 시계를 다시 맞추기도 귀찮아서 나는 이불을 뒤집어썼다.

방 두 개가 있는 반지하 방으로 이사 올 때, 빗소리만은 원 없이 듣겠구나 생각했는데, 그 소리가 잠을 깨울 줄은 몰랐다. 몸을 뒤척이다가 빗소리에 섞여 들려오는 다른 소리를 감지했다.

음악이었다. 그것도 지나칠 정도로 크게 울리고 있었다. 왜 여태 그 소리를 듣지 못했을까 이상할 정도였다. 하지만 지나칠 정도로 빗소리와 잘 어울리는 음악이기도 했다. 빗소리가 커지면 음악소리도 커지고, 빗소리가 잠시 잦아들면 음악소리도 작아졌다. 누군가 일부러 볼륨을 조절하는 것이 아니라, 아주 자연스러운 형태로 두 가지 소리가 어우러지고 있었다.

나는 조그맣게 노래를 따라 부르며 다시 잠에 빠졌다. purple rain, purple rain…

처음 이사를 왔을 때, 남아도는 방 하나가 어쩐지 부담스러웠다. 그때까지 나는 방이 두 개 있는 집에서 살아본 적이 없었다. 룸메이트를 구해야겠다고 생각한 것도 그 때문이었다. 혼자 살기에는 집이 너무 커 보이는 데다가, 룸메이트가 있으면 매달 내야 하는 방세도 절약할 수 있다. 그러나 친분이 있는 사람을 들여놓고 싶진 않았다. 특별히 까다로운 성격은 아니지만, 하나부터 열까지 사생활을 공유하는 것보다는 어느 정도 거리를 유지하고 싶었다. 그래서 생활정보지에 광고를 내기로 했다. 그것을 보고 찾아온 사람이 K였다.

어느 일요일 오후, K는 배낭 하나만 메고 집으로 찾아왔다. 눈빛이 맑고 마음이 단단해 보이는 사람이었다. 무엇보다 쓸데없는 자존심 같은 게 없어 보였다. 나는 첫눈에 K가 마음에 들었다.

간단한 인사를 나눈 후, K는 내게 점심식사를 했느냐고 물었다. 밥하기 귀찮아서 뭐라도 시켜 먹을까 망설이던 참이에요, 나는 대답했다. K는 빙긋 웃으며 배낭에서 도시락을 꺼냈다. 마침 아침에 싸둔 게 있어서요, 라면서. 우리는 식탁에 앉아서 도시락을 나눠 먹었다. 다진 쇠고기와 양파, 카레가루를 넣고 만든 볶음밥, 달걀부침과 깍두기. K의 도시락은 알록달록하고 따뜻했다.

K의 하루 일과는 굉장히 규칙적이었다. 아침 일곱 시에 일어나 세수를 하고, 부엌에서 조용히 식사를 준비하여 여덟 시에 밥을 먹는다. '한 사람 몫을 만드는 것과 두 사람 몫을 만드는 건 비슷하니까'라면서, 내 몫의 식사도 정갈하게 차려놓는다.

나는 여덟 시에 일어나 세수를 하고 K가 차려준 아침을 먹은 다음 집을 나선다. K는 그동안 아침 산책을 마치고 돌아와, '한 사람 몫의 설거지와 두 사람 몫의 설거지는 별로 차이가 없으니까'라며 뒷정리를 하고, 아홉 시 삼십 분에 집을 나선다. 아침식사 준비도, 설거지도, 문단속도 전부 K의 몫이 된 것이다.

오후 다섯 시에 K는 집으로 돌아와 세탁과 청소를 하고 저녁을 준비한다. 내가 퇴근을 하고 집에 도착하는 시간은 일곱 시. K와 나는 식탁에 마주 앉아 가벼운 이야기를 나누며 저녁을 먹는다. 처음 며칠 동안에는 설거지만이라도 내가 하겠다고 우겨보았지만, K는 빙긋 웃으며 만류했다. 나는 어쩔 수 없이 K의 뒤에서 서성거리다가 결국 내 방으로 들어가 책을 읽거나 TV를 보게 되었다.

생활비는 둘이서 나눠 내는 것이 원칙이었다. K는 사흘에 한 번 장을 보았고, 그날 지출한 내역을 노트에 기록했다. 한 달이 지나면 결산을 하고, 남은 돈은 다음 달로 이월하고, 그것을 근거로 다음 달 생활비를 산출했다. 나는 그저 K가 달라는 대로 돈을 건네주면 그만이었다. K가 오고 난 후 나의 생활비는 눈에 띄게 줄어들었다. 저녁식사를 밖에서 하지 않게 되었고, K의 말처럼 '한 사람 몫과 두 사람 몫은 비슷하고', 그것을 두 사람이 나눠 내니까 당연히 그런 결과가 나오는 것이다.

K는 또한 손재주가 뛰어났다. 요리를 잘하는 것은 물론이고 말썽을 일으키는 가전제품들도 K의 손이 닿으면 거짓말처럼 고쳐졌다. 보일러, 수도꼭지, 컴퓨터 같은 것이 사소한 고장을 일으킬 때마다 K가 나서서 해결했다. 형광등 하나 제대로 갈지 못하는 내 눈에, K는 위대해 보이기까지 했다.

각종 고지서를 처리하는 일도 K의 몫이 되었다. 세금을 제날짜에 내지 못해 과태료를 문다거나, 옆집 고지서를 우리 집 고지서로 착각하여 이중으로 돈을 낸다거나 하는 일도 없어졌다.

좋은 점은 또 있었다. K는 나의 사생활에 대해 일체 관여하지 않았다. 우리가 얼굴을 맞대는 유일한 시간은 저녁식사 때였고, 우리가 나누는 대화는 한없이 사소했다. 이를테면 어느 레스토랑의 스파게티가 맛있다거나 동네 어느 슈퍼의 오이가 싸다거나 모자를 새로 샀다거나 하는 것들이었다. 나는 그러한 사소함에 기꺼이 길들여졌다.

열쇠를 깜박 잊어버리고 나간 내가 새벽 두 시에 문을 두드려도, K는 눈살 한 번 찌푸리지 않았다. 내 친구들이 몰려와 음악을 듣는다, 음식을 해먹는다, 게임을 한다, 하며 밤을 새워 떠들어도 싫은 내색을 하지 않았다. K는 여전히 아침 일곱 시에 일어나 아침을 준비하고, 내 식사를 식탁에 차려놓고, 산책을 다녀오고, 문단속을 하고, 오후 다섯 시에 돌아와 저녁 준비를 했다. 저녁 설거지가 끝나면 방에 들어가 다음 날 아침까지 나오지 않았다.

K에게 미안해진 나는, 늦게 들어온다거나 집으로 친구를 불러들여 폐를 끼치는 일을 점점 피하게 되었다. K가 머무르고 있는 집은 나무랄 데 없이 흡족했기 때문에, 굳이 친구를 만나거나 밖으로 돌 필요도 없었다. 더 이상 바랄 것이 없는, 지극히 평화롭고 정돈된 하루하루였다.

돌이켜보면 너무 완벽한 날들이었다. 하루하루가 지나치게 정돈되어 있었다. 나는 점점 게을러지고 무력해졌다. 어쩌다 라면이라도 끓이려고 하면 냄비조차 찾을 수가 없었다. 내가 부엌에서 오 초만 쿵쾅거리고 있으면 어김없이 K가 나와, 빙긋 웃으며 나를 밀어냈다. 무언가가 잘못되어 있다는 생각은 들지 않았다. 무엇 하나 잘못된 게 없었으니까.

K와 함께 살기 시작한 지 다섯 달째 되던 어느 일요일 오전이었다. 열 시쯤 잠에서 깨어난 나는 느긋한 마음으로 K가 준비해놓은 아침식사를 하고 있었다. K는 일요일에도 오전 아홉 시 반에 집을 나가서 오후 다섯 시에 돌아온다. 그때까지 나는 혼자 시간을 보내다가, 저녁 일곱 시에 K와 함께 식사를 할 예정이었다.

열 시 사십 분, 식사를 마쳤을 때 벨이 울렸다. 일요일 열 시 사십 분에 예정에 없는 손님이 온다는 것은 흔치 않은 일이었다. 인터폰 화면 속에 낯선 사람의 모습이 떠올랐다.

"실례합니다. K와 같이 사시는 분이죠? 저는 이상한 사람이 아니니까, 잠깐 문을 좀 열어주세요."

"무슨 일이세요? K는 지금 집에 없어요."

"알고 있습니다. 아마 오후 다섯 시에 돌아오겠죠. 저는 K를 만나러 온 게 아니라, K의 룸메이트를 만나러 온 것입니다. 집에 들여놓기가 어렵다면, 가까운 카페에 가서 잠깐 이야기를 나누고 싶은데요."

나는 특별히 의심이 많은 사람은 아니지만, 처음 보는 사람을 나 혼자 있는 집에 들여놓는 것이 위험하다는 것쯤은 알고 있었다. 그래서 그 낯선 사람을 따라나섰다.

"저는 Y라고 합니다."

커피를 주문한 후, 낯선 사람이 말했다.

"K와 잘 아는 사이세요?"

내가 물었다.

"다섯 달 전까지, 저는 K의 룸메이트였습니다."

Y는 테이블 위로 두 손을 가지런히 모으고 조용한 목소리로 말했다. 그 때문에 Y의 이야기는 은밀하게 들렸다.

"그런데 무슨 이야기를…?"

"너무 늦게 온 건 아닌지 모르겠습니다. 저도 지난 다섯 달 동안 무척 힘들었거든요. 원래의 생활 패턴을 되찾기까지 다섯 달이 걸린 셈입니다."

"무슨 말씀이신지…"

"K와 함께 지내는 생활에 만족하고 계시지요?"

"물론이에요. 저는…"

"당신이 할 일은 아무것도 없겠지요. 뭔가 부자연스럽지 않습니까?"

"글쎄요…"

마음 언저리에서 어떤 불안함이 구름처럼 피어오르기 시작했다. 아직 잠에서 깨어나고 싶지 않은데 누군가 억지로 흔들어 깨울 때처럼, 온몸의 세포들이 날카롭게 일어서고 있었다.

"K와 함께 있는 시간이 더 길어지기 전에, 빨리 내보내십시오. 시간을 끌면 당신만 힘들어질 뿐입니다."

더욱 낮아진 목소리로, Y가 이야기했다.

"무슨 말씀이신지… K는 전혀 저를 힘들게 하지 않아요."

단호한 어조로 Y가 말했다.

"K는 언젠가 떠납니다. 그렇지요?"

후두둑, 카페의 유리창 밖으로 갑자기 비가 쏟아졌다. K는 언젠가 떠난다. 너무나 당연한 사실을 나는 까맣게 잊고 있었다. 빗줄기가 제법 거세지고 있었다. Y는 잠깐 창밖으로 시선을 주었다가, 다시 나를 바라보았다.

"아시겠습니까? K의 빈자리는 그리 단순하지 않습니다. 당신, 이 몇 달 동안 회사가 끝나면 바로 집으로 돌아왔지요? 친구들도 잘 만나지 않고, 모임에도 나가지 않았지요? 라면 하나도 제대로 못 끓이게 되었지요?

최근에 당신에게 먼저 전화하는 친구가 있습니까? 잘 압니다. 나도 그랬으니까. 다시 내 생활을 찾기까지 다섯 달이 걸리더군요. K와 지낸 것이 꼭 다섯 달입니다."

설탕을 세 스푼이나 넣었는데도, 커피는 무척 썼다. 마지막 한 모금을 삼켰을 때 카페의 문에 달린 방울이 딸랑, 하고 울렸다. 그 문을 열고 막 들어온 K가 나를 향해 빙긋 웃어 보였다. K의 손에는 두 개의 우산이 들려 있었다.

"갑자기 비가 쏟아져서요."

K는 그렇게만 말했다. Y와 K는 서로 가벼운 목례만 나누었을 뿐, 별다른 이야기 없이 헤어졌다. 우산을 쓰고 집으로 돌아오며, K는 아무것도 묻지 않았다.

비는 밤이 깊을 때까지 쏟아졌다. 잠이 오질 않아서 친구 두 명에게 전화를 했지만, 둘 다 전화를 받지 않았다. 한참 뒤척이다 눈을 감은 것이 새벽 두 시쯤일까.

세찬 빗소리에 나는 잠에서 깨어났다. 아니 어쩌면 K의 방에서 흘러나오는 음악소리 때문이었을 것이다. '3:31'에서 깜박이고 있는 시계를 바라보고, 귀찮으니까 아침에 다시 맞추자고 생각하고, 'purple rain, purple rain'이라고 조그맣게 따라 부르며, 나는 다시 잠에 빠졌다. 어쩌면 내일 아침에는 식사를 거른 채 출근하게 될지도 모른다는 생각을, 잠깐 했을지도 모른다. 아침에 눈을 뜨면 K의 방은 이미 비어 있을지도 모르겠다는 생각도 했을 것이다.

무슨 상관이야.

내 볼을 타고 흐르는 차가운 눈물을 느끼며, 빗소리와 함께 커졌다 작아졌다 하는 「Purple Rain」을 들으며, 나는 까마득히 먼 잠 속으로 떨어졌다. K는 내 생애 단 한 번 만났던, 완벽한 룸메이트였다.

가을 속에 남다

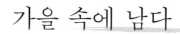

그들의 시간은 모두 구월의 어느 날
저녁 열 시 십이 분에 멈추었다

시계

남자는 시계를 본다. 손바닥 안에서 조용히 잠들어 있는 시계. 남자가 보는 것은 시간이 아니라 시계다. 시계가 아닌 시간을 본다 해도 결과는 마찬가지다. 어쨌든 그가 보는 것은 구월 십오 일 저녁 열 시 십이 분에 멎어 있는 시간 또는 시계다.

그의 시간이 그때 멎으리라는 것을 미리 알고 있었던 사람은 아무도 없었다. 그는 물론이고 그의 시간을 관리하고 있는 비오 양도 몰랐다. 비오 양은 푸스푸스 시에서 십 년째, 열두 명의 시간을 관리하는 일을 하고 있다. 적어도 그 십 년 동안, 아무런 이유도 없이 누군가의 시간이 갑자기 멎는 일은 한 번도 일어나지 않았다.

당황한 비오 양은 서둘러 옛 문서들을 뒤져, 이전에도 이런 일이 있었는지 알아보았다. 그 결과, 십 년에 한 번 꼴로 백 명 중 한 명의 시간이, 아무런 이유도 없이 멎는다는 사실을 알게 되었다. 그래서 비오 양은 과거 백 년 동안의 기록을 조사하여, 시간이 멎은 열 명의 공통점을 찾아보기로 했다.

결론을 말하자면, 적어도 표면적으로는, 그들 사이에는 아무런 공통점도 없었다. 마치 공통점이라는 것을 찾을 수 없도록 만들어놓은 샘플 집단 같았다. 남자가 다섯, 여자가 다섯, 십 대부터 오십 대까지 각 두 명씩, 전 세계에 골고루 분포된 지역… 가족관계, 취향, 학력, 그 어느 하나 일치하는 것이 없었다.

정말 이상하군. 비오 양은 생각했다. 누군가 고의로 '시간을 멈추는 실험'을 하기 위해 샘플을 뽑은 것인지도 몰라. 그 누군가가 누구인지, 어떤 의도로 이런 실험을 하고 있는 건지 알 수는 없지만, 시간이 멈춰진 사람의 입장에서 본다면 참으로 어이없는 일이 아닐 수 없다. 비오 양은 당혹스러운 일을 당한, 자신이 관리하고 있는 그 '남자'에게 책임감을 느끼고, 이 문제를 좀 더 파고들어 보기로 결심했다.

잉크

비오 양이 미처 알지 못하는 것이 하나 있었는데, 그것은 지난 백 년 동안 '시간이 멈추어버린 일'을 맞게 된 사람 열 명의, '시간이 멈춘 시간'에 대한 것이었다. 그들의 시간은 모두 구월의 어느 날, 저녁 열 시 십이 분에 멈추었다. 그것을 알고 있는 사람은 푸스푸스 시에 있는 또 다른 시간 관리자, 마오 군이었다.

마오 군은 푸스푸스 시에 있는 시간 관리자들 중에서 가장 어리고 경력이 짧았다. 이제 겨우 오 년째가 되었을 뿐이다. 마오 군은 다섯 명의 시간을 관리하고 있는데, 그들의 시간은 모두 정상적으로 돌아가고 있었다. 마오 군이 이 일에 관심을 갖게 된 것은 아주 우연히 알게 된 '남자' 때문이었다.

시간을 관리하는 사람은, 푸스푸스 시 밖에 있는 사람들과 접촉하는 일이 금지되어 있다. 개인적인 친분으로 인해 특정한 사람의 시간을 줄이거나 늘리는 일이 행해지면 곤란하기 때문이다. 마오 군이 '남자'를 알게 된 것은 마오 군의 취미인 펜팔 때문이었다. 이런 시대에 그렇게 고전적인 취미를 갖고 있는 사람이 있으리라는 생각은 누구도 하지 못했기 때문에, 마오 군은 비교적 자유롭게 펜팔을 즐길 수 있었다.

그러나 물론, 푸스푸스 시에서 나가는, 혹은 푸스푸스 시로 들어오는 모든 우편물들은 검열을 받게 되어 있다. 만약 푸스푸스 시에 거주하는 시간 관리자들의 존재가 세상에 알려진다면 온 세계가 발칵 뒤집힐 것이기 때문에, 그들이 주고받는 편지에는 시간의 'ㅅ'자도 쓸 수 없다.

그러나 마오 군에게는, 어떤 특별한 행위를 가했을 때만 나타나는 글씨를 쓸 수 있는 비밀의 잉크가 있었다. 언젠가 마오 군이 '무엇이든 사라지고 나타나는 마을'을 방문했을 때, 기념품으로 사 온 것이었다. 마오 군은 그것을 옷소매 안에 몰래 숨긴 채, 푸스푸스 시로 돌아왔다.

하모니카

언제부턴가, 마오 군의 펜팔 상대 중 한 사람인 '남자'의 편지에는 항상 구월 십오 일자 소인이 찍혀 있었다. 같은 날짜의 소인이 찍힌 열 번째 편지에서, 남자는 '아무래도 나의 시간이 멈춘 것 같다'고 말했다. 마오는 푸스푸스 시의 오래된 도서관으로 가서 지난 기록을 모조리 훑어보고, 비오 양과 비슷한 결론에 도달했다. 시간이 멈추어진 사람들의 공통점은 아무것도 없다는 결론.

비오 양이 도서관 옆에 있는 카페테리아에서 곰곰이 생각에 잠겨 커피를 마시고 있을 때, 마오 군은 남자에게서 온 편지를 들고 그 앞을 지나고 있었다. 그것은 구월 십오 일자 소인이 찍힌 열한 번째 편지였다. 카페테리아에서 흘러나오는 커피향기가 너무 달콤하여, 마오 군은 그곳에서 편지를 뜯기로 했다. 그는 커피를 주문하고, 봉투를 뜯어 편지를 꺼낸 다음, 주머니에서 하모니카를 꺼내어 조용히 불었다. 잠시 후 편지지에는 보이지 않는 글씨들이 떠올랐다.

테이블 위에 놓인 편지 봉투를 주시하고 있던 비오 양은, 편지를 보낸 사람이 자신이 관리하고 있는, 시간이 멈추어진 남자라는 것을 깨달았다. 그리고 마오 군이 심각한 표정으로 그의 편지를 읽고 있는 것을 보았다. 그가 편지를 다 읽기를 기다려, 비오 양은 마오 군에게 다가갔다. 정말로 순순히, 마오 군은 비오 양에게 편지의 비밀을 이야기해주었다. '나는 곧 이 도시를 떠날 거니까 상관없다'는 말도 덧붙였다.

사실 푸스푸스 시에 거주하는 사람은 누구든지 자유롭게 도시를 떠날 수 있다. 다른 곳에 가서 '나는 시간을 관리하는 일을 했습니다'라고 말해봤자 아무도 믿어주지 않기 때문에, 굳이 막을 이유가 없는 것이다. 이곳을 떠나 어디로 갈 건가요, 라는 비오 양의 질문에 대해, 마오 군은 대답하지 않았다. 대신, 마오 군은 갖고 있던 하모니카를 비오 양에게 선물했다.

빛나는 술

창으로 불어오는 바람이 선선하다, 생각했어요. 밤이 깊었지만 산책이라도 하자, 싶어졌지요. 열 시쯤 집을 나서서 가까운 곳에 있는 공원까지 갔어요. 난 여름에 입던 반소매 티셔츠 차림이었는데, 맨팔에 바람이 닿자 한기가 느껴지더군요. 그래서 여름이 갔구나, 가을이구나, 생각했죠. 나중에 생각해보면, 내 시간은 아마 그때 멈춘 것 같아요. 그날로부터 벌써 삼 년이 흘렀는데, 난 그냥 거기 있는 거예요.

실연이요? 하하, 그런 일은 없었어요. 그때 난 서른이었고, 물론 지금도 서른이지만, 인생을 송두리째 걸 만한 사랑 같은 건 스무 살 때 지나갔어요. 인생도 걸지 못할 사랑 같은 건 필요 없다고 생각했죠. 누군가 고의로 내 시간을 멈추었다는 당신의 가정은 참 흥미롭지만, 난 별로 믿어지지도 않고, 설사 그렇다고 해도 별 상관은 없어요.

마오 군이 만난 '남자'는 그렇게 말했다. 비오 양으로부터 받은 리스트에 올라와 있는 다른 사람들도, 모두 비슷비슷한 이야기를 들려주었다.

마오 군은 결국, 이 일이 누군가의 고의로 인해 일어난 것이 아니란 결론에 도달하고, 비오 양에게 편지를 보냈다. 하모니카를 불면 글씨가 나타나는 비밀의 잉크를 사용하여.

이 일은 이렇게 마무리되는 것처럼 보였다. 비오 양은 여전히 푸스푸스 시에서 시간 관리자로 일하고 있고, 가끔 마오 군이 주고 간 비밀의 잉크를 이용해 마오 군과 교신하며, 언젠가 푸스푸스 시를 벗어나겠다고 생각하며 살고 있다. 마오 군은 가끔 '남자'를 만나 그가 머물러 있는 시간 속을 구경하곤 한다. 그 시간은 갈수록 투명해지고 단단해져서, 아찔한 아름다움을 마오 군에게 선사한다. '남자'는 그런저런 일들과 아무 상관 없이, 만족스럽게 지내고 있다.

그러나 마오 군과 비오 양도 '남자'도 모르고 있는 사실이 하나 있다. 가을은 가끔 공기 속에, 은밀히 몇 방울의 술을 떨어뜨린다. 어떤 이들은 그걸 '빛나는 술'이라 부른다. 공기를 호흡하다 우연히 그 술을 마신 사람은, 그 순간 가을 속에 남게 된다. 대부분의 사람들에게 가을이 이토록 순식간에 지나가버리는 것은, 몇몇 이들에게 가을이 영원하기 때문이다.

내게 그럴 용기만 있었다면 나 역시 그렇게 삶에 반항했으리라.

하지만 나는 모든 일을 정석대로 했다. 좋은 점수를 받았다.

책들도 소중히 다루었다. 옷도 단정히 입었다.

그런데 이제 그를 바라보면서 내가 그 모든 것에서

실수했다는 확신이 든다. 질투가 난다. 어쨌든 그의 삶은 내 것에 비해

훨씬 진실하고 더 강력해서 암흑성의 장력처럼

내 삶을 끌어당길 수 있을 것 같다.

_제임스 설터, 『스포츠와 여가』 중에서

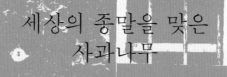

세상의 종말을 맞은
사과나무

나는 지금까지 줄곧, 그걸 위해 자랐어

강 건너편에 있는 밤나무의 오른쪽 가지 끝에 작고 하얀 달이 걸렸다. 강과 강 주위의 모든 것들이 천천히 어두워져갔다. 나는 강기슭의 작은 언덕에 배낭을 내려놓고 털썩 주저앉아 등산화를 벗었다. 오랜 여행으로 지친 못생긴 두 발이 모습을 드러냈다.

언덕에서 강으로 향하는 좁고 짧은 길은 멋대로 자라난 덤불들로 덮여 있었다. 덤불을 헤치고 몇 걸음 걸어가자 찰랑, 하는 물결이 발에 와 닿았다. 저 위쪽 어디에선가 흘러 내려온 물은 내 발을 휘감고 다시 저 아래쪽 어디론가 흘러갔다.

그럭저럭 이 여행도 끝나가고 있다. 마음만 먹는다면 몇 킬로미터쯤 더 갈 수도 있지만, 난 그냥 이 작은 언덕에서 세상의 종말을 맞기로 했다. 나뿐 아니라, 평생을 도시에서 살아온 사람들은 대체로 지금 나와 비슷한 상황에 처해 있을 것이다. 우리는 작은 배낭에 몇 안 되는 물건들을 챙겨 넣고 도시를 떠나왔다. 어디에 이르겠다거나 무엇을 얻겠다는 뚜렷한 목적은 없었다. 그러나 여행이 언제 끝날지는 잘 알고 있었다.

　모든 것은 한 달 전에 시작되었다. 출근을 하기 위해 집을 나서다가, 우편함에 편지 한 통이 꽂혀 있는 것을 발견했다. 까만 봉투에 하얀 펜으로 내 이름이 휘갈겨 쓰여 있었다. 평소 같았으면 편지를 꺼내어 가방 속에 넣어두었다가 회사에 가서 뜯었을 테지만, 한 번도 본 적이 없는 까만 봉투가 마음에 걸려 그 자리에서 열어보았다. 봉투 안에는 역시 까만 편지지가 들어 있었고, '유감스럽게도 한 달 후 이 세상은 종말을 맞이하게 되었습니다'라고 하얀 글씨로 쓰여 있었다. 무슨 종교단체에서 온 건가, 하고 살펴보았지만 편지를 보낸 사람에 대한 단서는 아무것도 없었다.

　큰길로 나왔을 때, 나는 상황이 좀 심각하다는 것을 알게 되었다. 버스는 고사하고 자전거 한 대도 지나가지 않았다. 전철역까지 가보았지만 문은 닫혀 있었다. 집으로 돌아와 회사에 전화를 걸어보았지만, 아무도 받지 않았다. TV를 켜자 검은 양복 차림의 뉴스 프로그램 앵커가 착 가라앉은 목소리로 똑같은 소리를 되풀이하고 있었다. 유감스럽게도 한 달 후, 이 세상은 종말을 맞이하게 되었다는 이야기였다. 그것이 마지막 방송이었다. 종말을 맞게 된 세계 곳곳의 표정들을 방송으로 내보낸다면 이제껏 유례없었던 최고의 시청률을 올리겠지만, 지금에 와서 누가 여기

저기 찾아다니며 이런저런 모습을 카메라에 담고 편집하고 자막을 씌워 내보내겠는가. 우리에게 주어진 시간은 단지 한 달뿐인데.

방송국만이 아니었다. 세상은 순식간에 정지했다. 우선 전화와 인터넷이 끊어졌다. 전기와 가스, 수도도 곧 끊어질 것이라고 했다. 배낭을 꾸려 어디론가 떠나는 사람들이 하나둘 늘어나더니, 텅 빈 도로가 여행자들로 채워졌다. 도시에 남아 있어봤자 할 수 있는 일이 아무것도 없기 때문이었다.

어떤 이는 세상이 끝나기 전에 꼭 읽고 싶은 책들로 배낭을 채웠다. 어떤 이는 기타 한 대만 메고 길을 나섰다. 사랑하는 이의 사진을 챙기는 사람도 있었다. 예상했던 것과 같은 혼란은 일어나지 않았다. 모든 것이 재빨리, 그리고 갑자기 멈췄을 뿐이다.

가능하면 강을 따라 여행을 해야 했다. 한 달 동안 생존하기 위해, 최소한 물은 있어야 하니까. 도시를 가로지르는 큰 강 주위는 떠나는 사람들로 가득 찼다. 처음에는 어디를 가도 사람들과 부딪치곤 했지만, 보름쯤 지나자 다들 뿔뿔이 흩어졌다. 마지막 일주일 동안은 사람들을 거의 만나지 못했다. 자연은 내가 생각했던 것보다 거대했다.

태어나서 처음으로 도시를 벗어난 이들은 이 땅에 이토록 많은 나무와 꽃과 새가 있다는 것을 깨닫고 깜짝 놀랐다. 신선한 공기를 마시고 깨끗한 빗방울을 맞고 푸른 하늘을 올려다보면서, 우리는 세상의 종말이 얼마 남지 않았다는 사실을 겸허하게 받아들이게 되었다. 절망도 없었고 슬픔도 없었다. 다른 사람을 위해 혹은 돈을 벌기 위해 노래를 부르거나 춤을 추거나 영화를 만드는 사람은 아무도 없었기 때문에, 우리는 스스로 노래하고 춤추고 이야기를 만들며, 혼자만의 여행 속에 빠져들었다. 그리고 여행의 마지막 날, 나는 이곳 작은 언덕에 이르렀다.

강에서 두 발을 막 빼냈을 때, 어디선가 나지막한 노랫소리가 들렸다. 부드럽고 따뜻한 노래였다. 딱히 할 일도 없었기 때문에, 나는 노랫소리가 나는 곳을 향해 걸음을 옮겼다. 잠시 후 나는 언덕 기슭에 서 있는 한 그루 사과나무와 맞닥뜨렸다. 노래를 부르고 있는 것은 사과나무였다.

사과나무 아래에 앉아, 나는 그의 노래를 들었다. 그사이에 주위는 완전히 어두워졌다. 마침내 노래를 끝낸 사과나무가, 작은 잎 몇 개를 떨어뜨렸다.

"네가 바로 그 사과나무지?"

내가 말했다.

"그래. 내가 바로 그 사과나무 중의 하나야."

사과나무는 가지를 파르르 떨며 말했다. 세상의 종말을 앞두지 않았다면, 사과나무도 말 같은 건 하지 않을 것이다. 그러나 지금에 와서 그런 게 무슨 상관인가.

"좋은 노래였어."

나는 그를 칭찬했다.

"너도 도시에서 왔니?"

그가 물었다.

"그래. 이제 곧 세상의 종말이 올 텐데 너는 뭘 하고 있니? 넌 세상의 종말을 위한 사과나무잖아."

"맞아. 난 세상의 종말을 위한 사과나무지만, 내가 세상의 종말을 막을 수 있다는 의미는 아니잖아. 너도 이미 알고 있지?"

"역시 그랬구나. 도시에 사는 사람들 중 몇몇은 나처럼 사과나무를 찾아 떠났고, 지금쯤 어느 사과나무 아래에 앉아 있을 거야. 세상의 종말을 위한 사과나무들이 세상의 종말을 맞아 뭘 하고 있는지 알고 싶어서."

후후, 하고 사과나무가 웃었다.

"네가 보기에는, 내가 뭘 하고 있는 것 같아?"

"노래를 부르고, 잎을 떨어뜨리고, 나와 이야기를 하고 있고…"

나는 말을 멈추고 사과나무 가지 사이로 무섭도록 반짝이고 있는 별들을 올려다보았다. 하늘은 우물처럼 깊고 사막처럼 막막했다.

"우리는, 그러니까 세상의 종말을 위한 사과나무들은 바로 오늘, 누군가에게 노래를 불러주고 그와 이야기를 나누기 위해 존재하는 거야." 그가 말했다. "나는 지금까지 줄곧, 그걸 위해 자라났어. 봐, 여기 훌륭한 열매도 있잖아. 하나 먹을래?"

그러고 보니 배가 고팠다. 나는 사과나무에 매달려 있는 열 개 남짓한 사과 중, 가장 아래쪽에 매달려 있는 사과를 따서 한 입 깨물었다. 사과에서는 애틋한 맛이 났다. 그리고 물론, 아주 달았다.

"맛있어." 진심을 담아, 나는 사과나무에게 말했다. "고마워."

"다행이다." 사과나무가 웃었다. "혹시 네 마음에 들지 않으면 어쩌
나, 걱정했어."

"아주 마음에 들어. 노래도 굉장히 좋았고, 네 목소리도 참 듣기 좋
아. 세상의 종말이라는 것도 썩 나쁘진 않다는 생각이 들어."

막막한 사막의 모래알 같은 별들이 눈송이처럼 떨어져 내리기 시
작했다.

"무섭니?"

사과나무가 물었다.

"아니."

내가 대답했다.

"좋아." 그는 가지를 흔들어 잎을 떨어뜨리며 말했다. "이제 곧 끝
날 거야."

떨어진 잎들이 부드럽게 내 몸을 덮었다. 정신은 아주 맑았지만, 이
상하게 잠이 몰려왔다.

"그러니까 세상의 종말을 위한 사과나무가… 세상 어딘가에 존재
하고 있기 때문에… 모든 것이 이렇게 평화로운 거구나…"

그것이 이 세상에서의, 나의 마지막 말이었다. 사과나무는 나를 꼭
끌어안았고, 우리 둘은 깊은 우물 속으로 떨어졌다. 그의 가지에 매달린
남은 사과들이 별처럼 반짝이고 있었다.

세상은 끊임없이 엄청난 양의 정보들을 준비해놓는다.
단지 다음 순간에 무슨 일이 일어날지 알기 위해 필요한 정보들만 없을 뿐.

_율리 체, 『형사 실프와 평행 우주의 인생들』 중에서

달 위에 놓인 의자

지금 당신의 의자는
어디에 놓여 있습니까?

쉬운 예를 들자면, 그건 조각이불 같은 거예요. 지워진 시간의 단면 하나가 대기 속을 흘러 다니다가 또 다른 단면과 만나는 거죠. 그렇게 모인 수많은 단면들이 하나의 그림을 만드는 거예요. 대부분은 추상화 같은 형태예요. 처음부터 아무런 연관성도 없는 것들이니까 그들이 모인다고 해서 어떤 의미를 지니게 되는 건 아니지 않겠어요. 그런데 아주 가끔, 그 조각이불 같은 것이 특별한 그림처럼 보일 때가 있다는 거예요. 물론 저도 믿지 않았죠. 그를 만나기 전까지는.

그날은 온종일 비가 왔고, 나는 좀 멍한 상태였어요. 심한 감기를 앓고 난 직후였거든요. 열이 완전히 내려가진 않았지만 줄곧 침대에 누워만 있었기 때문에 바람을 쐬고 싶어졌어요. 창문을 열자 습기 가득한 밤 바람이 훅, 하고 불어왔죠. 그는 내 창가에서 조금 떨어진 곳에 서 있었어요. 우산도 쓰지 않은 채 말이죠. 나는 무언가에 이끌리듯 밖으로 나갔어요. 그가 걸음을 옮겼고, 나는 따라갔죠. 그때의 내 행동을 설명할 수는 없어요. 말했잖아요, 열이 있었다고.

그가 나를 이끌고 간 곳은 어느 막다른 골목이었어요. 골목 끝에는 달처럼 빛나는 하얀 가로등이 있었고, 그 아래에는 비에 흠뻑 젖은 두 개의 의자가 놓여 있었죠. 그가 나를 돌아보며 말했어요. 저 의자, 눈에 익지 않습니까?

난 기억해냈어요. 약에 취해 잠을 자며 몇 번이나 되풀이해서 꾸었던 꿈속에서, 나는 그 의자를 보았죠. 그건 제 의자예요, 하고 나는 말했어요. 하지만 그 옆에 있는, 똑같이 생긴 또 다른 의자는 뭐죠?

지금 막 하나의 그림이 완성되었습니다, 그가 말했어요. 그리고 조각이불의 예를 들어 설명을 해주었죠. 그럼 누군가 나와 같은 꿈을 꾸고 있는 건가요, 내가 물었어요. 그는 내 질문에 대답을 하는 대신, 지금 당신의 의자는 어디에 놓여 있습니까? 하고 되물었어요.

아마 달일 거예요, 내가 말했어요. 당신이 달 위에 의자를 갖다놓았습니다, 그런데 누군가 당신의 의자 옆에, 또 하나의 의자를 가져다놓았군요, 그가 말했어요. 어둠 속에서, 그의 얼굴이 실루엣으로 떠올랐다가 사라졌어요. 자신의 세계는 아무도 없는 달처럼 둥글고 텅 비어 있으며 황폐하고 단단하다고 말한 사람이었죠. 그를 달에서 데려 나오고 싶었지만 나에게는 힘이 없었어요. 그래서 난 그 사람을 위해 달 위에 작은 의자를 하나 가져다놓겠다고 약속했죠. 그 사람이 지쳤을 때 거기 앉아, 잠시라도 쉴 수 있도록.

그 사람은 달 위에 놓인 의자에 앉아, 바람 불고 비 내리는 세월을 흘려보냈죠. 그러다 문득, 내 마음이 그 주위를 떠돌고 있다는 것을 알게 되었어요. 그래서 그는 또 다른 의자 하나를 가져와, 떠도는 내 마음을 앉혀놓은 것이겠지요. 그런데 난 내 마음을 거기 둔 채로, 까맣게 잊어버린 거였어요. 내가 잊어버린 시간들의 단면은 대기를 흘러 다니다가 문득 그 사람의 기억을 만나, 여기 이렇게 쓸쓸한 풍경을 만들었어요.

손을 뻗자 모든 것이 순식간에 사라져버렸어요. 나를 이끌고 간 그도, 두 개의 의자도 사라지고, 달처럼 빛나는 하얀 가로등만 남아 있었죠. 그날 밤, 집으로 돌아온 나는 젖은 옷을 갈아입고 또다시 깊은 잠에 빠졌어요. 뜨거운 열 속에서 나는 생각했죠. 내 마음 그곳에 있으니 이제는 쓸쓸하지 않다고.

다음 날 아침에 일어났을 때, 열은 완전히 내려가 있었어요. 그리고 난 그런 사람을 만난 적도, 그런 약속을 한 적도 없다는 것을 깨달았죠. 아무래도 나는 열 때문에 꿈을 꾼 것 같아요. 그런데 그건 달의 꿈일까요, 의자의 꿈일까요. 아니면 한 번도 만난 적이 없는 그 사람의 꿈이었을까요.

달의 유령

가끔은 절망과 희망이 사랑에 빠지는 거야

그때 음악이 멎었지만, 나는 금방 알아채진 못했습니다. 막 잠에 빠져들려 하던 때였으니까요. 다정한 잠의 요정들은 나의 눈꺼풀 위에서 살랑살랑 바람을 일으키며 날아다니고 있었습니다. 그 작은 손으로 내 머리카락을 어루만지면서 귓가에 솜털 같은 잠의 가루를 흩날리고 있었죠. 내몸은 가벼워져서, 막 우주 속으로 흩어지려던 참이었습니다. 그리고 영혼은 따뜻한 꿈의 나라로 떠나려 하고 있었죠. 무엇이 남은 의식을 불현듯흔들었는지는 모르겠습니다.

나는 그 그림자를 보았습니다. 푸른 그림자 하나가 감은 내 눈 위에서 나를 굽어보고 있었던 것입니다. 두렵지는 않았지만, 눈을 뜨면 그림자가 사라질 것 같아 한동안 숨을 멈추고 꼼짝도 하지 않았습니다. 일 분이나 이 분, 아니 한 시간 정도였는지도 모릅니다. 그림자의 존재가 희미해졌고, 나는 조심스럽게 눈을 떴습니다. 몇 시나 되었나 싶어 침대 옆 테이블 위에 있는 시계를 집어 들었습니다. 시계에 달린 라이트를 켜지 않았는데도 시침과 초침이 보이더군요. 새벽 두 시였습니다. 오디오의 리모컨을 집어 들고 작동을 시켜보았지만, 어쩐지 라디오는 침묵만 지키고 있었습니다.

그때서야 나는 방 안이 다른 날 밤과 다르다는 것을 느꼈죠. 너무 밝았습니다. 모든 불이 다 꺼져 있는데도, 내 작은 방 안에 있는 것들이 모두 보였어요. 기묘한 푸른빛들을 듬뿍 받으면서 말이죠. 나는 무엇인가에 끌리듯 창문을 열었습니다. 그리고 내가 본 것은 평화로운 세상의 죽음과 달의 유령이었습니다.

나는 창문을 넘어, 푸른 달빛이 고여 있는 땅 위로 뛰어내렸습니다. 작은 공터, 잡초들이 우거지고 집 없는 고양이들이 돌아다니는, 집들과 집들 사이의 버려진 땅이었습니다. 나는 가끔 창문을 열고 그곳을 내려다보곤 하지만, 바람과 고양이들만이 풀을 가르며 지나다니는 것이 전부인, 작고 초라한 땅이었습니다. 나는 처음으로 그 땅에 발을 딛고, 내가 막 빠져나온 작은 창을 올려다보았습니다. 공터를 둘러싸고 있는 집들의 작은 창들도, 나의 창처럼 어두웠습니다.

나는 숨을 한 번 몰아쉬고 천천히 걸었습니다. 맨발에 닿는 흙의 감촉은 눅눅한 습기를 머금은 스펀지 같았습니다. 나는 전혀 무섭지 않았습니다. 공터는 기이한 마법에 걸린 듯 가만히 숨을 죽이고 있었지만, 걸음을 옮길 때마다 땅 위에 고여 있는 푸른 달빛만은 물결치듯 흔들렸습니다.

아주 멀리서, 헨델의 사라방드가 들려왔습니다. 아니 들려온 것은 헨델의 사라방드가 아니라 슈베르트의 세레나데, 아니 베토벤의 월광, 아니 쇼팽의 야상곡 혹은 파헬벨의 카논이었을까요. 어쩌면 한 번도 들어본 적이 없는 가느다란 선율 속에서, 나는 생각에 잠겼습니다.

모든 것이 끝났다… 아니 적어도, 이 세상은 끝이 난 것이다…

하늘은 깊은 바닷속처럼 어둡고 푸른빛으로 물들어 있었고, 그 한가운데 둥글고 커다란 달이 떠 있었습니다. 가끔 지나가는 솜털 같은 구름들은 달의 푸른빛을 미처 가리지 못한 채, 잠시 머뭇거리다 흘러갔습니다. 나는 무언가를 껴안듯이 두 팔을 들어 올렸습니다. 그것을 신호로, 달의 유령은 나를 안아 들고 푸른빛 가득한 바다, 아니 하늘로 데려갔습니다.

당신은 달의 유령을 본 적이 있나요?

만약 그를 본 적이 없다면, 나의 이야기를 믿어주지 않겠지요. 아주 어렸을 때 나는 그를 처음 만났답니다. 내가 태어난 곳은 작은 바닷가, 내 아버지와 할아버지는 어부였습니다. 매일 저녁마다 나는 바닷가에서, 할아버지와 아버지를 태우고 돌아오는 작은 배를 기다렸지요. 우리 배는 바닷물에 물이 든 듯한, 낡은 푸른색이었습니다. 나는 친구들과 함께 바닷가 바위 틈새를 뛰어다니고, 파도와 키를 재어보고, 바위틈에 숨어 있는 게를 잡다가 손가락을 물리고, 겨우겨우 잡은 어린 게를 힘 센 아이에게 빼앗겨서 엉엉 울기도 하다가, 다른 아이들이 집으로 돌아가고 나면 등대 옆 방파제에 앉아 수평선 너머로 천천히 해가 지는 것을 바라보았습니다. 등대에 불이 켜지고, 「모래성」과 「해당화」와 「클레멘타인」과 「로렐라이」를 다섯 번씩 부르고 나면, 바닷물 빛깔을 한 낡은 배 하나가 천천히 등대 쪽으로 들어왔지요.

어느 여름의 끝, 온종일 비가 왔고 바람이 불었습니다. 할아버지와 아버지는 바다에 나가지 않았고, 나는 집에서 잠을 잤어요. 어디가 아픈 것도 아니었는데 왜 그렇게 잠이 쏟아지던지, 아침 먹고 자고, 점심 먹고 자고, 저녁 먹으라고 엄마가 깨울 때까지 깊이도 없는 그런 잠 속에 있었습니다. 잠결에도 비가 엄청나게 쏟아진다는 것을 알고 있었지요. 바람이 많이 불고 나무들이 이상한 소리를 내는 것도 들었지요. 저녁을 먹은 후, 나는 또다시 잠에 빠져들었습니다. 하지만 그날은 정말 너무 많이 잤나 봐요. 한밤중에 갑자기 눈이 반짝, 하고 떠졌으니까요.

식구들은 모두 잠이 들었고, 아무 소리도 나지 않았습니다. 나는 무척 심심해졌어요. 문득 생각해보니 그토록 심하게 오던 비가 멎었더군요. 바람도 잠잠했습니다. 나는 방문을 열고 살금, 밖으로 나갔지요. 생각보다 어둡지 않았습니다. 나는 겁이 많은 아이였기 때문에, 한밤중에 문밖을 나선다는 것은 상상할 수도 없었지요. 하지만 그날만은 하나도 무섭지가 않았습니다. 세상이 나를 다정하게 감싸 안은 듯한 느낌이었어요.

내친 김에 대문을 열고 골목길을 빠져나와 바닷가에 이르렀습니다. 바다는 고요했어요. 너무너무 고요했습니다. 아주 가끔 기슭에 찰싹, 부딪치는 파도의 소리뿐이었죠. 하늘에는 둥근 달이 떠 있었지만, 별들은 보이지 않았습니다. 검은 먹구름이 달을 지나쳐 갈 때마다 사방은 어두워졌다가 밝아졌고, 구름은 아주 빠른 속도로 흘러가고 있었습니다. 몇 번의 밝음과 어두움이 지나가고서, 갑자기 달빛이 환하게 쏟아져 내렸습니다. 아! 바다는 달빛을 받아 숨 막힐 정도로 눈부시게 반짝였죠. 사방은 온통 푸른 달빛으로 물들었습니다. 그리고 기묘한 정적으로 가득 찼습니다. 아무것도, 아무것도 움직이지 않았어요. 그리고 그때, 그가 내게로 왔습니다.

"기억하렴. 이것이 세상의 죽음이고 나는 달의 유령이란다."

그것은 동굴 속에서 울려 나오는 소리 같았죠. 그래서 나는 그의 말을 믿었답니다. 유령이라면, 정말 속이 텅텅 비어 있을 테니까요.

어린 날의 내 기억은 거기서 뚝, 하고 끊어졌습니다. 눈을 떴을 때 나는 내 방 안에 있었죠. 바깥에는 여전히 엄청난 비가 쏟아지고 있었고, 우리 집 앞의 커다란 포플러나무를 쓰러뜨릴 듯한 바람이 불고 있었습니다. 세상의 죽음을 목격하고 달의 유령을 만난 일에 대해서는 아무에게도 얘기하지 않았어요. 어른들의 입장에서 생각해보면, 나는 세상의 죽음과 달의 유령을 알기에 너무 어린 나이였으니까요. 어쨌든 나는 그가 말한 대로 그들을 기억했습니다. 그를 다시 만나게 되리라고는 생각하지 못했지만.

이즈음 나는, 원인을 알 수 없는 권태로움에 빠져 있었습니다. 깊은 절망 속에서 막 빠져나왔기 때문이지요.

당신도 알고 있겠지만, 절망을 등지고 돌아온 사람들은, 금방 권태로움에 잠기게 되죠. 그건 정말 막막한 일입니다. 즐거운 노래가 즐겁게, 슬픈 노래가 슬프게 들리죠. 아름다운 것들은 아름답게, 보잘것없는 것들은 보잘것없게, 어떤 의미도 지니지 못하고, 어떤 마법에도 걸리지 않고, 그저 있는 그대로 보인답니다. 이 세상이 온통 시시해지고 재미가 없어지는 거예요. 모든 것이 손바닥 들여다보듯 빤하고, 예상치 못한 일은 절대 일어나지 않고, A는 A, B는 B, 동화는 동화, 소설은 소설, 음악은 음악, 나는 나입니다.

절망이 사차원이고 세계가 삼차원이라면, 권태로움은 일차원입니다. 사차원에서 막 돌아온 나는 일차원의 세계에서 지루함을 억지로 견디고 있었던 거죠. 세상의 죽음과 달의 유령이 있는 세계는 이차원입니다. 내가 여기에 있고, 달의 유령은 저기에 있습니다. 그가 나를 끌어올리고, 나는 끌려갑니다. 아주 간단하지요.

생각해보면, 어린 날 달의 유령을 만나기 전처럼, 어제 오후까지 엄청나게 비가 왔었군요. 쏟아져 내리는 폭우 속에서 나는 내내 잠에 빠져 있었습니다. 권태로운 세상보다 무의식의 세계가 차라리 나으니까요. 저녁 무렵에야 눈을 뜬 나는, 냉장고를 열어 우유와 양상추와 자두 한 알을 꺼내 먹고, 지금은 제목도 기억나지 않는 책을 뒤적이다가, 다시 잠에 빠져들려 하고 있었습니다. 아, 지긋지긋해, 세상이 끝나버렸으면. 그런 생각을 나도 모르게 하면서 말이죠.

어쩌면 그건 달의 유령을 부르는 주문 같은 거였을까요?

나는 하늘로 날아올라, 푸른 달의 그림자가 덮인 숲 속의 나뭇가지 위에 걸터앉게 되었습니다. 나무들은 달의 빛을 받아, 깊은 푸른빛과 옅은 푸른빛, 중간 정도의 푸른빛으로 울렁거리고 있었죠.

'나무들, 꽃들, 나무들, 꽃들, 나무들…'

나는 아무런 의미도 없이 그런 말을 중얼거렸습니다. 그곳에서 의미 있는 말을 한다고 해서, 누가 듣기나 하겠어요? 그 장소를 낱낱이 기억한다고 해서, 누가 믿기나 하겠어요? 그때 서늘한 바람이 불었습니다. 달의 유령이 몰고 오는 바람이라는 걸, 나는 금세 알아차렸습니다. 곧 동굴 속에서 울려나오는 듯한 그의 목소리가 들려왔습니다.

"사람들은 누군가가 자신을 믿지 않는 것을 두려워한다고 생각하지만, 사실은 누군가가 자신을 믿는 것이 두려운 거야."

달의 유령이 빙긋, 웃었습니다. 확신할 수는 없지만, 그의 웃는 입매를 본 것 같았어요.

"절망의 친구는 절망, 희망의 친구는 희망… 그리고 가끔은 절망과 희망이 사랑에 빠지는 거야."

그가 다시 말했습니다.

"그럼 어떻게 되죠?"

내가 물었습니다.

"어떻게 될까?"

그가 말했습니다.

"희망은 사랑하는 절망이 불행하니까 불행할 테고, 절망은 계속 불행할 테고…"

나의 대답에, 그가 다시 한 번 빙긋, 하고 웃으며 말했습니다.

"내 몸은 텅 비어 있어서, 절망이든 희망이든 마음대로 들어왔다 나갈 수 있어. 어느 쪽도 나에겐 상관이 없지. 나는 어차피 비어 있고, 내 속에 무엇이 들어온다 해도 나를 바꿀 수는 없으니까."

"나에게도 상관은 없어요."

내가 대답했습니다.

"나 같은 유령이 되고 싶은 건 아니겠지?"

서늘한 바람이 불고, 그는 사라졌습니다. 숲에는 이미 한 조각의 달빛도 남아 있지 않았습니다. 어디선가 부스럭거리는 소리가 나고, 작은 동물들이 움직이는 것이 느껴졌습니다. 세상이 천천히 깨어나고 있었습니다. 깊은 숲 속에서, 나는 깊은 한숨을 내쉬었습니다.

가장 깊은 허무. 속이 텅 빈 절망과 희망. 유령. 세상의 죽음. 더 이상 욕망도 집착도 슬픔도 없는 세상의 죽음. 위험이 위험으로 느껴지지 않고, 상처가 상처로 느껴지지 않고, 즐거운 노래를 들으며 '그것 참, 즐거운 노래군' 생각하고, 슬픈 노래를 들으며 '이것 참, 슬픈 노래군' 생각하고, 세상과 나 사이에 보이지 않는, 단단한 커튼이 드리워진 것처럼, 외롭지도 않고 쓸쓸하지도 않고 눈물 나지도 않는, 그런 밤.

갑자기 음악이 멎고, 세상이 멎고, 무언가에 끌려 창문가로 다가갈 때, 그곳에 달의 유령이 있답니다. 세상의 죽음과 달의 유령이 있답니다. 달의 죽음과 세상의 유령이라 해도 상관은 없겠지요. 만약 당신이 아직도 달의 유령을 만난 적이 없다면, 그래서 내 말을 믿지 못한다면, 그것으로 당신은 괜찮겠지요. 아직 괜찮아요.

분노하고 절망하면서 살아 있으니까. 격렬하게 뛰는 심장을 가지고 있으니까. 당신은 충분히 뜨겁고 아름다우니까.

추억의 에너지

오렌지색 셔츠?
나한테 그런 게 있었던가?

"미안해. 이런 부탁을 해서. 그리고 고마워. 거절하지 않아줘서."

내 말에, 그는 그저 어깨를 으쓱하며 희미한 미소를 짓는다. 그 미소가 너무나 희미해서 나는 눈을 비비고 다시 보지만, 붙잡을 수는 없다.

"어때? 내가 스물셋으로 보여?"

"걱정 마. 그렇게 보여."

그는 붉은 입술을 열어 그렇게 대답하고 손으로 내 머리카락을 쓰다듬는다. 우리는 무척 오랫동안 만나지 못했다. 그 세월을 일일이 손가락으로 꼽아보기도 힘들 만큼 오랫동안. 그리고 지금, 우리는 스물세 살의 어느 날, 정오의 태양 아래 마주 서 있다.

"뭘 할까."

나의 목소리가 낯설게 울린다. 세월이 흘러도 목소리는 거의 변하지 않는다고 하지만, 확실히 지금보다 어리게 들린다.

"뭘 하고 싶은데?"

그가 묻는다. 하지만 특별히 내 대답을 기다리는 것 같지는 않다. 우리는 아주 천천히 캠퍼스를 가로질러 걷고 있다. 바람이 불어와 노란 은행잎을 흔든다. 잎들이 멎기를 기다려 그가 다시 말한다.

"그때가 이맘때였나?"

"사실은, 나도 잘 모르겠어. 어쩌면 봄이었던 것도 같고. 하지만 분명히 여름이나 겨울은 아니었어. 봄 아니면 가을이었을 거야."

"그렇게 확신하는 이유라도 있어?"

"다른 건 잘 기억 안 나. 하지만 그때, 넌 오렌지색 셔츠 안에 하얀 반팔 티셔츠를 받쳐 입고 있었어. 그러니까 여름이나 겨울은 아닐 거야."

그는 미간을 약간 찌푸리고 뭔가를 떠올리려고 애쓴다.

"오렌지색 셔츠? 나한테 그런 게 있었던가?"

"있었어."

나는 단호하게 말한다.

"아마 이쯤이었던 것 같아. 그렇지 않아?"

그가 내 팔을 잡아끈다.

"응. 그런 것 같기도 하고."

나는 주위를 유심히 살펴본다. 갈색으로 변한 푸석푸석한 잔디가 발아래에 있다.

"앉아볼까, 그때처럼." 나는 그가 가리키는 곳에 풀썩, 주저앉는다. "내가 이쯤, 그리고 내 왼쪽에 네가 있었어."

내 왼쪽에 자리를 잡으며 그가 묻는다.

"거리는? 이 정도?"

손을 뻗으면 닿을 수도 있는 거리. 그와 나 사이를 미세하게 떠돌던 먼지. 스물세 살의 어느 날, 우리는 여기 있었다. 나의 무심한 행동을 지켜보던 그가 농담을 던졌고 그래서 같이 웃었다. 그 순간 빛의 입자들이 한꺼번에 터진 듯 눈부시고 따뜻한 에너지가 공간을 감싸 안았다.

만약 행복의 밀도나 무게를 잴 수 있는 저울이 있다면 그때의 에너지를 달아보고 싶을 정도로, 그래서 한 천 년 동안 잊고 싶지 않을 정도로 완벽한 행복의 느낌이 가득 차올랐다. 불순물은 티끌만큼도 없는 백 퍼센트의 충만함이었다.

나는 잔디 위에 쓰러지듯 누워서 하늘을 본다. 그리고 천천히 그때의 공기를 조금씩 들이마신다. 시간은 느릿느릿, 그러나 규칙적으로 흐른다.

먼 산에서 해가 진다. 붉은 입술을 열어, 그가 나의 이름을 부른다. 나는 눈을 감은 채 응, 하고 대답한다.

"이건 꿈이지만 꿈이 아닌 거지."

그가 말한다.

"그래." 내가 대답한다. "우린 꿈을 통해 이 공간과 시간으로 돌아왔지만, 분명히 꿈은 아니야. 내가 원했다고 해도, 네가 거절했으면 같이 올 수 없었을 테니까."

"이것으로 괜찮겠어?"

그의 걱정스러운 손이 내 머리카락을 쓰다듬는다.

"응, 충분해." 내 심장은 만족한 듯 조그맣게 두근거린다. "아직 아무것도 시작되지 않았을 때의 에너지가 필요했던 것뿐이야."

감은 눈 너머로, 조금 슬픈 듯 그가 미소를 짓고 있는 것을 나는 느낀다. 이 에너지는 앞으로 십 년쯤 나를 살게 할 거라는 믿음이 마음을 휘감는다. 충분해, 충분해, 중얼거리며 나는 숨을 삼킨다. 조금이라도 더 오래 머물기 위해. 조금이라도 더 늦게 시작하기 위해.

그때 난 뭔가를 애타게 갈구하며 바다를 바라보고 있었다.

"뭘 하면 제일 좋을까요?"

우리는 하고 싶은 일이 너무나도 많았다.

"죽어버리면 어떨까요?"

카를로스가 물었다.

_ 앙헬레스 마스트레타, 『내 생명 앗아가주오』 중에서

십일월의
밀크티

그는 발목까지 오는 푸른 코트를 입고
애플파이를 사러 갔다

그해 시월이 끝날 무렵, 나는 모든 것을 용서할 준비가 되어 있었다. 다시 말하면 모든 것을 비웃을 준비가 되어 있었다는 의미다. 이 세상이 나에게 상징을 요구한다면 얼마든지 보여주겠다는 각오도 있었다. 사람들이 모르는 이야기, 이해할 수 없는 이야기, 뭐라고 비평할 소지를 찾지 못할 이야기들이 담긴 수십 개의 상자와 그 이야기들을 매끄럽게 포장할 만한 문장들로 가득 찬 수백 개의 서랍이 내 의식의 푸른 방 속에 얌전히 놓여 있었다. 그것을 끄집어내어 누군가에게 보여주는 것만으로 얼마든지 나의 자존심을 유지할 수 있었던 것이다.

하지만 인간은 그런 것으로 행복해질 수 없다. 나는 영혼에 영원한 흉터로 남을 상처를 각오하고 의식의 푸른 방에서 상징들을 호출하여 하나하나 소각했다. 그리고 그해 십일월이 시작되었을 때, 나는 텅 비어버렸다.

나의 텅 빈 의식 속으로 제일 먼저 흘러들어온 것은 나지막한 밀크티의 향기였다. 비어 있는 의식이 가장 쉽게 받아들이는 것이 향기라고 한다. 소리나 빛, 또는 형태가 흘러들어오는 경우도 있지만 대부분의 사람들은 향기를 먼저 받아들이게 된다는 것이다. 향기의 출처가 무의식 또는 유년의 기억에서 비롯되지 않는다는 사실은 무척 흥미롭다. 어째서 밀크티 같은 것이 나의 텅 빈 의식 속을 유영하게 된 건지, 그와 나 사이에 어떤 인과관계가 있는지 짐작도 할 수 없다. 마음대로 떠돌아다니던 그가, 우연히 나의 빈 의식 안으로 들어와버린 것뿐이다.

비록 필연이 아니라 우연에 의한 것이라 하더라도, 밀크티의 향기가 한번 흘러든 이상, 내 의식은 밀크티의 지배 아래 놓이게 된다. 그리하여 한때 상징과 은유로 가득 차 있던 나는, 밀크티의 달콤하고 부드럽고 쌉쌀한 의지에 정복당하는 것이다.

그는 발목까지 오는 푸른 코트를 입고 애플파이를 사러 갔다. 나는 오렌지색 어항 속에서 투명한 유리병을 꺼낸 다음 창가에 놓인 아스파라거스에 물을 주었다. 다르질링과 오렌지 페코, 레이디 그레이와 얼 그레이 사이에서 허브쿠키는 조용히 잠들어 있었다. 투명한 유리병에 십일월의 습기를 가득 채우고 그것을 따뜻하게 데운 다음 오렌지 페코의 작은 잎들을 깨울 수 있다면, 바싹 마른 잎들이 습기를 한껏 머금고 부드럽게 부풀어 올라 호흡할 수 있다면, 신선한 우유와 메이플 시럽이 작은 물고기처럼 비늘을 반짝이며 그 속으로 헤엄쳐 들어갈 수 있다면, 갓 구운 애플파이가 즐거운 웃음을 터뜨릴 수 있다면, 모든 것은 완벽해질 것이다.

　내 의식은 차고 넘치거나 모자라지 않을 것이며 내가 상실한 상징들은 두 번 다시 나를 그리워하지 않을 것이다. 그대가 그러하듯이.

　그해 십일월이 끝날 무렵, 나는 모든 것을 받아들일 준비가 되어 있었다. 다시 말하면 모든 것을 잊어버릴 준비가 되어 있었다는 의미다. 이 세상이 나에게 분명하고 선명하고 확실하고 단단한 것을 요구한다면 얼마든지 그런 것들을 보여줄 수도 있겠다 싶었다. 내 의식의 푸른 방은 완벽한 밀크티의 향기로 가득 차 있었기 때문이다. 하지만 이상하게도, 세상은 나에게 자신이 원하는 것을 말하지 않게 되었다. 나를 사랑하거나 미워하는 사람들, 나를 그리워하거나 파괴하려 하는 사람들은 누구나 완벽한 밀크티의 향기 속에서 밀크티의 존재를 인식할 수 있었다. 그리고 곧 모든 것을 잊어버렸다.

　나는 영혼에 영원히 남을 흉터를 만지작거리면서 이제는 기억도 나지 않는 상징들의 행복을 빌었다. 그리고 그해 십일월이 끝났을 때 나는 한 잔의 밀크티가 되었고, 그것으로 충분히 행복해졌다. 짧고 간결하게 안녕, 이라고 속삭이는 것만으로.

빨간 양말의
크리스마스 선물

하지만 양말은 좀 특별한 걸 신고 싶어

요정

"이 세상에 산타클로스는 없어. 만약 산타클로스가 있다면, 왜 한 번도 내게 크리스마스 선물을 주지 않는 거지? 난 울지도 않았고 짜증 내지도 않았어. 착하게 살았단 말이야. 그런데 왜 내게는 선물이 없는 거야?"

맙소사, 오늘은 크리스마스인데, 아침에 눈을 뜨자마자 그녀는 이렇게 투덜거리고 있네요. 난 해마다 그녀의 투덜거림을 들어왔기 때문에, 그녀의 다음 대사를 알아맞힐 수 있답니다.

"이번 크리스마스도 또 그냥 지나가버리겠지? 난 이제부터 산타클로스를 믿지 않을 거야."

그것 보세요. 이제 그녀는 침대에서 몸을 일으켜 목욕탕으로 갈 것입니다. 어제와 다름없는 하루를 시작하기 위해서요. 난 그녀가 빠져나간 침대 위를 한 바퀴 빙그르르 돌아 낡은 서랍장 위에 내려앉습니다.

아차, 제 소개를 하지 않았군요. 저는 크리스마스의 요정이랍니다. 요정이라고는 해도, 크리스마스 때마다 세상 사람들이 원하는 소원을 들어줄 수는 없어요. 저는 이 세상에 존재하지 않는 것은 만들어낼 수가 없고, 다른 사람의 물건을 마음대로 가져올 수도 없을뿐더러, 돈이 없기 때문에 아무것도 살 수 없거든요. 그러니 부디 저에게 '좋아하는 노래가 저절로 재생되는 주크박스'라거나 '빨간색 포르쉐' 같은 걸 선물로 달라고 하진 마세요. 그건 정말 제 능력 밖의 일이랍니다.

그럼 도대체 요정이 뭘 하는 거냐고요? 당연하지만 저는 할 일이 별로 없어요. 이렇게 능력 없는 요정을 찾는 사람도 없으니 매년 크리스마스마다 그녀의 침대 위를 빙빙 돌고 있는 것 아니겠어요? 난 그녀가 무얼 원하고 있는지 잘 알고 있어요. 크리스마스 일주일 전부터, 그녀는 항상 큰 소리로 기도를 한 다음 잠자리에 든답니다. 그녀가 원하는 선물은 해마다 바뀌지요. 어린 시절의 그녀는 강아지를 선물받고 싶어 했고, 여고생 때는 빨간 자전거를 갖고 싶어 했어요. 그리고 스무 살이 지나면서부터는 '멋진 사랑'을 원했죠. 그런데 그중 한 가지도 받지 못한 것 같아요. 그러니 저렇게 산타클로스를 원망하고 있죠.

안타까운 일이긴 하지만, 저로서는 해줄 수 있는 게 없네요. 올해 크리스마스에는 뭔가 달라진 것이 있을까 해서 찾아와본 것뿐이거든요.

그럼 전 이만 가볼게요. 안녕.

양말

앗, 지금 서랍장 위에 앉아 있는 당신은 크리스마스의 요정이죠? 틀림없어요. 사람의 눈은 속여도 나의 감각은 못 속인다구요. 보아하니 이번에도 그냥 날아가버릴 것 같은데, 그럴 수는 없죠. 잠깐 기다려요, 내 이야길 들어줘요.

그렇게 두리번거려도 내 모습은 보이지 않을 거예요. 난 당신이 앉아 있는 서랍장 속에 들어 있으니까요. 아니, 두 번째 칸이요. 그래요, 맞아요. 어디 보자. 내가 상상했던 것하고는 좀 다른 모습이네. 뭐 상관은 없지만. 저요? 전 보시다시피 양말이에요. 그래요, 평범한 양말이죠. 어디서나 쉽게 볼 수 있는 수많은 양말 중의 하나예요. 그런데 왜 당신을 불렀냐고요? 부탁이 있어요. 아니, 당신이 들어줄 수 있는 부탁이에요. 그렇게 성급하게 굴지 말고 우선 제 이야기부터 좀 들어보세요. 어디에라도 좀 앉아서요. 좋아요. 얘기를 시작하죠.

전 처음부터 이렇게 평범한 모습의 양말은 아니었어요. 당신, 산타클로스 알죠? 루돌프하고도 친해요? 그런데 왜 나를 몰라보지? 지금은 이래 봬도, 저는 한때 빨간 양말이었어요. 크리스마스가 되면 집집마다 굴뚝 아래에 걸어두는 빨간 양말 말이에요. 굴뚝 대신 문고리에 걸리거나, 머리맡의 적당한 곳에 놓이기도 했지만요. 그래요, 이제 기억나죠? 그게 바로 나였어요. 일 년 동안 곱게 모셔졌다가 크리스마스이브에 꺼내어져서 소중한 취급을 받았던, 그 빨간 양말이에요. 저의 주인은 아까 당신이 본 그녀죠.

그녀는 아주 어릴 때부터 크리스마스이브마다 저를 문고리에 걸어두었어요. 하지만 당신도 알다시피 그녀가 원하는 선물들은 산타클로스가 줄 수 있는 게 아니었잖아요? 크리스마스의 요정인 당신도 줄 수가 없었고요.

그녀는 해마다 실망을 했어요. 제 속에는 그녀의 부모님들이 정성껏 준비한 선물이 들어 있었지만, 그녀가 원하는 것이 아니었죠. 그녀가 실망하는 모습을 보는 것이 너무 괴로워서, 전 어느 날 더 이상 빨간 양말로 살지 않기로 결심했어요. 산타클로스를 찾아가서 그 일을 그만두겠다고 했죠. 그리고 보시다시피 이런 모습이 된 거예요. 지금 불행하냐고요? 천만에요. 아주 만족하고 있어요. 전 시시때때로 그녀의 발을 감싸고 세상의 여러 곳을 다니거든요. 일 년에 한 번만 세상 구경을 하는 빨간 양말 시절보다 훨씬 행복하지요.

그런데 전 크리스마스만 되면 불행해져요. 그녀가 아직도 행복하지 않기 때문에요. 이제 그녀에게 가르쳐줄 때도 되지 않았나요? 산타클로스는 정말로 존재한다는 걸. 그리고 해마다 그녀에게 선물을 주었다는 걸. 당신이 아무것도 할 줄 모르는 요정이라지만, 그 정도는 할 수 있잖아요? 부탁이에요. 그녀와 저를 행복하게 해줘요. 그게 제 소원이랍니다. 앗, 그녀가 목욕탕에서 나오네요. 그럼 전 이만.

그녀

제일 좋은 건, 오늘이 크리스마스라는 걸 잊어버리는 거야. 내 기분이 이런 건, 오늘이 크리스마스이기 때문이야. 크리스마스에는 뭔가 좋은 일이 일어나야 하는데 일어나지 않으니까. 그러니 그냥 그런 평범한 날이라고 생각하는 편이 좋아. 평소처럼 평범한 옷을 입을 테야. 평범한 머리 모양에다 평범한 모자, 그리고… 음… 하지만 양말은 좀 특별한 걸 신고 싶어. 그 정도는 해도 되겠지. 어차피 내가 어떤 양말을 신었는지는 금방 잊어버릴 테고, 사람들도 양말 따위는 보지 않을 테니까. 좋아, 이걸로 해야지. 왠지 크리스마스 때마다 이걸 신었던 것 같은 기분이 드네. 준비 끝. 크리스마스 따위, 될 대로 돼라. 어? 근데 이 양말 속에 들어 있는 건 뭐지?

요정의 편지

안녕? 난 크리스마스의 요정이야. 너의 양말이 하도 간절하게 부탁을 해서 이렇게 편지를 쓰는 거야. 양말은 너에게 산타클로스가 있다는 걸 알려달라고 했어. 산타클로스는 있어. 그럼 안녕. …알았어, 알았다고. 아, 미안해. 이건 너의 양말에게 하는 소리였어. 그러니까 산타클로스가 어째서 있다는 건지 자세히 말해주라고, 너의 양말이 재촉하고 있어. 휴… 좋아, 말해줄 테니 잘 들어.

크리스마스 아침이 되어 눈을 떴을 때, 제일 먼저 들이마시는 공기 속에 산타클로스의 크리스마스 선물이 들어 있어. 강아지를 사랑할 수

있는 마음, 자전거를 탈 수 있는 능력, 멋진 사랑을 가꾸어갈 수 있는 힘
과 용기 같은 것들이 그 안에 들어 있다고. 다시 말하지만, 요정인 나도,
산타클로스도, 세상에 없는 것을 줄 수는 없어. 물건도 안 돼. 어디서 훔
쳐 오거나 사 와야 하니까 말이야. 하지만 우린 그것보다 더 중요한 것
을 주고 있어. 멋진 사랑을 만나도 그걸 가꾸어갈 힘이 없다면 어떡하겠
어? 결국 잃어버릴 테고, 그럼 가슴만 아플걸? 강아지도, 자전거도 마찬
가지야. 너의 인생에서 가장 중요한 것이 무엇인지 생각해봐. 뭐, 이렇게
이야기해도 네가 못 알아듣는다면 소용이 없겠지만.

　　교훈적인 이야기 같은 건 딱 질색이니까 여기까지만 이야기할게.
그럼 내년 크리스마스 때 다시 만나. 그날 아침에는 네 앞에 놓인 선물을
풀어보고 기뻐하는 너의 모습을 볼 수 있길. 그럼 안녕. 아, 그리고 이 편
지는 너의 양말이(한때 빨간 양말이었던 바로 그 양말이야) 너에게 주
는 특별한 크리스마스 선물이야.

　　그녀가 양말 속에 들어 있던 그 편지를 펴서 읽어보았는지, 혹은
그저 쓸모없는 종이 부스러기로 생각하고 휴지통에 던져버렸는지, 저는
모릅니다. 내년 크리스마스 때까지 기다려보는 수밖에요. 참, 그런데 당
신은 산타클로스로부터 크리스마스 선물을 받은 적이 있나요?

이 사람 표정을 보니까, 그녀는 생각했다.

밖에서 열심히 놀다가 이제 막 집으로 돌아온 어린아이 같아.

쉬려고, 씻으려고, 그리고 자기가 오늘 겪은 기적에 관해 이야기하려고.

_ 필립 K. 딕, 『안드로이드는 전기양의 꿈을 꾸는가?』 중에서

달콤한 인생

누구든지 완성된 스파게티만
얻을 수는 없잖아?

"전 졸업하지 않겠어요."

그녀는 더 이상 한 마디도 하지 않겠다는 듯, 두 눈을 아래로 내리깐다. 꼭 다문 입술에 굳은 결의가 떠오른다. 열아홉 살이고, 고등학교 3학년이다. 학급에서 반장을 맡을 정도로 아이들에게 인기가 있었고, 원하는 대학에 들어갈 수 있을 만큼 성적도 좋았다. 그녀가 지망한 대학으로부터 합격 통지서를 받은 것이 바로 며칠 전이다. 그런 그녀가 졸업을 하지 않겠다는 이상한 소리를 해대고 있는 것이다. 나는 어떻게 해서든 그녀의 마음을 되돌려, 그녀가 무사히 고등학교를 졸업할 수 있도록 도와주어야 한다.

나로 말하자면, 청소년 문제를 담당하고 있는 천사들 중 하나다. 자세한 이야기는 하고 싶지 않지만, 나도 나름대로 꽤 요란한 청소년기를 보냈기 때문에 이 분야의 적임자로 여겨져 이 자리를 맡게 된 듯하다. 열몇 살짜리 아이들이 부리는 말썽 같은 거야 지겹도록 보아왔고, 말썽을 부리는 그들의 심리도 손에 잡힐 듯 빤히 보이기 때문에, 문제들은 대부분 쉽게 해결된다. 하지만 가끔 이렇게 까다로운 아이를 만나곤 한다.

그들의 공통점은 지금까지 이렇다 할 문제를 전혀 일으키지 않고 살아왔다는 것, 선생님과 부모, 친구들로부터 두터운 신임을 얻고 있다는 것, 그리고 유난히 고집이 세다는 것 정도다. 대부분의 말썽꾸러기 아이들(공부보다 노는 것을 좋아하고, 가끔 부모가 경찰서로 불려갈 만한 일을 저지르기도 하고, 술이나 담배를 남들보다 좀 일찍 배우고, 선생님께 반항하는 등의 말썽을 부리는 아이들)의 경우에는, 인내심을 갖고 그들의 이야기를 들어주는 것만으로 문제는 해결된다. 그 사이사이에 적당히 야단치고 적당히 달래다 보면, 스스로 '이런 짓은 관둬야겠다'는 마음을 먹게 되는 것이다. 하지만 까다로운 아이들의 경우는 자신의 주장을 끝까지 관철하려고 한다. 가장 곤란한 것은 그녀처럼 어떤 이야기도 하려들지 않는 아이들이다.

당신도 알겠지만, 이런 아이들에게 있어 시간이란 사자를 발견하고 도망가는 사슴처럼 빠른 속도로 흘러간다. 자칫 잘못하면, 그녀의 마음을 다잡을 수 있는 기회를 놓쳐버릴지도 모른다.

그녀의 결심은 단단해 보인다. 꽤 오랜 침묵이 흘렀지만, 여전히 눈을 아래로 내리깔고 입을 꼭 다문 채, 고집스럽게 앉아 있을 뿐이다. 그녀는 시간을 멈추려 하고 있다. 어떤 식으로든 앞으로 가려 하지 않는 것이다. 그렇다고 그녀가 자리를 빨리 벗어나고 싶어 하는 것처럼 보이진 않는다. 어떤 식으로든 끝장을 보려는 것이다. 그것은 그녀의 의지인 동시에, 나의 의지이기도 하다. 그리고 그녀에게 그런 의지를 불어넣은 것은 나를 도와주고 있는 요정들이다.

요정들은 거리와 학교와 집을 돌아다니며, 상담을 필요로 하는 아이들을 골라내는 일을 하고 있다. 매일매일 리스트를 만들어 토론을 하고, 상담할 순서를 정한다. 순서가 정해지면 그 아이들을 차례로 나에게 데려온다. 아이들에게 나는 요정이라는 둥, 너는 상담을 받아야 한다는 둥, 천사를 만나러 가자는 둥 이상한 소리를 하면 씨알도 먹히지 않기 때문에, 요정들은 약간의 편법을 사용하도록 되어 있다.

그들은 주로 풍선을 사용하는데, 그 속에는 '이유 여하를 막론하고 지금 당장 그를 만나 내 문제를 이야기하겠다'는 '마음'이 담겨 있다. 나를 찾아오는 구체적인 방법 같은 것은 저절로 알게 된다. 상담이 필요하다고 생각되는 아이 앞에서 요정들이 풍선을 터뜨리고, 풍선 속에 있는 마음이 아이에게로 흘러들어가고, 결국 그들은 나를 찾아와 자신의 문제를 털어놓는 식이다.

이 방법의 유일한 부작용은 풍선 속의 마음이 마침 그 자리에 같이 있던 엉뚱한 아이에게로 흘러들어가는 경우다. 그러나 이 세상에 아무런 문제도 없는 청소년이란 없으므로, 결국 그들도 나름대로 상담의 결과에 만족하고 돌아간다.

그녀는 12-7구역을 담당하고 있는 요정 D에 의해 발견되었다. 표면적으로, 그녀에게는 어떤 문제도 없어 보였다. 그러나 요정 D는 감이 꽤 좋아서, 그녀에게 심각한 문제가 있다는 것을 알아차렸다. 바로 어제, 그녀는 학교의 정원에 피어 있는 노란 꽃 한 송이를 꺾었다. 단순히 꺾기만 한 것이 아니라, 꺾은 꽃송이를 두 손으로 마구 짓이겨버렸다. 그녀의 손바닥은 노란빛으로 물들었다. 그녀는 그 손에 얼굴을 묻고 한참 동안 울었다. 사태의 심각성을 깨달은 요정 D는 서둘러 풍선을 터뜨렸고, 그녀는 내게 오게 된 것이다.

나는 노란 꽃을 꺾어 손으로 짓이긴 그녀의 행동을 세밀하게 분석했다. 그녀는 노란 꽃의 시간을 멈추려고 했던 것이다. 그녀에게 있어 시간이란 자신을 세상으로 내모는 것, 또한 꽃을 시들게 만드는 것이었다.

나는 그녀에게, 어떤 식으로든 우리는 시간을 통과하여 앞으로 나가야 한다는 것을 설득시켜야 한다. 우리 앞에 있는 것이 불안과 고뇌로 점철된 무시무시한 날들이라고 해도. 또한 나는 그녀에게 최초의 불안과 고뇌를 제대로 이겨내기만 한다면, 달콤한 인생이 그 모습을 드러낸다는 것도 알려줘야 한다. 그녀는 지금 충분히 사랑스럽고, 앞으로도 많은 사랑을 받을 것이며, 무엇보다 멋진 연애와 화려한 음주가무 같은 즐거움들이 그녀의 다음 시간 속에 준비되어 있다는 것을 받아들이게 만들어야 한다.

하지만 그녀는 최초의 한 마디, 즉 "전 졸업하지 않겠어요"라는 이야기를 끝으로 침묵만 지키고 있다. 이럴 경우에 억지로 이야기를 끌어내는 것은 오히려 역효과를 줄 수 있으므로, 나는 인내심을 가지고 그녀의 다음 이야기를 기다린다. 하지만 그녀가 다시 입을 열 만한 징조는 어디에도 보이지 않는다.

난 그녀에게 뜨거운 다르질링티를 한 잔 타주고, 빌 에반스와 마일스 데이비스가 협연한 레코드를 틀어준 다음, 사무실 옆에 딸려 있는 작은 싱크대 앞에서 스파게티를 만들기 시작한다. 이미 해가 졌고, 사건은 쉽게 해결될 기미가 보이지 않기 때문이다. 난 그녀에게 묻지도 않고 화이트소스를 곁들인 모시조개 스파게티를 만들기로 한다. 냄비에 스파게티 국수를 삶고, 프라이팬에 우유와 생크림을 넣어 소스를 만들며, 그녀를 설득할 방법을 다시 한 번 꼼꼼히 검토해본다.

1. '세계는 시간에 의해 앞으로 나아가고 있다, 너 혼자 시간을 거슬러 갈 수는 없다, 실제로 네가 고등학교 시절 속에 영원히 머문다는 것은 불가능한 일이다'라고 말한 다음, '지금과 다른 세계에서 살게 되는 것을 두려워하지 마라, 삶이란 내 스스로 변화시킬 수 있는 것, 자신감을 갖고 세상과 부딪쳐라'는 식으로 멋진 이야기를 들려준다.

2. 도대체 이유가 뭐냐고 꼬치꼬치 캐물은 다음, 그녀의 대답을 논리적으로 반박해주고, 필요하다면 무섭게 혼을 낸다. 그래도 듣지 않으면 네 멋대로 하라고 말하고 쫓아 보낸다.

3. 졸업을 하지 않겠다는 주장을 철회한다면, 내 명예를 걸고 너에게 '달콤한 인생'을 보장해주겠노라고 살살 달랜다. 물론 내게 그럴 권한

은 없지만, 나중의 일은 나중에 가서 생각하지 뭐.

"집에 늦게 가도 괜찮아?"

스파게티가 담긴 그릇을 그녀 앞에 놓아주며, 나는 묻는다. 그녀는 고개를 끄덕이고 포크를 집어 스파게티를 돌돌 말아 입으로 가져간다.

"맛있니?"

입안에서는 수많은 말들이 맴돌지만, 입 밖으로 나온 말은 고작 그런 거다. 그녀는 대답 대신 빙긋, 웃는다. 너무나 근사한 웃음이어서, 난 더 이상 말을 잇지 못하고 멍하니 그녀를 바라본다. 내가 넋을 잃고 자기를 바라보든 말든, 그녀는 스파게티를 맹렬히 먹어치운다. 소스까지 남김없이 먹고 난 후, 그녀는 자리에서 벌떡 일어나 가방을 집어 들고, 미처 말릴 틈도 없이 문 쪽으로 걸어간다. 문 앞에서, 그녀는 내 쪽으로 몸을 돌리고 허리를 굽혀 인사를 한다.

"잘 먹었습니다."

그녀의 등 뒤로 문이 닫힌다.

"도무지 뭐가 뭔지…"

내가 투덜거리면서 빈 그릇을 치우고 있을 때, 요정 D가 문을 열고 들어온다. 나는 그에게 자초지종을 이야기한다.

"그런 거였구나."

요정 D가 말했다.

"그런 거라니, 넌 사건의 전말이 이해된다는 거야?"

"당연하지. 그러니까 그 애는 네가 만든 스파게티를 먹으며 네가 하고 싶었던 이야기를 다 들어버린 거야. 아니, 그 애도 이미 알고 있었겠지. 이를테면 스파게티는 불분명하고 추상적인 생각들이 구체화된 거야."

"그 애가 3번의 경우도 생각했을까?"

"어쨌든 앞으로 나아가야 맛있는 스파게티도 먹을 수 있으니까. 누구든지 완성된 스파게티만 얻을 수는 없잖아? 물을 끓이고, 조개를 씻고, 소스를 만들고, 그다음에 맛있는 스파게티가 나오는 거지."

"과연. 달콤한 인생도 그런 거라는 얘기로군."

"뭐, 간단히 요약하자면 그렇지. 그보다…"요정 D는 나를 향해 빙긋 웃어 보이고는 말을 잇는다. "축하해. 졸업시험에 합격한 것."

"뭐?"

"그렇게 까다로운 아이를 잘 설득했으니, 앞으로도 잘해나갈 거야. 훌륭해, 훌륭해. 졸업식은 다음 주 금요일이야."

그렇다. 잊고 있었는데, 나는 천사학교의 학생이고, 지금 졸업반이다. 졸업을 앞둔 천사들은 인간 세상으로 파견되어 테스트를 받게 되어 있다. 이를테면 교생실습 같은 것으로, 테스트 기간 중에 졸업시험을 치르게 되어 있다. 그러나 졸업시험의 방식에 대해서는 누구도 모르고 있다. 얼떨결에 나는 시험을 치렀고, 요정 D는 내가 그 시험에 합격했다고 말하고 있는 것이다.

"졸업이라니, 기가 막혀." 나는 한숨을 쉬었다. "난 지금이 좋아. 그냥 이대로 살면 안 되는 거야? 이제부터 어떻게 되는 거지? 도대체 대천사님은 무슨 생각을 하시는 거야!"

나는 벌떡 일어나 쪼르르 달려 나간다. 내가 도착한 곳에는 이미, 졸지에 졸업 통보를 받은 동급생 천사들이 차례를 기다리며 와글와글 떠들고 있다. 삼십인분의 스파게티를 만들기 위해 땀을 뻘뻘 흘리고 있는 대천사님을 만나기 위해.

"원래 '착한 아이'란 없어요. 있다면
'어른 입장에서 볼 때 괜찮은 아이'일 뿐이고
그건 이미 훌륭한 결함품이지요."

_오사키 고즈에, 『명탐정 홈즈걸』 중에서

붕어빵 편지

골치 아플 게 뭐 있어
붕어빵을 구우면 되잖아

하루

수수께끼 같은 눈동자를 반짝이며 당신은 말했다.

"「붕어빵을 위한 시민 연대 모임」을 소개해줄게."

난 너무나 지쳐 있어서, 당신이 하는 이야기의 진의를 따질 생각도 하지 못했다. 그저 심드렁하게, '그게 뭔데' 하고 반응했을 뿐이다. 그즈음, 나는 세계의 끝에서 막 돌아온 참이었다. 굉장히 길고 힘든 여행이었는데, 결론을 말하자면 아무런 성과도 없었다. 반쯤은 예상했던 일이었지만, 맥이 풀리는 것은 어쩔 수 없었다.

"어차피 세계의 끝 같은 곳에 가봐야, 뾰족한 수도 없잖아."

당신은 내 여행의 목적을 알고 있기라도 한 듯, 그렇게 딱 잘라 말했

다. 여행의 목적을 당신은 알아? 라고 묻진 않았다. 세상 모든 것이 시시해
져서 시시하지 않은 일을 찾으려고, 내가 살아 있어도 괜찮을 시시하지 않
은 이유를 구하려고, 세계의 끝까지 갔다 왔다는 이야기를 당신에게 굳이
하고 싶지는 않았으니까.

"자, 여기 전화번호."

내가 침묵하고 있는 틈을 타서, 당신은 전화번호가 쓰인 종이를 건네
주었다. '붕어빵을 위한'이라니, 도대체 그게 뭐야, 하고 묻고 싶었지만, 그
것도 시시하게 느껴져서, 나는 계속 침묵했다.

이틀

"전화, 해봤어?"

전화기 너머에서 들려오는 당신의 목소리는 마치 외계에서 들려오
는 것처럼 웅웅거렸다. 전화라니, 무슨 전화, 나는 대답했지만, 당신은 내
말을 듣지 못하고, 전화, 해봤냐고, 라는 말만 되풀이했다. 전화는 곧 맥없
이 끊어졌는데, 그러자 기다렸다는 듯이 내 눈에, 당신이 준 종이쪽지가 들
어왔다. 내가 전화를 건 것은, 순전히 전화기 상태를 확인하기 위해서였다.
이즘 들어 부쩍 전화가 안 걸린다거나, 상대방 쪽에서 내 목소리를 못 듣는
다거나, 통화 도중에 끊어져버리는 일이 잦았기 때문에, 게다가 조금 전에
도 그런 일이 있었기 때문에, 원활한 통화가 되는지 확인도 할 겸, 또 당신
이 그렇게 전화를 해보라고 한 곳이 도대체 어딘지 알아보기도 할 겸, 버
튼을 누른 것뿐이었다.

"붕어빵을 위한 시민 연대 모임입니다."

수화기 저편에서 또렷한 목소리가 그렇게 말하는 것을 들었을 때, 나는 비로소 당신이 건네준 전화번호의 정체를 알아차렸다.

"죄송합니다. 전화를 잘못 걸었습니다."

나는 그렇게 말했지만, 상대방은 역시 내 목소리를 듣지 못했다.

"여보세요? 접수를 원하십니까?"

아뇨, 그게 아니라요, 하는 내 말은 여전히 전달되지 않았고, '그럼 이 번호로 접수하겠습니다'라는 대답만 또렷이, 내게 돌아왔다. 나는 전화기를 부셔버릴까 생각했지만, 새로운 전화기를 살 때까지만 참자고 마음을 고쳐먹었다.

사흘

"붕어빵의 맛은 반죽에 들어가는 재료의 배합과 사용하는 앙금의 종류, 그리고 불의 온도조절과 반죽의 농도에 따라 달라질 수 있습니다."

이왕 그렇게 되었으니까 한번 가보자고, 하면서 당신은 나를 데리고, 갔다. 그곳, '붕어빵을 위한 시민 연대 모임'으로. 전날 밤, 잠을 제대로 자지 못한 나는 졸려 죽을 지경이었지만, 어쩔 수 없이 한쪽 자리를 차지하고, 누군가의 재미없는 이야기를 듣고 있었다. 바람 앞의 촛불 같은 미미한 희망과 어둡고 습기 찬 절망이 어지럽게 뒤섞여, 묘하게 흥분된 분위기를 만들어내고 있는 곳이었다.

내가 들어설 때부터 앞에 나와 이야기를 하고 있는 사람은, 커다란 중절모로 얼굴의 반 이상을 가린 중년의 남자였다. 그 남자가 한마디를 할 때마다, 사람들은 과장된 반응을 보이고 있었다. 오오, 저런, 아니, 등등의 우스꽝스러운 감탄사를 내뱉으면서.

"붕어빵이 1930년대, 그러니까 배고프던 일제강점기 때 생겨났다는 속설이 지배적입니다만, 사실 그 유례는 훨씬 이전에서 찾아야 합니다. 생각해보십시오. 일제강점기 이전부터 붕어빵의 가장 중요한 재료인 밀가루가 존재했고, 또한 모델이 되는 붕어도 존재하지 않았습니까. 그 형태와 앙금의 재료에 따라 붕어빵이 여러 이름으로 불려왔다는 것은, 모두들 잘 알고 계시겠죠. 즉, 다시 말해, 국화빵, 새우빵, 잉어빵, 연어빵, 계란빵, 용가리빵, 초콜릿빵, 야채피자빵, 땅콩빵…"

또다시 크윽, 우우, 이야, 등등의 감탄사들이 터져 나왔다. 남자가 내친김에 붕어빵에 들어가는 재료들을 줄줄이 읊기 시작했을 때, 나는 새우빵의 모양과 맛을 상상하고 있었다.

"밀가루, 우유, 설탕, 소금, 마가린, 달걀, 포도전분이나 감자전분 또는 옥수수전분, 베이킹파우더, 소다, 물, 팥앙금…"

남자는 계속하여, '개인의 취향에 따른 반죽재료 배합비율'(한 가지 특이할 만한 것은, 이때 막걸리를 넣는 경우도 있다는 것이다)과 '붕어빵 굽기 절차 및 빵틀 청소'(소주나 맥주를 흠뻑 적신 수건으로 빵틀과 주변을 닦아주면 윤기가 난다고 한다)에 대해 장황하게 늘어놓았다. 이제 사람들은 흥분된 상태를 애써 감추려 하지 않고, 한층 더 소리를 높여 야유인지 환성인지 구분할 수 없는 소리를 질러대기 시작했다. 의자 위로 올라가거나 웃통을 벗어 던지는 사람도 있었다.

이건 수상한 종교집단의 모임 같군. 나는 그렇게 생각하며, 한쪽에서 붕어빵을 먹고 있는 당신에게 아무런 말도 하지 않고 그곳을 빠져나왔다. 집에 도착할 때까지, 내 머릿속에서는 새우빵들이 돌아다녔다.

나흘

오후 네 시 사십사 분에, 소포가 배달되었다. 뭔가 불길한 예감에 사로잡힌 나는, 한동안 소포를 노려보았다. 하지만 노려본다고 소포의 내용물이 바뀌는 일은 일어나지 않을 것이다. 과연 그 내용물은, 나의 예감대로, 붕어빵을 굽는 빵틀과 붕어빵을 만드는 데 사용하는 재료들이었다.

붕어빵을 굽는 방법을 자세하게 소개한, 약간 조잡해 보이는 책자도 들어 있었는데, 책의 겉면에는 '당신의 입맛에 딱 맞는 붕어빵을 만들어보세요 – 붕어빵을 위한 시민 연대 모임'이라고 쓰여 있고, 그 아래에는 '반죽은 반드시 하룻밤 동안 재운 후 사용하세요', '빵틀은 마가린이나 버터로 가끔씩 닦아주는 것이 중요합니다'라는 빨간 글씨가 찍혀 있었다.

"난 원래 붕어빵을 안 좋아해."

난 소포와 빵틀과 붕어빵 재료들과 책자를 향해, 그렇게 중얼거렸다. 당연한 일이지만, 그들은 아무런 대답도 하지 않았다.

닷새

왜 나한테 그런 거 보낸 거야. 내 말에, 그런 거라니, 하고 당신은 말

했다. 붕어빵 재료와 빵틀 말이야, 모른 척하는 당신을 향해 나는 약간 소
리를 높였다. 뭐야, 그런 게 있어? 당신은 웃지도 않고 그렇게 말했고, 그
때서야 난 그 소포를 보낸 곳이 '붕어빵을 위한 시민 연대 모임'이라는 것
을 깨달았다.

뭔가 골치 아픈 일에 휘말린 기분이야, 하고 나는 한숨을 쉬었지만,
골치 아플 게 뭐 있어, 붕어빵 재료와 빵틀이 생겼다면, 그걸로 붕어빵을
구우면 되잖아, 하고 당신은 아무렇지도 않게 말했다.

그런가. 그런 건가. 나는 잠시 멍한 기분이 되어, 당신이 한 말을 곰곰
이 생각해보았다. 한 번도 그런 식으로 살아온 적이 없었던 것이다, 나는.

엿새

싱크대와 부엌 바닥은 금세 밀가루로 뒤덮였다. 내 손과 에이프런에
도 온통 밀가루였다. 머리카락에 묻은 밀가루를 아무 생각 없이 툭툭 털
었는데, 미세한 가루들이 공기 중으로 흩어졌다가 눈과 코와 입으로 스며
들었다. 나는 재채기를 터뜨리는 동시에 눈물을 흘리며 수도꼭지를 틀었
다. 손에 묻은 밀가루를 모두 씻어냈을 때, 마음은 이상하게도 들뜨기 시
작했다. 소포 속에 들어 있던 책자를 들여다보며 재료를 반죽하고, 빵틀을
달구고, 마침내 붕어빵을 굽기 시작하자, 방 안에는 순식간에 고소한 향기
가 퍼졌다.

내가 살아 있어도 괜찮을, 시시하지 않은 이유 같은 건 처음부터 없
었던 건지도 몰라, 나는 생각했다. 살아가는 것은, 계속해서 살아 있고 싶

은 것은, 사소하고 시시한 이유들 때문인지도. 하지만 그런 것들이 살아가게 만들어주는 거라면, 시시하다고 말할 수는 없겠지. 이를테면 몇 년 만에 갑자기 그리운 이름을 떠올리며 내일은 전화를 걸어봐야지, 하고 결심하는 일. 올해의 보졸레 누보는 어디서 누구와 마실까, 고민하는 일. 어떤 종류의 절망과 고통이 점점 희미해져가는 것을 기다리는 일. 그리고 따뜻한 붕어빵 하나를 굽는 데 열중하는 일.

이레
"어떤 사람들은 붕어빵을 '망각의 빵'이라고 부르지."
당신이 말했다.
"망각의 빵? 그건 너무 슬픈 이름인데."
내가 말했다.
"그렇지 않아. 따뜻하고, 부드럽고, 작고, 다정한 망각이야."
내가 구운 붕어빵은, 겉은 타고, 속은 덜 익고, 팥앙금은 거칠고, 반죽은 고르지 않고, 너무 짰다. 하지만 그건 그것대로 나쁘진 않았다. 내일이면 조금 더 훌륭한 붕어빵을 만들 수 있을 테니까.
따뜻하고 부드럽고 작은 붕어빵이 완성되면, 그 속에 다정한 망각을 넣어 당신에게 보내야지, 결심하는 순간, 나는 갑자기 깨달았다. 당신도 사는 게 힘들었구나. 나처럼 당신도, 따뜻하고 부드럽고 작고 다정한 망각이 필요했구나.

산타클로스를
불러줘

그것만 하면, 내가 원하는 선물을
준다는 거지?

촛불을 켜줘

'누가 나쁜 애인지 누가 착한 애인지, 모두모두 알 수는 없을 거야, 아무리 산타클로스라고 해도'라는 생각을 처음 했을 때, 그렇다면 난 이 제부터 동화를 써야겠다고 결심했다. 인생의 날들을 즐거운 날과 즐겁지 않은 날로 나눈다면, 혹은 하루 스물네 시간을 즐거운 시간과 즐겁지 않은 시간으로 나눈다면, 즐겁지 않은 쪽이 즐거운 쪽보다 훨씬 많을 것이 다, 내기를 해도 좋다, 하고 처음으로 생각한 날이기도 하다. 어째서 그 런 것이 동화를 쓰는 이유가 될 수 있는지, 나 자신에게도 분명하게 설명 할 수는 없지만, 살아가면서 자신이 하고 있는 일들에 대해 완벽하게 설 명할 수 있는 사람은 없을 테니까, 나도 더 이상 따지지 않기로 했다. 그가 내게 메일을 보낸 것은 내가 첫 번째 동화책을 펴낸 직후로, 그러니까 삼 년쯤 전의 일이다.

책의 제목은 『산타클로스를 불러줘』였다. 별로 마음에 들지는 않았지만, 산타클로스에 대한 이야기이기도 하고 크리스마스 시즌이기도 해서, 출판사 쪽에서 강력하게 밀어붙였다. 딱히 더 나은 제목도 생각나지 않아서 내버려두었는데, 의외로 많은 아이들과 일부 어른들이 그 책을 읽었다. 내게 메일을 보낸 그 역시 그 동화를 읽었다고 했다.

그다지 특별할 것은 없는 메일이었다. 우연히 책을 읽게 되었다는 이야기, 잘 읽었다는 이야기, 앞으로도 좋은 동화를 쓰기 바란다는 이야기. 그래서 나는 곧 잊어버렸다. 비록 발신자의 이름에 '산타클로스'라고 쓰여 있긴 했지만, '그저 그렇게 쓰고 싶었던 거겠지'라는 식으로 해석할 수밖에 없었다.

두 번째 메일은 그로부터 일주일 후에 도착했다. '그런데 당신은 정말 나의 존재를 믿고 있습니까', 그는 물었다. '만약 그렇다면 크리스마스이브에 촛불을 켜주세요. 그럼 내 이야기를 조금 더 들려드리죠. 그것이 당신에게 도움이 된다면. 그리고 당신이 그렇게 하길 원한다면.'

흥미롭긴 했지만, 그 편지가 나의 마음을 움직이지는 못했다. 크리스마스이브는 바로 다음 날이었고, 나는 친구들과 어울려 늦게까지 놀다가, 집에 돌아와 바로 침대 속으로 들어가버렸다. 촛불 같은 걸 켤 생각은 조금도 없었다.

내가 그를 만나고 그와 친구가 된 것은 이듬해 봄이었다. '조금 더

적극적인 홍보를 하기 위해 리스트에 올라와 있는 사람들을 일일이 만나고 다니는 중'이라고 그는 설명했다. 작은 촛불이 켜져 있는 아늑한 카페에서 만난 그는, 자신을 산타클로스라고 소개했다.

눈물을 닦아줘

믿을 수 없는 일이지만, 그는 진짜로 산타클로스였다. 좀 더 정확하게 말하자면, 산타클로스 중의 한 명이지만.

"현재 이 별에는, 약 칠천만 명 정도의 산타가 있습니다. 몇십 년 전만 해도, 한 사람의 산타가 대략 천 명 정도의 사람을 담당해야 해서 항상 일손이 부족했습니다. 그때만 해도 아이들은 물론이고, 어른들 중에도 우리의 존재를 믿는 사람들이 많았으니까요. 크리스마스 시즌뿐 아니라 일 년 열두 달 눈코 뜰 새가 없었습니다."

따뜻한 온기가 퍼져 나오는 코코아를 앞에 놓고, 그는 열심히 설명했다.

"크리스마스가 아닌 때는 왜 바쁜 거죠?"

"사람들은 대부분 '이번 크리스마스에 어떤 선물을 주시면, 앞으로 어떤 일을 하겠습니다'라는 약속을 합니다. 그들이 그 약속을 제대로 지키는지, 언제나 체크해야 합니다."

"만약에 지키지 않으면요?"

"다음 해 크리스마스 때, 그 사람은 원하는 선물을 받지 못하는 겁니다."

언제부턴가 나의 크리스마스 선물이 사라진 이유를 알 것 같았다.

"하지만 갈수록, 우리를 믿는 사람들은, 당연한 이야기지만, 점점 줄어들었습니다. 작년만 해도 산타 한 명 앞에 열 명 정도였는데, 올해는 더 줄어들 것이라고 예상하고 있습니다. 어떻습니까, 당신은."

어떻지, 나는? 잠시 생각한 끝에, 솔직히 저도 잘 모르겠어요, 라고 대답했다.

"그렇지요? 그래서 이렇게 찾아다니는 겁니다. 눈에 보이지 않는 것을 믿는 시대는 지나갔다고, 이제는 직접 만나서 그들을 설득해야 한다고 선배 산타들이 결정한 것입니다. 그러니까 저를 만져보셔도 괜찮습니다."

"그럼, 당신은 지금 저를 담당하고 있는 산타인가요?"

"제가 마음에 안 드시면, 다른 산타로 바꿔드릴 수도 있습니다만."

"아, 아뇨, 그런 건 아니에요. 그런데 이런 질문, 해도 좋을지 모르겠지만…"

"무슨 질문이든 하십시오."

"왜 이런 일을 하시는 거죠? 그러니까, 산타를 믿지 않게 되는 사람들이 늘어나는 것이, 당신들에게 어떤 영향을 미치는 건가요?"

그는 잠시 나를 바라보더니, 아주 슬픈 목소리로 말했다.

"슬프지 않습니까. 크리스마스에 산타가 없다는 건…"

슬퍼요, 슬프고말고요, 크리스마스에 산타가 없다는 건 생각도 하고 싶지 않아요, 믿어요, 라고, 나는 서둘러 말했다. 그는 희미하게 미소를 지으며, 우린 친구가 될 수 있을 것 같군요, 하고 중얼거렸다. 거짓말을 들킨 것 같아 부끄러워진 나는 눈길을 돌려, 카페 한쪽에 서 있는 유통기한이 지난 크리스마스트리를 바라보았다. 가지에 매달린 꼬마전구들이 눈물을 머금은 눈처럼 깜박깜박 빛나고 있었다.

노래를 들려줘

믿을 수 없을지 모르지만, 내 친구는 산타클로스다. 그의 말에 따르면, 이 별에는 약 칠천만 명 정도의 산타가 있다고 하니, 산타클로스를 친구로 둔 사람도 아주 드물지는 않을 것이다. 그렇다고 해도 산타와 친구가 된다는 건 어디서나 일어날 수 있는 평범한 일은 아니어서, 나는 가끔 다른 친구들에게 그 사실을 자랑하고 싶어졌다. 당신이 내 친구라는 이야기를 다른 친구들한테 해도 괜찮아?, 하고 그에게 물어보자, 그는 이렇게 대답했다.

"상관없어. 어차피 믿지 않을 테니까."

산타의 경고대로 나는 몇 번인가 바보 취급을 당했고, 그 후부터는 입을 다물게 되었다.

"그런데, 산타가 되는 사람들은 어떤 사람들이야?"

그런 질문을 한 적도 있다.

"어떤 사람이라니? 그냥 산타들이야."

왠지 서글픈 표정으로 고개를 저으며, 그는 그렇게 대답했다.

"올해 크리스마스에는 뭘 할 생각이야?"

크리스마스가 한 달 앞으로 다가왔을 때, 그는 눈을 반짝이며 내게 물었다.

"별로… 특별한 계획은 없는데."

내 대답에, 그게 뭐야, 일 년에 한 번 있는 크리스마스인데, 하고 그는 중얼거렸다.

"있잖아, 난 크리스마스를 별로 좋아하지 않아." 나는 가까스로, 조심스럽게 말을 꺼냈다. "왠지 즐겁지 않으면 손해 보는 기분이 들잖아. 그렇다고 그렇게 즐거울 일도 없고. 아무것도 하지 않았는데 손해 보는 기분이 든다는 건, 싫지 않아?"

그의 눈빛에 슬픔 비슷한 것이 스쳐 지나갔다. 나는 아무 이유도 없이 토라져서, 울 것 같은 심정이 되었다.

"괜찮아." 그는 말했다. "내가 너에게 선물을 줄게."

"어떤 선물?"

"네가 원하는 것."

"내가 무얼 원하는지 나도 모르겠는데. 게다가 선물을 받으려면, 뭔가 약속을 하고 그걸 지켜야 하는 거 아냐?"

"딱히 지키기 힘든 약속은 아냐. 그리고 난 네가 원하는 선물을 잘 알고 있어. 난 너의 산타니까. 게다가, 친구잖아."

"난 무얼 하면 돼?"

"촛불을 켜고, 눈물을 닦고, 노래를 부르면 돼."

"그것만 하면 내가 원하는 선물을 준다는 거지?"

"그래. 크리스마스 케이크를 준비하는 것도 잊지 마. 작고 달콤하고 부드러운 것으로.”

그날 밤, 나는 케이크의 산 속에서 길을 잃는 꿈을 꾸었다. 길을 잃긴 했지만, 달콤하고 보들보들한 꿈이었다.

산타클로스를 불러줘

내가 지켜야 할 약속이 어떤 것인지 알려주지도 않고, 내 친구 산타는 사라졌다. 그해 크리스마스이브에, 내 인생에서 완전히 사라져버린 것이다. 일방적으로 약속을 어길 성격은 아닌 것 같아, 무슨 사고라도 난 게 아닐까 걱정이 되었다. 그래서 언젠가 그가 알려준, 크리스마스 마을의 산타클로스 하우스로 전화를 걸어보기로 했다. 그러나 결정적으로 나는 그의 이름을 몰랐다. 그는 나에게 그냥 ‘산타’였지만, 산타클로스 하우스에는 칠천만 명의 산타가 있었던 것이다.

“누군가, 실종된 산타가 없나요?”

나는 물었다. 전화를 받은 이(그도 역시 산타였다)는, 그런 일은 일어날 수가 없다고 친절하게 대답했다. 그 다정한 목소리에 안심이 된 나는 자초지종을 이야기했지만, 내가 찾는 산타가 누구인지 모르는 이상, 그쪽에서 할 수 있는 일도 없었다.

그를 찾지 못한 채, 나는 그해의 크리스마스를 맞았다. 어떤 약속을 누구에게 해야 할지 모르는 채로, 멍하니 산타만 기다리고 있었다. 그래서 촛불을 켜고, 눈물을 닦고, 노래를 부르고, 작고 부드러운 케이크를 준비하는 일도 잊어버렸다. 틀림없이 그와 함께 크리스마스를 보낼 줄 알았기 때문에, 다른 약속조차 없었다. 한 달 전에 그는, 자신이 담당하는 사람이 다섯 명으로 줄었다면서, 그들을 차례로 방문한 다음 마지막으로 내게 오겠다고 말했다. 아무리 늦어도 밤 열한 시 이전에는 도착할 수 있다고, 그러니까 함께 크리스마스를 보내자고, 그는 약속했다.

그러나 밤 열한 시에도, 열두 시에도, 크리스마스 아침에도, 그날 저녁에도, 그는 오지 않았다. 크리스마스가 지나고, 그해 십이월이 지나고, 겨울이 지났다.

봄이 오고 여름이 왔을 때, 나는 산타가 내 친구라는 사실을 더 이상 믿지 않게 되었다. 가을이 지나고 겨울이 돌아왔을 때, 나는 나를 바보 취급하던 사람들과 함께, 신용카드를 들고 백화점으로 크리스마스를 사러 갔다. 그런데 그곳에서 아주 작은 기적이 일어났다. 서점에 들러 동화책을 구경하고 있는 내게 누군가가 다가와 이렇게 말한 것이다.

"안녕, 잘 있었어?"

내 친구 산타는 그곳에서 일을 하고 있었다. 이제 이 별에는 더 이상 산타를 필요로 하는 사람이 없어, 칠천만 명의 산타는 모두 집으로 돌아갔어, 라고 그는 말했다. 지난해 크리스마스 직전의 일이었고, 담당했던 사람들을 찾아가지 않겠다는 내용의 문서에 서명을 해야 했다. 그래서 나에게 올 수 없었던 거였다.

"그런데 여기서 뭘 하고 있어?"

내가 물었다.

"아르바이트." 그가 빙긋 웃으며 대답했다. "돈을 받으면, 너에게 줄 선물을 살 거야."

　"이제는 만나도 되는 거야?"

　내 말에, 그는 가슴을 펴고 대답했다.

　"내가 너를 찾아간 게 아니라, 네가 나를 찾아냈잖아."

　그해 크리스마스, 나는 그와 둘이서, 촛불을 켜고 눈물을 닦고 노래를 부르며, 크리스마스 케이크를 나눠 먹었다. 소원을 말해, 하고 그는 이야기했다. 산타클로스를 불러줘. 내 말에 그는 아주 행복한 얼굴을 하고, 여기, 산타의 선물이야, 하면서 알록달록한 벙어리장갑을 내밀었다.

　믿을 수 없겠지만, 내 친구는 한때 산타클로스였다. 나는 아직도 그를 산타라고 부른다.

무엇이든 사라지고
나타나는 마을

내일 아침에는 마을의
반 이상이 나타날 것 같아

다들 알고 있겠지만, 푸스푸스 시는 인간들의 시간을 관리하는 시간 관리자들이 모여 사는 곳이다. 푸스푸스 시에도 겨울이 돌아왔다. 겨울의 푸스푸스 시를 비오 양이 걷고 있었다.

비오 양은 그곳에서 십일 년째, 열두 명의 시간을 관리하는 일을 하고 있으며, '누군가의 시간이 어느 가을에 갑자기 멈춰진 사건' 때문에 마오 군과 인연을 맺게 되었다는 이야기도 당신은 알고 있을 것이다.

그리고 언젠가 마오 군이 '무엇이든 사라지고 나타나는 마을'을 방문했을 때 기념품으로 사 온, 어떤 특별한 행위를 가했을 때만 나타나는 글씨를 쓸 수 있는 비밀의 잉크는 지금 비오 양의 손에 있다. 작년 가을, 마오 군이 푸스푸스 시를 떠나면서 그녀에게 선물한 것이다.

비오 양은 가끔 그 잉크를 사용하여 마오 군과 편지를 주고받으며, 언젠가 자신도 푸스푸스 시를 떠나겠다는 계획을 간직하고 있다. 그러나 사람의 일이란 게 늘 그렇듯, 그녀의 계획은 아직도 실행되지 않고 있다. 어쨌거나 그로부터 벌써 일 년 이상이 지나가버렸고, 어느새 겨울이 나시 와버린 것이다.

'아무래도 겨울은 이사하기에 적당한 계절이 아니야.'

겨울 거리를 걸으며 차가운 바람에 몸을 부르르 떨던 그녀는, 푸스푸스 시를 떠나는 것을 조금 미루는 대신 잠시 여행을 다녀오기로 결심했다. 마침 마오 군이 주고 간 잉크도 바닥을 드러내고 있던 참이어서, 비오 양의 행선지는 '무엇이든 사라지고 나타나는 마을'로 결정되었다.

'십일 년 동안 휴가라고는 한 번도 가본 적이 없었으니까, 아마 장기휴가를 받을 수 있을 거야.'

비오 양의 생각대로, 푸스푸스 시에서는 그녀에게 열흘이라는 시간을 선뜻 선물로 주었다. 그 열흘 동안 그녀가 관리하던 열두 명의 시간을 대신 맡아줄 사람도 구해졌다.

푸스푸스 시의 관례로 보자면 열흘이라는 시간은 아주 파격적인 선물이었다. 그렇다고 해도 '무엇이든 사라지고 나타나는 마을'까지 가는 데만 꼬박 하루가 걸렸다. 게다가 그 마을 입구에서 다섯 시간을 더 기다려야 했다. 마침 마을로 들어가는 문이 사라져버렸기 때문이다.

'무엇이든 사라지고 나타나는 마을이니까, 문이 사라진다고 해도

이상할 건 없지.'

비오 양은 생각했다.

'게다가 분명히 다시 나타날 거야. 사라지고 나타나는 마을이니까.'

비오 양은 마을로 들어가는 문이 나타나기를 기다리며, 마을 입구에 있는 작은 레스토랑에서 따뜻한 양파수프와 갓 구운 멜론파이를 먹었다.

"왜 그 마을에 가려는 건가요?"

레몬 조각을 넣은 차가운 물을 가져다주며, 웨이터가 물었다.

"잉크가 다 떨어져서요."

비오 양의 대답에, 웨이터는 더 이상 묻지 않고 조용히 돌아갔다.

"구하는 물건이 없을 수도 있다는 건 알고 있겠죠?"

비오 양의 오른쪽 테이블에 혼자 앉아 있던 남자가 말했다. 높고 검은 모자를 쓰고, 파이프를 문 남자였다. 모자 때문에 얼굴은 잘 보이지 않았지만, 목소리로 미루어보아 삼십 대 중반 정도인 듯했다.

"그 마을에 사시는 분이세요?"

비오 양이 물었다.

"저도 문이 나타나기를 기다리는 중입니다." 고개를 끄덕이며 남자가 말했다. "양파수프는 어땠나요?"

"아주 맛있었어요."

비오 양은 그를 향해 미소를 지어 보였지만, 그의 표정은 여전히 보이지 않았다.

마을로 들어가는 문이 나타났을 때, 짧은 겨울 해는 이미 저물어가고 있었다. 비오 양은 문이 다시 사라질까 봐 서둘러 자리에서 일어섰다.

"괜찮습니다. 그렇게 빨리 사라지지는 않을 거예요."

높고 검은 모자의 남자도 자리에서 일어섰다. 두 사람은 나란히 마을로 들어섰다. 마을의 삼분의 이 정도는 사라져 있고, 나머지 삼분의 일 정도만 모습을 드러내고 있었다.

"굉장해요."

비오 양이 말했다.

"마음에 든다니 다행입니다." 남자가 말했다. "그런데 벌써 날이 저물었군요. 묵을 곳은 아직 못 정하셨지요?"

"네. 안내책자를 보니까, 예약은 안 된다고 해서."

호텔은 물론이고 레스토랑을 비롯한 모든 가게들이 그랬다. 기껏 예약을 했는데 사라져버리면 아무런 소용도 없기 때문이다.

"제가 안내하겠습니다."

남자가 비오 양을 데리고 간 곳은 아늑하고 고즈넉한 이 층짜리 목조건물이었다. 그곳이 호텔이라는 표시는 어디에도 없었다.

"간판 같은 걸 달아봤자, 언제 사라질지 모르니까요."

남자가 설명했다. 부드러운 카키색 곱슬머리를 한 할머니가 나와, 비오 양의 가방을 받아 들었다.

"할머니가 만드시는 버섯요리는 아주 일품입니다."

남자의 말에 할머니는 자랑스러운 듯 미소를 지었다.

"버섯이 있다면 말입니다만."

남자가 덧붙였다.

"버섯은 있어." 할머니가 말했다. "마침 아까 점심때 나타나서, 좀 캐두었지."

"그럼 저도 여기서 저녁을 먹고 가야겠군요."

남자는 정말 다행이라는 듯 고개를 끄덕였다.

"내일 아침에는 마을의 반 이상이 나타날 것 같아."

김이 모락모락 나는 버섯요리를 접시에 덜어주며, 할머니가 말했다.

"잘됐군요. 그럼 기념품점도 나타나겠네요." 접시를 바싹 끌어당기며, 비오 양을 향해 남자가 말했다. "바로 이 근처에 있거든요."

"잉크도 나타날까요?"

맛있는 냄새에 싸여 기분이 좋아진 비오 양이 기대에 부푼 목소리로 말했다.

"잉크 말고도 재미있는 물건들이 많습니다."

남자가 포크를 집으며 말했다.

"아주 옛날에, 거기서 흔들의자를 하나 산 적이 있지."

할머니가 말했다. 남자와 비오 양은 요리를 먹으며 잠자코 할머니의 이야기를 들었다. 사실 요리가 너무 맛있어서, 맞장구를 칠 틈도 없었다.

"참 말도 안 듣는 의자였어. 어쩌다가 좀 앉아보려고 하면 사라져 버리고. 한번은 내가 앉아 있는데 갑자기 사라져서 엉덩방아를 찧은 적도 있었지."

할머니는 웃음을 터뜨렸다.

"저…" 비오 양은 입 속에 든 버섯요리를 꿀걱 삼켰다. 갑자기 궁금한 게 생겼기 때문이다. "혹시 제가 잠든 사이에 이 호텔이 사라져버리면 어떡해요?"

잠시 동안, 할머니와 남자는 동작을 멈추었다.

"그럴 수도 있지요." 마침내 남자가 입을 열었다. "하지만 좋지 않습니까? 언제 사라질지도 모르는 것들은 그만큼 소중하게 여겨지니까, 그들이 존재하는 동안 우린 행복할 수 있지 않습니까. 게다가 그들은 반드시 다시 나타나니까."

"버섯요리도 그렇지. 언제 사라질지 모르니까 맛있는 거야."

할머니가 말했다. 비오 양은 눈을 동그랗게 뜨고 두 사람을 번갈아 보다가, 허겁지겁 접시에 코를 박으며 생각했다.

'그런가. 그럴지도. 어쨌든 지금은 버섯요리가 사라지기 전에 빨리 먹어야겠다.'

한 사람의 인생에 '왜'란 없다. '어떻게'는 아주 조금밖에 없다.
소용이 닿는 지혜를 탐색하다 보면, 종국에는 다정함과 절제,
무한한 인내와 같이 더없이 닳아빠진 개념으로 돌아오게 마련이다.
솔로몬과 링컨의 "이 또한 지나가리라", 빌어먹을. 당연히 지나가겠지.
혹은 체호프의 "지나가는 것은 아무것도 없으리". 똑같이 지당하다.

_ 채드 하바크, 『수비의 기술』 중에서

달라져도 괜찮아

달콤한 딸기파이
베리베리 스트로베리

그 겨울의 가장 길고 추운 밤이 마침내 지나갔을 때, 상상은 외로워졌다. 그 외로움은 시간이 지날수록 무게와 두께가 줄어드는, 그래서 어느 순간에 완전히 사라져버리는 한겨울의 눈 같은 것이 아니었다. 오히려 아주 조금씩이지만 매일매일 증가하는, 그래서 어느 순간 단단한 벽이 되어버리는, 처치 곤란한 외로움이었다. 친구가 필요해, 상상은 생각했다. 그래서 그는, 가장 길고 추운 밤이 지나간 다음 날, 오랜만에 외출을 하기로 결심했다.

상상의 옷장에는 색색가지 외투들이 걸려 있었다. 고심 끝에 그는 연두색 코트를 골랐다. 그리고 그것과 어울리는 머플러를 찾기 위해 옷장을 온통 뒤집어엎은 다음, 밝은 오렌지색 머플러를 찾아냈다. 집을 막 나서려는 찰나, 하얀색 벙어리장갑이 상상의 머릿속에 떠올랐다. 하지만 그는 벙어리장갑을 찾지 못했다. 그건 작년 겨울에 그가 즐겨 입었던 초록색 코트의 주머니 속에 들어 있었기 때문이다.

상상은 연두색 코트의 주머니 속에 두 손을 푹 찔러 넣고, 걸었다. 그는 하늘색 코트에 병아리색 머플러를 두른 친구를 상상했고, 정말로 그런 친구를 만나게 된다면 그에게 하얀색 벙어리장갑을 선물받고 싶다고 생각했다.

그 생각을 하자 상상은 몹시 즐거워져서, 「달콤한 딸기파이」라는 노래를 입으로 흥얼거렸다. 그 노래는 상상이 만들어낸 것인데, '달콤한 딸기파이, 베리베리 스트로베리, 달콤한 딸기파이, 베리베리 스트로베리'라는, 똑같은 가사와 똑같은 멜로디가 반복되는 것이었다.

'친구가 생기면 이 노래도 가르쳐줘야지. 화음을 넣어 같이 부르는 거야.'

상상은 내친김에 친구에게 가르쳐줄 화음까지 만들었다. 그때 차디찬 북풍이 상상을 향해 불어왔고, 그 바람에 오렌지색 머플러가 툭, 하고 떨어져 내렸다.

상상은 땅에 떨어진 오렌지색 머플러를 줍기 위해 허리를 굽혔다. 하지만 어떤 다른 손이 이미 그것을 줍고 있었다. 그 손의 주인은 하늘색 코트를 입고 있었다. 비록 병아리색 머플러를 하진 않았지만.

"난 상상이라고 해. 나랑 친구가 되지 않을래?"

상상은 하늘색 코트를 향해 말했다. 하늘색 코트는 잠시 생각에 잠기더니, '좋아, 난 공상이라고 해' 하고 대답했다. 그리고 잠시 동안 둘은 마주 보며 가만히 서 있었다. 이제 막 친구가 된 친구끼리 무얼 해야 하는지 몰랐기 때문이다.

'이제 막 친구가 된 친구에게, 하얀색 장갑을 사달라고 하는 건 역시 이상할 거야.' 상상이 생각했다. '하지만 노래를 가르쳐주는 건 괜찮을지도 몰라.'

그래서 상상은 공상과 마주 선 채,「달콤한 딸기파이」를 불렀다. 노래를 반 이상 불렀을 때, '이건 내가 만든 노래인데, 너에게 가르쳐줄게. 한번 들어봐'라는 이야기를 미리 하지 않았다는 사실을 깨달았다. 하지만 한번 시작한 노래를 멈출 수는 없어서, 상상은 노래를 계속했고, 마침내 끝까지 불렀다.

상상이 노래를 부르는 동안, 공상은 상상이 왜 하얀색 장갑을 끼고 있지 않은 걸까, 의아하게 생각했다. 연두색 코트를 입고 있는 주제에!

"괜찮다면, 하얀색 장갑을 사러 가지 않을래?"

상상의 노래가 끝나기를 기다려, 공상이 물었다. 하지만 '너에게 선물로 줄게'라는 이야기는 하지 않았다.

"그렇다면 난 병아리색 머플러를 사고 싶어."

상상이 대답했다. '너에게 선물로 줄게'라는 말은 하지 않은 채로.

상상과 공상은 어깨를 나란히 하고, 걸었다. 상상은 공상의 하늘색 코트를 보며, 그 위에 병아리색 머플러를 둘러주는 자신의 모습을 상상했다. 공상은 상상의 연두색 코트를 보며, 그의 손에 하얀색 장갑을 끼워주는 자신의 모습을 떠올렸다.

둘은 걷고 걷고 또 걸었다. 거리의 쇼윈도는 환하게 불을 밝히고 있었고, 색색가지의 앙증맞은 머플러와 장갑들이 전시되어 있었다. 병아리색 머플러와 하얀색 장갑도 있었다. 하지만 그들이 찾는 것은 아무 데도 없었다.

"죄다 어딘가 아픈 듯한 병아리색이야.""어째서 머플러마다 술 같은 게 달려 있는 거야.""기계로 짠 손뜨개 스타일은 역시 싫어." 상상이 말했다.

"이건 완벽한 하얀색이 아니잖아.""벙어리장갑이 아니야.""좀 더 폭신하고 보들보들해야 해." 공상이 말했다.

둘은 아주 지쳐버렸고, 카페에서 뜨거운 코코아를 한 잔씩 마시기로 했다. 추운 날씨였지만, 그들은 바깥자리에 앉았다. 둘 다 코트를 벗고 싶지 않았기 때문이다.

"사실, 나한테 하얀색 벙어리장갑이 있었어." 상상이 말했다. "그런데 아무리 찾아도 찾을 수가 없어. 아주 완벽한 하얀색인데."

"사실, 나한테 병아리색 머플러가 있었어." 공상이 말했다. "술도 달려 있지 않고, 손뜨개 스타일도 아니었는데."

둘은 뜨거운 코코아를 후후 불어가며 마셨다. 병아리색 머플러가 없는 하늘색 코트와, 하얀색 벙어리장갑이 없는 연두색 코트를 서로 바라보면서. 천천히 날이 저물었고, 그 겨울 중에서 두 번째로 길고 추운 밤이 다가오고 있었다.

그건 아주 오래전의 겨울이었다. 내게서 빠져나간 상상이 공상을 만나, 제멋대로 친구가 되어버린 것은.

"왜 이런 게 여기 있는 거야!"

초록색 코트 주머니 속에서 하얀색 벙어리장갑을 찾아냈을 때, 상상은 마구 화를 냈다.

"공상에게 선물로 받아야 하는 건데!"

상상은 결국 울음을 터뜨렸다. 난 어이가 없었지만, 아무 말 않고 기껏 찾아낸 하얀색 장갑을 옷장 깊숙이 처박아버렸다. 그리고 상상을 달래기 위해,「달콤한 딸기파이」를 부르기 시작했다. 노래를 세 번쯤 부르고 나자, 상상은 겨우 울음을 그쳤다.

"하지만 너도 공상에게 병아리색 머플러를 선물하지 못했잖아."

내가 말했다.

"맞아." 완전히 풀이 죽은 채로, 상상이 대답했다. "정말로 마음에 드는 게 없었거든."

"네 마음에 꼭 드는 병아리색 머플러라면, 공상이 가지고 있을 거야. 공상의 마음에 꼭 드는 하얀색 장갑이 여기 있는 것처럼." 내가 말했다. "그리고 친구라면서, 어째서 그 이후로 한 번도 연락을 안 한 거야?"

"연락을 하면 어쩔 건데?" 상상이 말했다. "내 하얀색 장갑을 공상이 나한테 선물할 수는 없잖아."

난 한숨을 쉬고, 고집불통인 상상에게 친절하게 말했다.

"내 생각에는, 연두색 코트와 병아리색 머플러도 나쁘지 않을 것 같아. 하늘색 코트에 하얀색 장갑도 마찬가지고."

"그게 정말이야?"

상상이 물었다.

"당연하지. 그 정도쯤은 달라져도 괜찮아. 오히려 언제까지나 달라지지 않는 쪽이 더 곤란한 거라고."

상상은 겨우 조용해졌다. 내일 아침 외출할 때 무슨 색 코트를 입을까, 고민하는 것이 분명했다.

헤밍웨이는 자기 인생을 그런 식으로 이용했다.
훌륭한 작가는 모든 것을 기억하는 법이다. 그러고 나서
정작 글을 쓸 때가 되면 모두 잊고 그 기억을 재발명함으로써
기억보다 더 생생한 글을 만들어낸다. 경험은 중요하지만,
상상력은 그보다 더 중요하다.

_조 홀드먼, 『헤밍웨이 위조사건』 중에서

그해의 마지막 눈

어떠세요, 이렇게 겨울을 보니까

눈이 내린다. 이 눈이 이해의 마지막 눈일 거라고 그들은 말한다. 그렇다면 이제 곧 봄이 온다는 건가요, 내가 묻자 아마도 그렇지 않을까요, 라는 조심스러운 대답이 돌아온다. 그들은, 그러니까 나를 이곳까지 안내하는 역할을 맡은 두 사람은, 단정한 카키색 수트 안에 베이지색 와이셔츠를 받쳐 입고, 와이셔츠보다 약간 진한 베이지색 넥타이를 매고 있다. '넥타이 매는 법'이라는 책자에 나오는 사진처럼, 완벽한 넥타이다.

"어떻게 하면 그렇게 넥타이를 제대로 맬 수 있죠?"

넥타이를 맬 때마다 몇 번씩 풀었다 맸다를 되풀이하는 내가 그들에게 묻는다. 나의 오른쪽에서 걷던 넥타이가 대답한다.

"별로 연습을 한 건 아닙니다만."

흠흠, 나의 왼쪽에서 걷던 넥타이가 헛기침을 한다. 눈은 점점 쌓여 가고 있다. 발을 디딜 때마다 푹푹 빠질 정도다. 하지만 날씨는 믿어지지 않을 정도로 포근하다.

"이제 곧 도착합니다."

왼쪽 넥타이가 말한다.

"아주 늦은 것은 아닌 것 같군요. 다행히."

오른쪽 넥타이가 말한다.

"도시에서는 이런 눈을 좀처럼 볼 수가 없었는데."

내가 말한다.

"그렇죠. 이곳의 눈은 폭신폭신하고 보들보들하고 신선합니다."

왼쪽 넥타이가 말한다.

"도시의 눈은 아무래도 거칠고 퍽퍽하죠."

오른쪽 넥타이가 말한다.

"저곳입니다."

오른쪽 넥타이가 불빛이 흘러나오고 있는 집 하나를 손으로 가리키며 말한다. 목적지인 '겨울'에 도착한 것이다.

나는 마지막 손님이었다. 이곳에 오기 위해 지난 며칠 동안 많은 일들을 처리해야 했는데, 중간에 뭔가 착오가 생겨 정해진 날짜에 출발할 수가 없었다. 그래서 깔끔하게 넥타이를 맬 줄 아는 그들이 나를 이곳까지 안내해준 것이다.

문을 열자 이미 도착해 있던 세 사람이 우리 쪽으로 고개를 돌린다. 나이가 꽤 들어 보이는 남자 두 명, 그리고 소년처럼 보이는 젊은 여자다. 모두 벽난로 앞에 앉아 있고, 어디선가 식욕을 자극하는 고소한 냄새가 흘러나오고 있다. 젊은 여자가 자리에서 일어나 우리 쪽으로 다가온다.

"마지막 손님이지요?"

그녀가 말한다. 넥타이들은 고개를 끄덕이고 정중하게 인사를 한 다음 곧바로 돌아간다. 그들의 역할은 끝났고, 서두르지 않으면 밤이 되어버릴 테니까.

"저는 이곳의 가이드예요. 좋은 시간이 되시기를 바랍니다."

그녀가 말한다. 곧 저녁식사가 차려진다. 가짓수는 많지 않지만, 입맛에 꼭 맞는 음식들이다. 나를 포함한 네 사람은 별로 이야기도 하지 않고, 묵묵히 식사를 마친다. 식사가 끝난 후에는 벽난로 앞에 모여 앉아, 뜨거운 커피를 마신다. 밖은 완전하게 어두워졌고, 세상은 완벽하게 고요하다.

먼저 움직인 사람은 감색 카디건 차림의 남자다. 가지고 온 가방 속에서 보드카 한 병을 꺼내어, 작은 잔에 따라서 우리에게 나눠준다. 우리는 싫다, 좋다는 말도 없이 잔을 비우고, 감색 카디건은 다시 잔을 채운다. 투명하고 작은 유리잔에 술이 채워지는 소리, 그 술이 누군가의 목젖으로 넘어가는 소리, 벽난로 앞에 놓인 작은 테이블 위에 빈 잔을 내려놓는 소리들이 완벽한 고요함 위에 작은 스크래치를 남긴다.

그날 밤은 그렇게 지나간다. 다음 날, 아침식사를 마친 우리는 가이드의 안내를 받아 집 뒤에 있는 작은 언덕에 올라간다. 바싹 마른 나무들 몇 그루만 서 있는 쓸쓸한 언덕이다. 오후가 되자 다시 눈이 내리기 시작한다. 집으로 돌아와 구운 감자로 점심을 대신한 후, 가이드가 말한다.

"저는 잠깐 외출을 해야 해요. 저녁식사 전까지는 돌아올 거예요. 여러분은 자유롭게 시간을 보내세요."

감색 카디건은 소파를 차지하고 금방 잠이 든다. 다른 남자, 그러니까 회색 터틀넥 스웨터를 입은 남자는 식탁 앞에 앉아 책을 읽는다. 잠도 오지 않고 책도 가져오지 않은 나는 멍청하게 벽난로 앞에 앉아, 타오르는 불꽃을 보고 있다. 저녁이 되어 그녀가 다시 돌아올 때까지.

그날도 전날과 비슷하다. 저녁식사를 하고, 커피를 마시고, 감색 카디건이 가져온 보드카를 마신다. 다음 날도 전날과 비슷하다. 아침을 먹고, 언덕에 오르고, 돌아와 구운 감자를 먹고, 가이드는 외출을 하고, 감색 카디건은 자고, 회색 스웨터는 책을 읽고, 나는 불꽃을 본다. 전날과 다른 것이 있다면, 언덕을 두 개 오른 것이다. 당연히 점심을 먹는 시간이 조금 뒤로 늦춰지고, 그 후의 일정도 조금씩 밀려난다. 그다음 날에는 언덕을 세 개 오르고, 그다음 날에는 네 개 오른다. 다섯 개의 언덕을 오르는 날부터, 점심은 밖에서 먹는다. 역시 구운 감자다. 집으로 돌아가는 시간은 점점 늦어진다. 가이드의 외출 시간과 저녁식사 이후의 시간도 점점 짧아진다. 아홉 개의 언덕을 오른 날, 우리는 보드카 한 병을 다 비우지 못하고 잠이 든다.

그런데 감색 카디건의 가방 안에는, 도대체 몇 병의 보드카가 들어 있는 걸까.

열두 개의 언덕에 오른 날, 밤 열 시가 넘어서야 겨우 집에 도착한다. 가이드는 외출을 하지 못했고, 저녁식사 준비도 되어 있지 않다. 우리는 감자를 구워 보드카와 함께 먹는다. 커피는 생략한다.

"이게 마지막 병입니다."

감색 카디건이 말한다.

"오늘이 마지막 날이에요. 어떠세요, 이렇게 겨울을 보니까."

가이드가 희미한 미소를 지으며 묻는다.

"좋군요. 이런 건 옛날 기억 속에나 있는 건 줄 알았는데."

회색 스웨터가 말한다.

"그리 먼 옛날도 아니지만."

감색 카디건이 말한다.

"그런데 잘 모르겠어요. 내가 왜 겨울을 보고 싶어 했던 건지."

나는 십이 일 동안 내내 품고 있던 의문을 털어놓는다.

"그리웠겠죠." 감색 카디건이 말한다. "나도 그랬거든요."

"우리는 겨울 한철 동안만 손님을 받고 있어요. 그분들이 이곳을 찾는 이유에 대해서는 저도 잘 몰라요. 저는 단지 그분들이 여기 묵는 동안, 겨울의 얼굴을 제대로 보여주는 일을 맡았을 뿐이에요. 여러분이 이번 겨울의 마지막 손님들이죠. 예년에 비해 겨울이 빨리 지나가버릴까 봐 걱정

했는데, 다행히 오늘까지는 괜찮네요."

가이드가 말한다.

"다들 봤어요? 우리가 첫날 올랐던 첫 번째 언덕에 서 있는 나무들, 파란 순이 돋았던데."

회색 스웨터가 말한다.

똑똑, 하는 노크소리가 들린다. 넥타이들이다.

"마중 왔습니다. 내일 아침 일찍 떠납니다. 그런데 알고 계십니까? 눈이 오고 있습니다. 이해의 마지막 눈일 겁니다."

그들이 말한다.

"아마, 아니 틀림없이."

감색 카디건이 마지막 보드카를 비우며 고개를 끄덕인다.

소녀가 말했다.

"왜 별다른 운명을 가진 사람만 훌륭하다고들 생각하는지 모르겠어요."

그건 그들만이 외로움을 견딜 줄 알기 때문이지.

그들은 그저 묵묵히 외로움을 견뎌낼 줄 알거든.

하버드는 입 밖으로 튀어나오려는 말을 삼켰다.

_ 로버트 F. 영, 「별들이 부른다」 중에서

초콜릿
우체국

삼 년 전, 오 년 전 또는
십 년 전의 누군가입니다

어느 날 골목길을 돌았는데 그전에 보지 못했던 작은 가게 하나가 나타났다. 작은 쇼윈도 안에 갖가지 모양의 초콜릿이 들어 있는 것으로 보아, 초콜릿 가게인 듯했다. 쇼윈도 옆에는 오렌지 빛깔의 문이 있고, 우체국 마크가 붙어 있었다. 우체국에 왜 쇼윈도가 있고 초콜릿 같은 걸 전시해두었을까, 초콜릿 가게에 왜 우체국 마크를 붙여두었을까, 둘 중 어느 쪽일까, 고개를 갸웃거리며 가게 앞을 지나간 건, 그해 들어 가장 추웠던 날이었다.

나는 모자를 쓰고 장갑을 끼고 목도리를 칭칭 동여맨 채 종종걸음으로 골목을 걷고 있었다. 친구들과 헤어진 시간이 열한 시였으니, 열두 시에 가까운 시간이었을 것이다. 초콜릿 가게인지 우체국인지 몰라도 꽤 늦은 밤까지 문을 열어두고 있구나, 싶었다. 날씨가 그렇게 춥지만 않았다면, 초콜릿 가게 또는 우체국의 문을 열고 들어가보았을 것이다. 원래 궁금한 것은 참지 못하는 성격이니까.

하지만 그때는 어서 집으로 돌아가 따뜻한 이불 속에 들어가고 싶다는 생각밖에 나지 않았다. 나는 발길을 재촉하여, 갖가지 모양의 초콜릿이 진열되어 있는 쇼윈도를 지나쳤다.

현관문을 여는데, 누군가 문 아래의 작은 틈 사이로 밀어 넣어둔 광고전단지 두세 장이 밟혔다. 별생각 없이 그것들을 주워 휴지통에 버리려는데, 그중 한 장에 실려 있는 사진이 눈에 들어왔다. 되는대로 만든 광고전단지에 실릴 만한 사진은 아니었다. 구도도 좋고 빛도 좋고 느낌도 좋았다. 유심히 그걸 들여다보다가, 문득 깨달았다. 그건 조금 전 내가 스쳐 지나온, 초콜릿 가게 같기도 하고 우체국 같기도 한 곳의 전경이었다. 사진 위에는 멋진 서체로, 어느 쪽일까 갸웃거리는 내 마음에 마침표를 찍듯, '초콜릿 우체국'이라고 찍혀 있었다.

다음 날은 저녁 여덟 시쯤 그 골목을 지나게 되었다. 초콜릿 가게 같기도 하고 우체국 같기도 한 '초콜릿 우체국'은, 그날도 따뜻한 오렌지색 불빛을 밝혀두고 있었다. 날씨도 전날보다 춥지 않아서, 나는 잠시 동안 쇼윈도 앞에 붙어 서서 진열된 초콜릿들을 구경했다. 밸런타인데이에 맞춰 쏟아져 나오는 초콜릿들과 별로 다를 게 없는, 어디서나 쉽게 볼 수 있는 초콜릿들이었다. 한 가지 특이한 게 있다면, 상자 안에 초콜릿이 여러 개 들어 있는 경우는 없고, 전부 하나씩 포장되어 있다는 것이었다.

별로, 초콜릿을 살 일은 없지만, 생각하며 나는 오렌지 빛깔의 문을 밀고 초콜릿 우체국 안으로 들어섰다. 가게 안은 작은 우체국의 모습을 하고 있었다. 우표를 사는 곳이 있고, 소포를 부치는 곳이 있고, 접수를 받는 곳이 있었다. 하지만 사람은 없었다. 흠흠, 하고 목소리를 가다듬은 다음 누구 안 계세요, 하려는데 안쪽에서 작은 문 하나가 열리더니 남자가 걸어 나왔다. 그는 아무 말 없이, 한쪽에 놓인 소파를 손으로 가리켰다.

"저… 초콜릿을 사지 않을지도 모르는데…"

내 말에, 남자는 고개를 끄덕이고, 내 앞에 따뜻한 차 한 잔을 내려놓았다.

"그런데 초콜릿 우체국이란 게 뭐 하는 곳인가요? 광고전단지에는 아무런 내용도 없어서…"

"뭘 하는 곳이었으면 좋겠습니까?"

남자는 도리어 내게 반문했다. 우체국이니까 누군가에게 뭔가를 부칠 수 있는 곳이겠지, 그리고 그 뭔가는 아마도 초콜릿이겠지, 나는 생각했다.

"그것이 당신 생각입니까."

남자가 말했다.

"그런 것 같아요."

내가 말했다.

"그럼 누구에게 초콜릿을 보내고 싶습니까."

남자가 말했다.

"글쎄요, 지금으로서는 딱히…"

내가 말했다.

"지금으로서는, 이라는 말은, 이전에는 그런 사람이 있었다는 말입니까."

남자가 말했다.

"아마도…"

내가 말했다.

"이전이란 것은, 얼마나 오래전입니까."

남자가 말했다.

"삼 년이나 오 년 전, 어쩌면 십 년 전일지도 모르겠어요."

내가 말했다.

"만약 그때의 누군가에게로 초콜릿을 보낼 수 있다면, 보내시겠습니까."

남자가 말했다.

"그때의 누군가에게로?"

내가 말했다.

"삼 년 전, 오 년 전 또는 십 년 전의 누군가입니다."

남자가 말했다.

"하지만 지금의 내가 삼 년이나 오 년 또는 십 년 전의 누군가에게 초콜릿을 보낸다면, 그 사람은 당황하지 않을까요?"

　　내가 말했다.

　　"그렇다면 삼 년 전, 오 년 전 또는 십 년 전의 당신이, 삼 년 전, 오 년 전 또는 십 년 전의 누군가에게 보내는 것으로 합시다."

　　남자가 말했다.

　　"그런 일이 어떻게 가능한가요?"

　　내가 말했다.

　　"여기는 초콜릿 우체국이니까요."

　　남자가 말했다.

　　그래서 나는 남자가 내민 종이 위에 내 이름을 썼다. 나이를 쓰는 칸에 지금의 내 나이를 기입하자, 남자는 고개를 흔들며 '그때의 나이를 쓰세요'라고 했다. 직업을 쓰는 칸에 지금의 직업을 기입하자, 남자는 고개를 흔들며 '그 당시의 직업을 쓰세요'라고 했다. '받는 사람의 이름'을 쓰는 칸에서, 나는 잠시 망설이다가 그 사람의 이름을 써넣었다. 하지만 '받는 사람의 주소'를 쓰는 칸에서 막막해졌다.

　　"주소는 몰라요. 초콜릿 같은 건 한 번도 보내본 적이 없으니까."

　　내가 말했다.

　　"좀 까다롭기는 하지만, 찾을 수 있습니다."

　　남자가 말했다.

　　"고맙습니다."

　　내가 말했다. 내가 무슨 말을 하고 있는지도 모르는 채로. 그리고 남자의 안내를 받아, 진열된 초콜릿 중의 하나를 골랐다.

이월 십사 일 밤, 골목길을 돌았는데 '초콜릿 우체국'이 보이지 않았다. 시간을 확인해보니 이월 십사 일이 이월 십오 일 영시 십오 분이었다. 나는 초콜릿 우체국이 있던 그 골목을 오래 서성였다.

한참을 서성이다 보니 그곳에는 원래 평범한 집들밖에 없었다는 생각이 났다. 나는 바보 같은 꿈을 꾸었던 것이다. 초콜릿 가게 같기도 하고 우체국 같기도 한 곳에서, 삼 년 전, 오 년 전 또는 십 년 전의 누군가에게, 삼 년 전, 오 년 전, 또는 십 년 전의 내가 초콜릿을 보낸다는 건 처음부터 바보 같은 이야기였다.

집으로 돌아온 나는, '초콜릿 우체국'이라고 찍힌 광고전단지를 한참 동안 바라보다가, 아무렇게나 구겨서 휴지통 속에 던져버렸다. 그러고 나니 갑자기 삼 년 전, 오 년 전 또는 십 년 전의 그 사람이 몹시 그리워졌다. 지나간 삼 년, 오 년 또는 십 년 동안 이렇게 강렬한 그리움을 느낀 일은 없었다. 나는 충동에 사로잡혀 한쪽 구석에 처박아둔 오래된 상자를 끄집어냈다. 그 사람이 내게 준 편지, 책, 레코드와 몇 가지 선물들이 들어 있는 상자였다. 삼 년, 오 년 또는 십 년 만에 꺼낸 상자였다.

눈물은 나오지 않았지만, 마음은 돌멩이에 걸려 넘어진 아이처럼 서러워졌다. 상자 속에는 우리가 아직 헤어지지 않았던 시간들, 우리가 아직 서로 사랑하던 공간들이 고여 있었다. 하지만 희뿌연 먼지로 뒤덮여 있었다.

나는 하릴없이 상자를 헤집다가, 그 속에 깊숙이 숨어 있는 낡은 시집 한 권을 꺼냈다. 책갈피를 이리저리 들추는데, 낯선 종이 한 장이 그 사이에 꽂혀 있었다. 그때의 내가 발견하지 못했던 아주 얇은 습자지였다. 습자지 위에는 희미하게, 연필로 쓴 글씨가 남아 있었다. 그 사람의 필체였다. 나는 천천히 소리 내어 그 글씨를 읽었다.

초콜릿, 고마워. 아주 먼 곳에서 온 듯한 향기가 났어.

한 번, 모든 것은 단 한 번 존재할 뿐,

한 번 그리고 다시는 오지 않는다,

우리도 한 번 존재하느니 결코 다시 시작되는 법이 없다, 하지만

이렇게 한 번 존재했다는 것, 오직 한 번

지상에 존재했다는 사실은 되물릴 수 없으리라.

_ 라이너 마리아 릴케, 『두이노의 비가』 중에서